AF187311

PHILIPP SCHMIDT

DIE ÖDLAND-SAGA

IM SCHATTEN DER SCHWARZEN PYRAMIDE

DIE ÖDLAND-SAGA

BAND IV

VON
PHILIPP SCHMIDT

Bibliografische Information der Deutschen Nationalbibliothek:
Die Deutsche Nationalbibliothek verzeichnet diese Publikation
in der Deutschen Nationalbibliografie; detaillierte bibliografische
Daten sind im Internet über dnb.dnb.de abrufbar.

© 2019 Philipp Schmidt/ Ferge Verlag
1. Auflage
Copyright © der Serie Die Ödland-saga: Philipp Schmidt
Im Schatten der schwarzen Pyramide, Band 4 von © Philipp
Schmidt

Cover & Umschlaggestaltung: Richard Hanuschek
Satz und Gestaltung: Matthias Kaiser
Karte: Julia Kaiser
Lektorat: Michael Raffel
Logo: Richard Hanuschek
Herstellung und Verlag:
BoD – Books on Demand, Norderstedt

ISBN: 978-3-74819-433-0

ÜBERSICHT

KAPITEL I

Bohdan wischte sich mit dem schmutzigen Ärmel seines Hemdes den Schweiß von der Stirn. Es war noch lange hin bis zum erlösenden Gongschlag, und das war in gewisser Hinsicht gut, denn wenn seine Ausbeute so erbärmlich blieb, würde er die Rute zu spüren bekommen. Mindestens drei Brocken mit grünen und drei mit blauen Adern sollten zum Schichtende in der Schubkarre liegen, besser waren jeweils fünf. Bisher hatte er nur zwei Steine mit blauen Adern. Er biss die Zähne zusammen und hackte weiter auf den harten Felsen ein.

Wie meist war er allein im Tunnel. Die anderen Insassen arbeiteten mit schwereren Geräten ein Stück entfernt. Das laute Brummen der elektrisch betriebenen Bohrer hallte durch die unterirdischen Tunnel. Bohdan hatte längst begriffen, dass die Steine wertlos waren. Hier wurde nach ganz anderen Dingen gegraben. Die Steine dienten lediglich als Nachweis ihrer Tüchtigkeit.

Die Kette, die Minx ihm angelegt hatte, machte die Arbeit noch mühsamer. Seine Hände waren wund und seine Kehle war trocken, aber er hackte weiter. Hackte wie ein Irrer, dessen Leben davon abhing – und so war es ja auch. Man konnte nicht endlos

Prügel einstecken. Irgendwann wurde der Körper so schwach, dass er anfällig für Krankheiten wurde, und dann dauerte es nicht mehr lange, bis die Wärter einen aussortierten. Bohdan hatte das schon oft beobachten müssen. Drei seiner Zellengenossen waren diesen Weg gegangen. Momentan teilte er sich seine Zelle nur noch mit Dr. Foster, die in verschiedener Hinsicht eine Sonderstellung innehatte. Sie musste zwar arbeiten, allerdings nicht schwer, und das Sonderbarste, nein, das immer noch völlig Unverständliche für ihn: Sie war freiwillig hier. Anfangs hatte er ihr nicht geglaubt, hatte sie für eine Verrückte gehalten, die sich durch ihren Wahn die Gefangenschaft erträglicher machte. Aber Dr. Foster war nicht verrückt, und die Behandlung der Wärter und auch der anderen Insassen bewies es.

Er wühlte in dem Haufen, der sich unter der Einwirkung seiner Spitzhacke gebildet hatte, und fand einen Stein mit blauen und einen mit grünen Adern. Er nahm das aus Stahlseil geflochtene Netz und lud die abgeschlagenen Brocken hinein. Mittlerweile hatte er einen guten Blick dafür, wie voll er es laden konnte, ohne unter dem Gewicht zusammenzubrechen. Er schleppte das Netz zur bereitstehenden Schubkarre und leerte den Inhalt hinein. Er versetzte die Öllampe, nahm erneut die Spitzhacke zur Hand, um wieder gegen den harten Felsen zu schlagen. Das monotone Kling-Klong dröhnte in seinen Ohren nach. So schuftete er weiter, bis er insgesamt sieben Klumpen zusammenhatte und der metallische Klang des Gongs ertönte.

Kurz darauf vernahm Bohdan die Schritte von Grunz. So nannten die Insassen den dickleibigen Wärter, der mit einem Zigarrenstumpen im Mundwinkel um die Ecke trottete. Grunz war bärbeißig, aber an sich ein gutmütiger Kerl, und deshalb war er erleichtert, dass Bohdan sein Soll erfüllt hatte und er die Rute am Gürtel stecken lassen konnte. Auf sein Nicken hin schob Bohdan die Schubkarre den sanft ansteigenden Tunnel entlang. Grunz folgte ihm schweigend, bis sie die Sammelstelle erreicht hatten. Bohdan kippte den Inhalt der Schubkarre in eine tiefer stehende Lore und stellte sie zu den anderen Schubkarren.

»Einreihen«, brummte Grunz.

Bohdan stellte sich hinten an die Schlange der wartenden Mithäftlinge. Als die letzten von ihrem Tagwerk zurückgekommen waren, war von weiter vorne die laute Stimme des Chefaufsehers zu hören. »Schnauze halten!«, bellte er, obwohl niemand auch nur geflüstert hatte. Die Wärter nahmen ihre Plätze neben dem langen Zug ein und legten manchen Häftlingen Ketten an. Das betraf jene, die in letzter Zeit Ärger gemacht hatten. Bohdan erkannte vor sich Chufa, einen Ochsen von einem Mann, dessen gesamter Körper tätowiert war. Ein Wärter legte ihm vorsichtig die Fesseln um die breiten Handgelenke und trat zurück.

»Im Gleichschritt … Marsch!«, brüllte der Chefaufseher, und der Zug setzte sich in Bewegung.

Unter strengster Beobachtung wurden die Gefangenen in den Zellentrakt geführt. Eine Zelle nach der anderen wurde geöffnet. Der Zug stockte, bis die jeweilige Tür abgeschlossen war, und so ging es weiter. Als Bohdan an der Reihe war, trat er, hektische Bewegungen vermeidend, ein und ließ sich stöhnend auf dem kalten Boden nieder.

»Konntest du dein Soll heute erfüllen?«, fragte Dr. Foster.

»Ja«, sagte Bohdan. »Und wie war es bei dir?«

»Die Skizze, die ich angefertigt habe, hat sich als richtig erwiesen. Auf Ebene vier hat es einen Durchbruch gegeben. Malk war zufrieden und hat mich freigestellt. Ich durfte ein Sonnenbad im Hof nehmen.«

Bohdan nickte stumm. Malk hatte nicht den höchsten Rang inne, aber er war der Leiter der Ausgrabungsstätte. Gundaban war eine Mine, ein Arbeitslager und ein Gefängnis; sein eigentlicher, sein wirklicher Zweck lag allerdings woanders. Unter ihnen befand sich eine Forschungsstation aus der alten Welt. Stück um Stück wurden die verschütteten Gänge und Laboratorien freigelegt, und nach Dr. Fosters Aussage gab es dort kostbare Schätze zu bergen. Die alte Frau war selbst einmal Forscherin gewesen und kannte die Station. Die Pläne, die sie aus ihrer Erinnerung rekonstruierte, erleichterte Malk die Arbeit ungemein, und das war wohl der Hauptgrund dafür, dass Dr. Foster eine Sonderstellung in der ansonsten strikten zweigeteilten Hierarchie einnahm.

Die Türklappe öffnete sich knarzend, und scheppernd wurden zwei Blechteller auf den Boden gestellt. Bohdan rappelte sich auf und brachte erst seiner Zellengenossin ihr Abendessen, ehe er sich mit dem anderen Teller in seine Ecke zurückzog. Sie hatten sich mittlerweile gut arrangiert. Beide teilten die Auffassung, dass Kooperation und gegenseitige Hilfe weiter führte als Rivalität. Nach dem Essen tranken sie abwechselnd von dem Wasserhahn. Jeder Zelle stand ein bestimmtes Kontingent Wasser zur Verfügung. Bohdan hatte von Vorfällen in anderen Zellen gehört. Vor allem neue Häftlinge versuchten oft, den wertvollen Wasserzugang für sich zu beanspruchen. Das hatte natürlich Streitigkeiten und Kämpfe zur Folge, die nicht selten tödlich endeten. Dr. Foster und er teilten paritätisch. Die Alte hatte einen guten Plan entwickelt, wie viel Wasser für welchen Zweck sinnvoll zu verwenden war. Einmal in der Woche wuschen sie sich mit der Seife, die ebenfalls ein kostbares Gut darstellte. Ein genau bemessener Teil wurde für die Reinhaltung des Abortschachtes verwendet, der Rest war zum Trinken.

Als sie fertig gegessen hatten, sagte Dr. Foster: »Ich habe etwas für dich.«

Sie warf einen kleinen runden Gegenstand, und Bohdan, dessen Augen sich an die kargen Lichtverhältnisse gewöhnt hatten, fing ihn auf. Es handelte sich um einen Apfel. Er war klein und schrumpelig, dennoch konnte Bohdan sein Glück kaum fassen. Er schämte sich ein wenig, das Geschenk so ohne weiteres anzunehmen, aber die harte Arbeit und das Darben in der Finsternis hatte seine Manieren abgeschliffen.

»Danke«, murmelte er und biss in die saftige Frucht. »Welchen Tag haben wir heute?«, fragte er mit vollem Mund.

»Sterntag«, informierte ihn die alte Frau, und Bohdan glaubte, sie im fahlen Lichtschein, der durch die Gitter im oberen Drittel der Tür fiel, lächeln zu sehen. »Morgen wirst auch du wieder die Umarmung der Sonne spüren.«

Das war eine Erleichterung. Bohdan lehnte sich an und schloss die Augen. Es war seltsam. Immer, wenn er nach den langen Arbeitstagen die Augen schloss und Dr. Fosters Atem hörte, kam eine tiefe Entspannung über ihn. Trotz der fürchterlichen Umstände, trotz der Hoffnungslosigkeit seiner Lage fühlte er sich geborgen. Traumbilder zogen ihn sanft von der Zelle fort, hinaus in die Wüste, immer weiter, bis nach Prak City. Ein Gebäude nahm um ihn herum Gestalt an. Im nächsten Augenblick befand er sich in einem gemütlich eingerichteten Raum. Danija saß auf einer Bettkante und sang ihrem Sohn ein Schlaflied vor.

***

Der nächste Tag begann wie jeder Tag in Gundaban. Schalen mit Haferschleim wurden durch die Türklappen geschoben, kurz darauf wurde eine Zelle nach der anderen geöffnet. Die Gefangenen nahmen in einer langen Reihe Aufstellung und wurden zur Arbeit geführt. Heute war die Schicht allerdings nur halb so lang wie üblich, und die Vorgabe bestand in drei grün- oder blaugeäderten Steinen. Bohdan hatte Glück und konnte ganze fünf in die Schubkarre legen, ehe der Gong ertönte.

Anschließend wurde der Zug Häftlinge nicht zum Zellentrakt, sondern in einen Innenhof geführt. Hoch aufragende Felshänge formten einen Trichter um den Innenhof, die Kuppen waren ringsum mit Stacheldrahtzäunen gesäumt. Die Wärter ließen ein Fallgitter herab, und nun durfte jeder eine gewisse Zeitspanne das tun, was er wollte. Die meisten, die schon länger da waren, suchten sich einen möglichst abgeschiedenen Platz, zogen ihre Hemden aus und ließen die nackte Haut von der Sonne bestrahlen. Diese Sonnenbäder dienten dem Erhalt der Arbeitskraft. Für die Häftlinge war es allerdings auch die einzige sichere Gelegenheit, Informationen auszutauschen – oder sich mit den Insassen anderer Zellen zu streiten. Bohdan beobachtete von seinem üblichen Rückzugsort aus, wie sich zwei Neuzugänge erst schubsten, dann aufeinander einschlugen. Beide Männer waren jung; da sie noch nicht lange hier waren, verfügten sie noch über Kraftreserven für solchen Unsinn. Eine kleine

Traube umringte sie, als der Größere der beiden die Oberhand gewann und den anderen zu Boden warf. Noch zweimal ließ der Sieger seine Fäuste auf den Unterlegenen niedergehen, dann streckte er die Hände triumphierend in die Höhe. Der Beifall fiel bescheiden aus.

»Baichis«, knurrte Chufa, und Tank neben ihm brummte zustimmend. Diese beiden Bullen von Männern waren schon lange in Gundaban und hatten sich angefreundet, obwohl Chufa draußen den Urkwarda und Tank der Sozialistischen Liga angehört hatte. Aus irgendeinem Grund mochten sie Bohdan, vielleicht, weil er sich von Anfang an nicht zu Dummheiten hatte hinreißen lassen. Vermutlich auch, weil Bohdan durch die Kette, die ihm niemals abgenommen wurde, eine gewisse Sonderstellung einnahm. Außerdem schätzten sie Dr. Foster, die ein wenig abseits bei der Frauengruppe stand. Dass Chufa und Tank ihn unter ihren Schutz gestellt hatten, machte Bohdans Aufenthalt erträglicher. Es gab auch Insassen, die ihn hassten. Vor allem der wieselgesichtige Basel, in seinem vorherigen Leben ein Lace Rider, warf ihm wieder einmal hasserfüllte Blicke zu. Er hielt Bohdan wohl für einen Spitzel der Aufseher, und es war sinnlos, mit ihm zu sprechen – Bohdan hatte es versucht, und die Antwort hatte in einer gezischten Drohung bestanden.

Ein Skalka namens Tetris und Mitch, über dessen Vergangenheit nichts bekannt war, machten in auffällig unauffälliger Weise die Runde. Sie handelten mit Informationen. Getauscht wurde vor allem gegen Steine, die zum Ende der Schichten die Schubkarren wechselten, und natürlich gegen andere Neuigkeiten. Bohdan schüttelte den Kopf, als sie an ihm vorbeikamen. Manchmal schnappte er zufällig etwas auf, aber Dr. Foster bekam sowieso alles mit und setzte ihn ins Bild. Außerdem hatte er das Interesse an der Außenwelt weitestgehend verloren, als er kurz nach seinem Einschluss erfahren hatte, dass Minx von einem Takushin-rih getötet worden war. Natürlich hätte die Information auch falsch sein können, immerhin gab es auch Quellen, die behaupteten, er hätte Minx hinterrücks ermordet. Aber wenn sie nicht tot gewesen wäre, hätte er bestimmt davon gehört. Die Ödländer liebten es, sich Geschichten über den Schwarzen Reiter zu erzählen. Nein, am wahrscheinlichsten war, dass der Shedai-nai, den er befreit hatte, sein Wort gebrochen und mit einem Bruder Rache genommen hatte.

Bohdan schwitzte, aber er zwang sich, in der Sonne zu bleiben, bis die Wärter mit einem Schlag gegen das Gitter zu verstehen gaben, dass die Zeit an der frischen Luft vorüber war. Er zog sein Hemd wieder an, und die Gefangenen wurden in ihre Zellen abgeführt.

Beim Abendessen, das aus einem unbestimmbaren Gulasch mit vielen Knorpeln bestand, berichtete Dr. Foster ohne Aufforderung, was ihr an Neuigkeiten zugetragen worden war. Bohdan hörte kauend mit halbem Ohr zu, erst als die Rede auf Prak kam, horchte er auf. »Die Sozialistische Liga«, erzählte Dr. Foster, »die Brigada Novy und Stone Town haben ein Bündnis geschmiedet und eine Blockade errichtet. Der Rat der Sechs hat besonnen reagiert, und es werden Verhandlungen geführt.«

»Die Brigada und die Liga haben sich mit Stone Town verbündet?«, wunderte sich Bohdan.

»Nja«, machte Dr. Foster. »Allianzen wechseln unter bestimmten Umständen schneller als der Wind. Offensichtlich ist es der Baronesse gelungen, sich aus der Isolation zu befreien.«

Bohdan schmunzelte unwillkürlich, ehe er ernst fragte: »Wird es zu einem Krieg kommen?«

»Vermutlich nicht.« Die alte Frau zuckte mit den Schultern. »Aber möglich wäre es. Auf jeden Fall rasselt das neue Bündnis mit den Säbeln.«

Bohdan stellte sich die Kräfteverhältnisse vor und sagte: »Das ist ein gewagtes Spiel. Sollte es zu einer Konfrontation kommen, haben sie keine Chance gegen Prak.«

»Nicht bei einer offenen Feldschlacht«, gestand Dr. Foster zu, »aber wenn sie es geschickt anstellen … Außerdem scheint noch unklar, auf welcher Seite die Urkwarda bei dem Konflikt stehen.«

Bohdan wollte gerade einwenden, dass die Urkwarda mit keiner Seite sympathisierten und sich neutral verhalten würden, als laute Stimmen zu hören waren.

»Ey Amigoschs, nicht so voreilig – und nicht so grob! Ich sagte doch, dass es sich um eine Verwechslung handelt! Hört einem denn hier niemand zu?«

»Halt endlich dein Maul!«

Ein dumpfes Geräusch war zu hören. Daraufhin herrschte kurz Ruhe, bis ein Schlüssel ins Schloss der Zellentür gesteckt und umgedreht wurde. Instinktiv wich Bohdan zurück. Keinen Augenblick zu früh, ein Körper wurde in den Raum gestoßen.

»Viel Spaß mit eurem neuen Mitbewohner«, knurrte einer der drei Wärter, die sich sogleich zurückzogen und die Tür wieder verriegelten. Während ihre Schritte verhallten, beugte sich Dr. Foster über den Neuankömmling.

»Ohnmächtig, aber nicht ernsthaft verletzt«, lautete ihre Diagnose. »Geben wir ihm etwas Wasser.«

Bohdan wusch seine Blechschale mit dem Ärmel aus und füllte sie am Hahn zur Hälfte mit Wasser. Vorsichtig, um nichts zu verschütten, ging er in gebückter Haltung zu dem am Boden Liegenden. Dr. Foster bettete den Kopf des Fremden auf ihren Schoss und gab ihm eine Ohrfeige.

Der Mann fuhr erschrocken hoch. »Was? Wer?«

»Entspannen Sie sich«, sagte Dr. Foster in ruhigem Tonfall. »Sie sind in Gundaban, einem …«

»Ich weiß verflucht gut, was Gundaban ist«, fiel der Fremde ihr ins Wort. Er setzte sich auf und rieb sich stöhnend den Kopf.

»Hier ist Wasser«, sagte Bohdan und reichte dem Mann die Schale. Dessen Augen hatten sich offenbar noch nicht an die Dunkelheit gewöhnt, und beinahe wäre die Schale doch noch zu Boden gefallen. Aber Bohdan war ein zweites Mal geistesgegenwärtig, hielt das Gefäß mit dem kostbaren Wasser fest, bis der Mann sie sicher mit beiden Händen umfasste.

Während er gierig trank, setzte Dr. Foster erneut an: »Der, der dir das Wasser gereicht hat, heißt Bohdan, und ich bin Dr. Foster.«

»Ahh«, machte der Mann und ließ die Schale achtlos fallen. »Mich nennt man Sundance. Aber gewöhnt euch nicht zu sehr an mein freundliches Gesicht. Ich bin nur auf der Durchreise.«

Bohdan und Dr. Foster tauschten einen vielsagenden Blick, der Sundance offenbar nicht entging.

»Was denn?«, sagte er laut, um unbekümmert hinzuzufügen: »Ich bleibe nie lange hinter Gittern. Ist nicht gut für meinen Teint. Außerdem bin ich viel zu hübsch, um in der Dunkelheit Steine zu schürfen.«

Bohdan musste lächeln. Der Kerl war zweifelsfrei ein Angeber, der die harte und aussichtslose Wirklichkeit seiner neuen Zwangsheimat noch nicht begriffen hatte, dennoch wirkte seine natürliche Selbstsicherheit ansteckend.

Sundance stand umständlich auf. Allmählich mussten sich seine Augen an die Lichtverhältnisse gewöhnt haben. Zwar streckte er tastend die Hände aus, fand aber ohne Hilfe den Abortschacht. Er öffnete seinen Hosenschlitz und erleichterte sich.

»Ihr beiden macht den Eindruck, als wärt ihr schon 'ne Weile hier«, sagte er über die Schulter. »Kennt ihr einen Skaldae?«

Dr. Foster räusperte sich. »Gundaban nimmt keine Mushanti auf. Mit einer Ausnahme …«

»Das macht es schwieriger«, brummte Sundance, schloss seinen Hosenstall, ging gebückt durch den Raum und ließ sich an der Tür nieder.

»Du bist die Ausnahme, was?«, meinte er in Bohdans Richtung.

Bohdan nickte, ergänzte die Geste jedoch gleich: »Ja, aber ich kann meine Kräfte nicht einsetzen.« Er hob die Hände, sodass die Kette rasselte.

»Verstehe«, sagte Sundance nachdenklich. »Wir müssen also einen Weg finden, dir die Kette abzunehmen.«

»Dafür bräuchte es eine Klinge aus besonderem Stahl«, wandte Bohdan ein.

»Ich verstehe, Shendrak-Stahl«, sagte Sundance, als wäre es eine Kleinigkeit, eine Shedai-nai-Klinge in Gundaban aufzutreiben.

Ohne Zweifel hatte der Kerl nicht alle Patronen in der Trommel. Trotzdem hellte sich Bohdans Gemüt auf. Die gewinnende Art von Sundance vermittelte Hoffnung, und er machte den Anschein, einer dieser seltenen Männer zu sein, die nichts, rein gar nichts, unterkriegen konnte. Er stellte viele Fragen, über die

Abläufe, die Wärter und über die Mithäftlinge. Bohdan und Dr. Foster beantworteten sie, so gut sie es vermochten.

***

Die harte, lange Arbeit der folgenden Tage ließ ihn ruhiger werden, aber er sann weiter nach, suchte ständig nach Schwachstellen. Am nächsten Sonnentag bewunderte Bohdan ihn, wie er mit nur wenigen Blicken und den Erklärungen von ihm und Dr. Foster in der Hinterhand die Situation richtig einschätzte. Schnurstracks ging er zum Anführer der größten Häftlingsgruppe. Sundance fing Streit an, aber noch ehe es zum Handgemenge kommen konnte, verpasste er Dugwa einen Kopfstoß, der den größeren und stärkeren Mann zu Boden schickte. Sundance reichte ihm mit einem lockeren Spruch auf den Lippen die Hand und half ihm wieder auf die Beine. Diese Aktion hatte ihm Respekt verschafft. Dieser Respekt, gepaart mit seiner gewinnenden Art, führte dazu, dass er in Windeseile einen hohen Rang in der Hackordnung unter den Insassen einnahm.

Bohdan sah ihm, mit nacktem Oberkörper auf dem Rücken liegend, dabei zu, wie er auch mit den eher Verschlossenen offen scherzte und sie zum Reden brachte. Darum ging es Sundance, er sammelte Informationen. Aber anders als Tetris und Mitch, die ebenfalls ihre Runde machten, dienten die Bestrebungen von Sundance nur einem Zweck, und einem Zweck allein – er wollte einen Weg finden auszubrechen. Entweder es würde ihm gelingen oder er würde bei dem Versuch sterben. Das hatte er Bohdan letzte Nacht vor dem Einschlafen geschworen; genaugenommen hatte er es sich selbst versprochen, und Bohdan hatte sich nur zufällig in demselben Raum befunden.

Bohdan legte die Hand ans Kinn und kaute nachdenklich auf seiner Unterlippe.

»Wenn du dich fragst, ob du ihm trauen kannst«, brummte Tank, »lautet die Antwort: auf gar keinen Fall.«

»Sundance ist ein Aas«, stimmte Chufa mit seiner tiefen Stimme zu. »Wundert mich, dass diese Masche überhaupt noch zieht und ihm jemand zuhört. Jeder sollte doch wissen, dass dieser Dreckskerl sich nur um seinen eigenen Arsch schert.«

»Ist er berühmt?«, wandte sich Bohdan an die beiden Muskelpakete.

»Hm«, machte Tank, »eher berüchtigt. Hat 'nen Haufen krumme Dinger gedreht.«

»Dagegen ist an sich ja nichts einzuwenden«, knurrte Chufa. »Aber wenn's brenzlig wird, ist er der erste, der sich aus dem Staub macht.«

Ein Wärter schlug dreimal gegen die Gitterstäbe als Zeichen, dass das Sonnenbad vorüber war. Chufa zog sein Hemd über den muskulösen, tätowierten Oberkörper. »Ich würde dir raten, dich von ihm fern zu halten, aber das ist wohl nicht drin.« Er und Tank lachten glucksend.

***

»Wie mächtig bist du?«, fragte Sundance eines späten Abends.

Dr. Foster schlief bereits, und auch Bohdan war schon halb auf dem Weg ins Traumland. Er gähnte und zuckte mit den Achseln, ehe er antwortete: »Ich war einmal sehr mächtig. Du hast doch bestimmt von der Nacht des Schreckens in Prak City gehört und davon, was mit Don Festa und seinen Männern in New Town passiert ist.«

»Claro«, sagte Sundance, »und ich habe noch mehr über dich gehört, darüber, wie du mit Guigai die schwierigsten Aufträge erledigt hast. – Meine Frage lautet, ob diese Geschichten wahr sind.«

»Sie sind wahr«, sagte Bohdan und fügte müde hinzu: »Jedenfalls die meisten.«

»Das bedeutet«, ließ Sundance nicht locker, »wenn ich dir die Kette abnehme, Boh, dann kannst du uns hier rausholen?«

Bohdan dachte kurz nach. »Vermutlich ja.«

Er unterließ es, darauf hinzuweisen, dass er völlig aus der Übung war. Und er wusste auch nicht, ob seine Kräfte auf einen Schlag zurückkehren würden. Aber wenn es irgendwann einmal tatsächlich zu einem

Ausbruchsversuch käme, wollte er Teil davon sein, und deshalb behielt er seine Zweifel für sich.

Für eine Weile herrschte Schweigen. Bohdan wälzte sich auf die andere Seite und schloss erneut die Augen.

»Am nächsten Sonnentag verschwinden wir«, sagte Sundance, »halte dich bereit.«

»Sige«, murmelte Bohdan.

Eine Stunde später schlief er noch immer nicht. Er lag auf dem Rücken und starrte an die dunkle Decke. Hatte Sundance das ernst gemeint? Alle Müdigkeit war von Bohdan abgefallen, plötzlich hatte er hunderte von Fragen – aber von Sundance' Ecke aus war ein regelmäßiges Schnarchen zu vernehmen.

Den nächsten Tag arbeitete Bohdan erschöpft und übermüdet. Am Ende lagen nur fünf Steine in der Schubkarre, und Grunz schlug ihn zur Strafe mit der Rute. Er schlug nicht mit ganzer Kraft zu, dennoch brannten die Hiebe wie Feuer auf Bohdans Rücken, als er in der Zelle hockte und wartete, bis die Schritte der Wärter verhallt waren.

»Jetzt erzähl schon«,zischte Bohdan ungeduldig, »was hast du ausgeheckt?«

Sundance grinste breit, aber dann verhärtete sich seine Miene. Er reckte das Kinn in Richtung von Dr. Foster, die gerade am Wasserhahn trank. »Können wir ihr vertrauen? Immerhin kursiert das Gerücht, sie sei aus freien Stücken hier.«

Die alte Frau wischte sich mit dem Handrücken über die Lippen. »Ausgerechnet du wagst es, diese

Frage zu stellen?« Sie setzte sich und schlang die Arme um die Knie. »Vielleicht willst du Bohdan erst einmal etwas über dich erzählen. Mir ist da so einiges zu Ohren gekommen.«

Sundance schnaubte ärgerlich, schwieg aber.

»Wie du willst«, sagte Dr. Foster, »dann tue ich es.« Sie holte tief Atem, ehe sie ausführte: »Sundance, der früher als Jesse bekannt war, ist halb Bandito, halb Söldner. Er bricht sein Wort, wenn es ihm gelegen ist, und er hat nicht einen Funken Ehre in der Brust. Einmal hatte er Ärger in Prak City. Er hat seine Rivalen zu einem Duell herausgefordert, hat getönt, er würde gegen alle auf einmal ziehen. Anstelle dessen aber hat die Männer eine Sprengfalle erwartet.«

»Ah, Parny von gestern«, tat Sundance ab.

»Es kommt noch besser«, fuhr Dr. Foster unbeirrt fort. »Der Grund dafür, dass Sundance sich hier so schnell eingelebt hat und sich so gut auskennt, liegt darin, dass er selbst einige Männer und Frauen nach Gundaban überführt hat. Ich kannte einige davon persönlich, zu seinem Nachhall sind sie allesamt tot. Dann wäre da noch die Geschichte, wie er einen Überfall auf …«

»Sakra!«, fluchte Sundance. »Das reicht!«

Bohdan sah den Mann, der aufgestanden war, skeptisch an. Sundance schien nachzudenken, dann ließ er sich vor Bohdan in die Hocke nieder.

»Was sie sagt, ist wahr«, sagte er mit ernster Stimme. »Ich bin ein Halunke, der schlimme Dinge getan hat. Aber ich schwöre dir, wenn du mir hilfst, hier herauszukommen, bringe ich dich, wohin du willst.«

Bohdan zögerte, ehe er erwiderte: »Ich will nach Westen. Durch den Wald und weiter bis dorthin, wo die Shedai-nai leben.«

Dr. Foster seufzte schwer.

Sundance lächelte. »Ich bringe dich zu den Sheds, du hast mein Wort.«

»Patta«, sagte Bohdan. »Jetzt weihe uns in deinen Plan ein.«

Sundance hatte herausgefunden, dass vor wenigen Tagen eine Einbrecherin inhaftiert worden war. Sie war auf frischer Tat ertappt worden. »Hatte vorgehabt, den städtischen Geldsafe in Klantovy zu knacken.« Bei ihrer Festnahme war ihre Ausrüstung beschlagnahmt und nach Gundaban gebracht worden. »Sie schwört, dass sich darunter eine Säge mit einem Blatt Shimrir-Stahl befindet. Wir werden folgendermaßen vorgehen …«

Sundance zeichnete mit einem Löffel die Grundrisse der Gefängnisanlage auf den Boden. Er hatte einen raffinierten Diebstahl ausgetüftelt, der auf Ablenkung und dem Einhalten eines strikten Zeitplans von verschiedenen beteiligten Personen basierte. Unmittelbar darauf sollte die Säge in den Innenhof geschmuggelt und Bohdan von der Kette befreit werden. Der zweite Teil des Plans beschrieb den Fluchtweg, nachdem Bohdan mit seinen Mushanti-Kräften das Fallgitter hochgezogen haben würde.

»Und dann geben wir Gas, und Gundaban sieht uns nie wieder«, schloss Sundance zufrieden.

***

Bohdan behielt seine Selbstzweifel für sich. Wenn er versagte, würden viele Menschen umsonst sterben. Er musste es einfach schaffen, er musste. Sundance Plan war die einzige Hoffnung, jemals aus diesem finsteren Loch zu entkommen. Die folgenden Nächte schlief er wenig und rief sich die Zaubersprüche, die nötig sein würden, in Erinnerung. Er kam sich dabei vor wie bei Schwimmübungen an Land, und seine Nervosität wuchs.

Am Abend vor dem großen Tag drang er in Sundance, dass er unbedingt seine eigene Ausrüstung brauchte. Er erklärte ihm, dass der Mantel ihm zusätzliche Macht verleihen würde. Sundance glaubte ihm, erklärte aber, es sei ausgeschlossen, den Mantel auch noch in den Innenhof zu schaffen. Wenn das Fallgitter oben war und das geordnete Chaos losbrechen würde, könnten sie den Mantel und den Revolver holen. Er selbst habe auch einige Gegenstände, die er nicht zurücklassen wolle.

»Keine Sorge, Boh«, sagte er mit fester Stimme, »ich glaube an dich.«

Bohdan sah zu Dr. Foster, die sich sorgenvoll die Stirn rieb.

Und schließlich war es soweit. Nach der üblichen halben Schicht wurden die Häftlinge in den Innenhof geführt. Sundance nickte Bohdan zu. Es hatte also geklappt, sie hatten die Säge.

Zunächst verhielten sich alle wie immer, es gab nur kleine Abweichungen. Chufa und Tank zogen ihre Hemden aus und ließen sich ein kleines Stück näher zur Tür nieder als sonst. Bohdan hielt den Atem an. Alles schien sich in Zeitlupe abzuspielen. Männer sahen ihn erwartungsvoll an und zwinkerten ihm verschwörerisch zu. Ihre Bewegungen wirkten unnatürlich auf ihn. Der Kloß in seinem Hals verhärtete sich. Was, wenn die Wärter hinter dem massiven Fallgitter Verdacht schöpften? Sollten sie zu früh in den Innenhof stürmen, wäre alles vorbei. Ein kleiner Teil von Bohdans Seele wünschte sich diesen Fall beinahe herbei, dann wäre zumindest nicht er für das Scheitern verantwortlich.

Er bemühte sich, diese Gedanken zu verscheuchen. Seine Moral und sein Selbstbild hatten durch die lange Zeit in den Tunneln schwer gelitten. Die Rutenschläge hatten ihn gedemütigt und in die Knie gezwungen. Es war Zeit, sich zu erheben und zu alter Stärke zurückzufinden, sonst waren sie alle verloren.

Dr. Foster kam auf ihn zu und setzte sich neben ihn auf den von der Sonne erhitzten Boden.

»Hier also trennen sich unsere Wege«, sagte sie leise mit einem traurigen Lächeln.

»Du kommst nicht mit?« Bohdan biss sich auf die Lippen. Die Frage war überflüssig gewesen. Er hatte gewusst, dass sie hierbleiben würde, und sie hatte gewusst, dass er es wusste.

»Ich gebe dir ein Geheimnis mit auf den Weg«, sagte die alte Frau, »eine Wahrheit, die selbst die Weisesten nicht kennen. Es ist mein Abschiedsgeschenk an dich.«

Neugier war einer der ausgeprägtesten Charakterzüge Bohdans, im Augenblick war er jedoch vor allem nervös, und es fiel ihm schwer, sich auf das Gespräch einzulassen. Immerhin lenkte es ein wenig ab, und die Gegenwart von Dr. Foster wirkte stets beruhigend auf ihn.

»Welches Geheimnis?«, fragte er flüsternd.

Der Blick von Dr. Foster ging in weite Ferne. »Vor langer Zeit habe ich etwas Furchtbares getan. Ich habe etwas freigesetzt. Ich habe es aus egoistischen Gründen getan.« Sie stockte.

Bohdan wurde klar, dass die Zeit davonlief und dies vermutlich die letzte Gelegenheit war, das Geheimnis zu erfahren. »Was hast du freigesetzt?«, drängte er.

»Nanobots. Das sind … Ah, es spielt keine Rolle, was genau sie sind, wichtiger ist, was sie tun.« Die alte Frau beugte sich zu ihm, sodass ihre Lippen beinahe sein Ohr berührten. »Diese winzigen, künstlich geschaffenen Lebewesen haben ihren Teil dazu beigetragen, dass die Dimensionen sich verbinden konnten. Ich habe so viel Leid verursacht.«

Sie schluckte hart, ehe sie fortfuhr: »Aber der schreckliche Fluch, den ich über die Welt gebracht habe, ist zugleich ein Segen. Die Nanobots, die sich wie ein Virus über die gesamte Erde ausgebreitet haben, helfen nun dabei, das Echo zu überwinden.«

»Das *Echo*?«, hakte Bohdan nach.

»Das Echo ist die Kluft zwischen den Dimensionen. Die Mutationen sind Ergebnisse von Nicht-Anpassung.«

Das waren zu viele Informationen auf einmal. Bohdan schwirrte der Kopf.

»Ironischerweise«, sprach Dr. Foster rasch weiter, »wirkt das sogenannte Antidot nicht gegen die Nanobots, im Gegenteil, es zieht sie an, vermehrt sie, beschleunigt die Anpassung.«

Herrgott, schoss es Bohdan durch den Kopf, weshalb hatten sie dieses Gespräch nicht früher geführt? Jetzt rann ihm die Zeit davon.

Dr. Foster nickte bekümmert. Auch sie hatte aus dem Augenwinkel registriert, dass es gleich losgehen würde. »Eines noch, ich habe es getan, um ein Kind …«

Sie brach ab, lächelte gezwungen und sagte: »Gute Reise, Bohdan.«

Es war so weit. Bohdan stand auf.

Das Herz schlug ihm bis zum Hals und sein Kopf war voller Fragen, aber es gelang ihm, schlendernd auf die Mitte des Hofs zuzusteuern, wo in diesem Augenblick der einstudierte Zwist entflammte. Sundance verpasste Dugwa einen Schubs, woraufhin dieser wütend brüllte. Es sah gut aus. Es sah echt aus. Die beiden würden miteinander kämpfen. Von überall her kamen Männer und Frauen und bildeten einen Ring um die Rivalen. Für Bohdan wurde eine Lücke gelassen. Er schlüpfte hindurch und ging in die Knie. Mit einer raschen Geste gab er zu verstehen, dass der Ring dichter werden müsse. Die Männer gehorchten, und jetzt war das Fallgitter, hinter der die Wärter standen, nicht mehr zu sehen. Es wurde gejohlt und angefeuert, als wäre ein spannender Kampf zu sehen. Indes hockten sich Dugwa und Sundance schnell neben Bohdan. Die Säge glitt in Sundance' Hand. Dugwa hielt die Kette straff, und Sundance begann zu sägen. Der Stahl war nicht rein, nur langsam fraß sich das Sägeblatt in das Kettenglied.

Bohdan brach der Schweiß aus. Endlich war das Teil durch, aber die Veränderung war nicht so stark, wie Bohdan gehofft hatte, und sie fühlte sich auch nicht besonders gut an. Ein heftiger Schwindel überkam ihn, ihm wurde speiübel.

Sundance legte ihm eine Hand auf die Schulter. »Kann es losgehen?«, fragte er gepresst.

Bohdan sah ihm die blauen Augen. Knapp schüttelte er den Kopf. »Die Kette muss ganz ab.«

Sundance fluchte, aber er reagierte schnell. Sofort gab er Dugwa Anweisungen, während er selbst bereits die Säge an der Schelle, die Bohdans linkes Handgelenk umschloss, ansetzte. Seine Bewegungen waren hektisch und grob, zugleich jedoch effektiv. Er sägte, und nun glitzerten auch auf seiner Stirn Schweißperlen. Das Johlen war leiser geworden, offenbar waren die Umstehenden mit ihren Schauspielkünsten am Ende. Verlegenheit über die Verzögerung und nervöse Unsicherheit breiteten aus. Bohdan hörte, wie das Fallgitter hochgezogen wurde. Dadurch würde der Notfallplan in Kraft treten.

Sein linkes Handgelenk war frei, und Sundance setzte sogleich am anderen an. Jetzt spürte Bohdan, wie die Kraft in ihn zurückkehrte. Sie kam in Schüben, die ihn erzittern ließen.

»Was tut ihr da?«, gellte der Ruf eines Wärters an sein Ohr.

»Auseinander!«, mischte sich eine zweite Stimme streng hinzu.

Ein knackendes Geräusch, dann ein erstickter Schrei. Zwischen den Beinen hindurch erkannte Bohdan Chufa und Tank, die die beiden Wärter überwältigt hatten. Tank schrie seinem Freund eine Warnung zu, woraufhin beide in Deckung hechteten. Und dann war das zu hören, was Bohdan befürchtet hatte – das Rattern eines automatischen Gewehrs. Männer um ihn herum stürzten zu Boden, Blut spritzte ihm ins Gesicht.

»Gegenangriff!«, brüllte Sundance, nun wie wild sägend.

Das Gewehr ratterte noch einmal, und die Sicht lichtete sich. Männer sprangen aus der Schusslinie, aber Deckung gab es auf dem Innenhof keine. Manche legten sich flach auf den Bauch, andere hoben die Hände. Eine Trillerpfeife ertönte hell und schrill. Der Alarm. Jetzt sah der Schütze Bohdan, und Bohdan sah ihn. Ein Mann mit einem Sturmgewehr im Anschlag. Der Spitzname, den die Häftlinge ihm gegeben hatten, lautete Sniff, weil er oft eine verschnupfte Nase hatte. Auf Sniffs grimmiger Miene zeichnete sich Verständnis ab, sein Zeigefinger krümmte sich. Bohdan wollte laut schreien, aber es geschah zu schnell. Dr. Foster rannte genau in die Schusslinie. Sniff drückte ab, und die Kugeln bohrten sich in den Körper der alten Frau. Einen Augenblick lang hielt sie sich noch aufrecht. Sie drehte sich um und sah Bohdan an. Trotz der Schmerzen und des nahenden Todes versuchte sie zu lächeln, dann brach sie zusammen.

Die Säge schnitt in Bohdans Handgelenk, und die Kette fiel zu Boden. Jetzt schrie Bohdan, aber er schrie nicht auf physikalischer Ebene. Sein Schrei war ein Zauber, der Sniff mit solcher Wucht traf, dass ihm buchstäblich der Kopf explodierte.

Zwei weitere Wärter mit Gewehren im Anschlag kamen unter dem halbgeöffneten Fallgitter hindurch. »Hinlegen! Hände über die Köpfe!«, brüllten sie. Ihre Blicke fielen auf die Überreste ihres Kollegen, dennoch zögerten sie zu schießen. Für sie stellte es sich dar, als hätten die meisten Häftlinge sich ergeben, und die Order lautete, keine Arbeitskraft unnötig zu verschwenden. Bohdan lächelte böse. Die Macht durchströmte ihn. Er nutzte den Moment, griff aus sich hinaus und riss ihnen die Waffen aus den Händen. Chufa hob einen Gefallenen auf und benutzte ihn als Wurfgeschoss, dann stürzten er und Tank auf die beiden Wärter los. Der Tribut traf Bohdan hart wie ein Vorschlaghammer. Er schwankte, den Blick auf der toten Dr. Foster.

Sundance trat an seine Seite. »Wir müssen jetzt gehen«, sagte er, und Bohdan riss sich los.

Er ließ sich von Sundance führen und setzte seine Kräfte ein, wenn es sein musste. Der Tribut staute sich an, Bohdan war nicht mehr an die Bewältigung gewöhnt. Bald taumelte er wie schlaftrunken durch die Gänge und Korridore. Er sprengte Türen und überwältige Wärter, wenn Sundance ihn darum bat. Wie durch einen Schleier sah er Chufa, der Grunz mehrmals mit dem Kopf gegen eine Wand stieß, bis der Wärter leblos zu Boden sank. Grunz war kein schlechter Kerl gewesen, und jetzt war er tot, aber Bohdan hatte keine Kraft mehr, um Reue zu empfinden.

Erst als er den Mantel überstreifte, klarte sein Blick wieder auf. Die Zeit reichte nicht aus, die Kleidung zu wechseln, aber er steckte sich den Revolver, den ihm Danija geschenkt hatte, in den Hosenbund. Auch Chufa, Tank, Sundance und Dugwa bewaffneten sich, dann eilten sie weiter. Schüsse und Schreie waren hinter ihnen zu hören. Am Ende eines Tunnels stiegen sie eine Treppe hinauf, und endlich wurden sie von Sonnenlicht geblendet.

Sundance drückte harsch Bohdans Kopf hinunter, Kugeln sausten über sie hinweg. Rasch zogen sie sich ein kleines Stück in den Tunnel zurück. Männer riefen Befehle. Tank eröffnete mit einer Pistole, die viel zu klein für seine prankenartigen Hände erschien, das Gegenfeuer. Ein weiterer Trupp Flüchtender stieß zu ihnen. Die Situation war klar. Sie hatten die Fluchtfahrzeuge fast erreicht, doch der Weg war versperrt. Alarmierte Wärter nahmen sie von draußen unter Beschuss und hielten sie damit fest. Laute Stimmen und Schüsse näherten sich ihnen vom Tunnel, der hinter ihnen lag. Sie hockten in der Falle, und bald würde sie ganz zuschnappen.

»Das sind weniger als ein Dutzend«, zischte Sundance drängend. Er meinte die Wärter draußen. »Du musst sie aus dem Weg schaffen, sonst sind wir verloren!«

Bohdan massierte seine Schläfen und atmete wenigstens einen Teil des angestauten Tributs aus. Er riss sich zusammen und konzentrierte sich. Als die Kraft gebündelt war, ließ er sie frei. Eine Brise kam auf. Der Wind wurde stärker, stob Sand auf und wurde zu einer Orkanböe. »Jetzt«, keuchte Bohdan.

»Los!«, brüllte Sundance und zog Bohdan mit sich aus der Deckung.

Der Tribut schwappte über Bohdan zusammen. Er torkelte und nahm nur schemenhaft wahr, wie Tank und Chufa schießend neben ihnen her rannten. Sundance gab Bohdan einen derben Schubs, und er landete auf der

Ladefläche eines Jeeps. Der Motor heulte auf, und schon rasten sie durch den Sturmwind, den Bohdan entfesselte hatte, davon. Bohdan schloss die Augen, um sie vor dem Sand zu schützen, aber auch aus Erschöpfung. Er merkte kaum, dass er die Besinnung verlor.

***

»Boh, wach auf!«

Bohdan registrierte, dass jemand heftig an ihm rüttelte. Es war ihm gleich. Und wenn die Welt noch einmal unterginge, er brauchte Erholung.

»Wach – jetzt – auf!«

Es klang nicht so, als würde Sundance aufgeben und ihn weiterschlafen lassen. Zähneknirschend schlug Bohdan die Augen auf und blinzelte. Der Himmel über ihm war hellblau, die Sonne neigte sich nach Westen. Bohdan fragte sich, weshalb Sundance ihn rüttelte, sie wurden auch so durchgeschüttelt. Der Jeep fuhr querfeldein über die braungelbe Steppe der Sonne entgegen.

»Es ist noch nicht vorbei!«, brüllte Sundance ihn an.

»Tsch, tsch«, machte Bohdan, »du brauchst nicht so zu schreien.«

Sundance hielt ihm einen ausgestreckten Zeigefinger dicht vors Gesicht. Bohdan ließ den Kopf auf die

Seite kippen, und nun begriff er die Aufregung. Fünf größere Fahrzeuge und eine Handvoll Motorräder jagten ihnen hinterher.

»Unseren ursprünglichen Verfolgern haben sich Lace Rider angeschlossen«, erklärte Sundance.

Bohdan setzte sich umständlich auf, bekämpfte das Schwindelgefühl und orientierte sich genauer. Links und rechts neben ihnen fuhren zwei weitere Jeeps. Also hatte es insgesamt nur ein kleiner Haufen heil aus Gundaban herausgeschafft. Vermutlich waren sie wegen des beschworenen Sturms ein Stück weit in die falsche Richtung gefahren, danach hatten sie korrigiert; nun hielten sie in einem Schlenker auf das zweigeteilte Gebirge zu.

»Wenn wir auf der Straße durch den Canyon fahren«, dachte Sundance laut nach, »holen uns zumindest die Motorräder ein. Umfahren wir ihn, könnten sie uns überholen und am Waldeingang auf uns warten. Wahrscheinlich ist es am besten, wir teilen uns auf …«

»Nein«, widersprach Bohdan. »Wir nehmen alle zusammen die Straße durch den Canyon.«

Sundance sah ihn von der Seite her skeptisch an. Er atmete scharf aus, dann nickte er. »Sige!«

Bohdan bereitete einen Zauber vor. Genaugenommen rief er sich die Unternamen für *Stein* und *Bersten* in Erinnerung.

Obwohl die Flüchtenden mit Vollgas über die Steppe bretterten, holten die Verfolger langsam auf. Vorneweg fuhren die Motorräder, dahinter drei Jeeps und zuletzt zwei furchteinflösende Kampftrucks mit breiten, sichelbestückten Reifen und Geschütztürmen.

»Ich hoffe, du weißt, was du tust«, sagte Sundance mit Blick auf die aufholenden Verfolger.

Bohdan antwortete nicht. Beim Ausbruch hatte er intuitiv gehandelt, hatte hauptsächlich mit katharischen Sprüchen um sich geworfen. Der kabbalistische Zweig der Magie war anders. Eine falsche Betonung, und es konnte alles Mögliche geschehen. Skaldäische Magie, mit der er die eigenen Fahrzeuge verbessern oder die der Verfolger hätte sabotieren können, stand ihm nicht zur Verfügung. Niemand hatte sie ihn gelehrt. Außerdem brauchte diese Magieform, soweit er wusste, Vorbereitungszeit – und Zeit war etwas, das ihnen momentan nicht gegeben war.

Die Verfolger änderten ihre Formation. Offensichtlich wollten sie keine Verluste erleiden. Die Motorräder und die Jeeps machten den Kampftrucks Platz. Diese monströsen Maschinen waren mit Stahlplatten gepanzert und mit Harpunen bestückt. Bohdan verstand, dass diese Trucks darauf ausgelegt waren, andere Fahrzeuge in voller Fahrt zu entern.

»Wir müssen etwas unternehmen«, rief Tank vom Fahrersitz aus, als er im Rückspiegel sah, wie sich die Trucks näherten.

Die Flüchtenden eröffneten das Feuer. Sundance traf einen Mann an einer Harpune, ansonsten prallten die Kugeln wirkungslos von den Panzerungen ab. Durch Schießscharten schossen die Verfolger zurück.

Bohdan kauerte sich zusammen, und er hoffte inständig, dass die Kugeln weder ihn noch die Reifen treffen würden.

Der Canyon war jetzt ganz nah. Bohdan wollte Tank zurufen, er solle die beiden anderen Jeeps vorlassen, aber eine Kugel sauste auf ihn zu, und er zog gerade noch rechtzeitig den Kopf ein. Sie hatten die Straße erreicht, ein Jeep war vor ihnen, einer hinter ihnen. Da die Reifen nun Asphalt unter sich hatten, beschleunigte sich die Fahrt. Felshänge wuchsen zu beiden Seiten in die Höhe. Bohdan fasste sich an die Stirn. Es würde äußerst schwierig werden, den Zauber so zu timen, dass er nicht aus Versehen die eigenen Männer in Mitleidenschaft zog. Eine Harpune wurde abgefeuert und der schwere Pfeil bohrte sich in die Ladefläche des Jeeps hinter ihnen. Zwei Männer versuchten ihn zu lösen, aber der Pfeil steckte fest und das Stahlseil, die ihn mit dem Truck verband, war stark. Ein Motorrad flitze neben dem Truck in einem gewagten Manöver hervor. Der Fahrer feuerte eine Salve aus einer Maschinenpistole ab, und einer der Männer auf der Ladefläche stürzte getroffen ab.

»Boh, tu endlich was!«, brüllte Sundance.

Einen kurzen Augenblick zögerte Bohdan noch, dann konzentrierte er sich auf die Hänge und sprach die Unternamen aus. Ein lautes Knacken war zu hören, gefolgt von einem Grollen, das lautem Donner glich. Bohdan hatte die Augen geschlossen, jetzt öffnete er sie wieder und erblickte den Steinrutsch, den er ausgelöst hatte. Riesige Felsbrocken rollten die Hänge hinab. Einige Steine trafen den Truck, aber die Hauptmasse ging hinter ihm nieder. Eine Staubwolke, die den Steinrutsch begleitete, vernebelte die Sicht, aber die Geräusche waren nicht schwer zu deuten. Lautes Krachen, Quietschen von Reifen und Schreie. Der Zauber hatte den Großteil der Verfolger unter Steinen begraben und den Rest abgeschnitten. Dummerweise waren der Truck und das eine Motorrad heil durch den Steinrutsch durchgekommen. Sundance fluchte.

Die Besatzung des Kampftrucks war jetzt nicht mehr zum Entern aufgelegt. Sie zogen den durch das Stahlseil der Harpune gefangenen Jeep zu sich heran und deckten ihn mit einem schnell feuernden, großkalibrigen Geschütz ein. Der Jeep ging in Flammen auf. Das Stahlseil wurde gelöst, der Jeep überschlug sich zweimal und rammte die Flanke des Trucks. Triumphierender Jubel war zu hören. Während Bohdan den Tribut bewältigte, zielte Sundance auf den Motorradfahrer. Der zweite Schuss saß. Die Kugel traf den Mann in die Brust, er riss den Lenker herum und einen Augenblick später rumpelten die breiten Reifen des Trucks über ihn. Ein zweiter Harpunenpfeil wurde aufgelegt, und Tank gab sein Bestes, dem harten Beschuss auszuweichen.

»Gleich haben sie uns«, knurrte Sundance. Er wandte sich an Bohdan. »Wenn du noch irgendwas aufzubieten hast, wäre jetzt der richtige Zeitpunkt. Ansonsten war das ein ziemlich kurzer Trip.«

Bohdan spürte Wut in sich aufsteigen. Er hatte sie aus Gundaban herausgeholt, er hatte den Großteil der Verfolger unter Fels begraben. Was sollte er denn noch alles tun? Seine Kräfte waren erschöpft. Wenn er noch einen Zauber wirkte, konnte der Tribut ihn umbringen. Sie hatten zwei Drittel des Canyons hinter sich gebracht. Im Westen war der Wald zu sehen. Wenn sie ihn erreichten, wären sie in Sicherheit, und Bohdan wollte unbedingt sehen, was auf der anderen Seite lag. Außerdem waren da die Männer, die sich auf ihn verließen. Er seufzte.

»Ich werde etwas versuchen«, sagte er, »aber du musst mich abschirmen. Wenn mich eine Kugel trifft, bricht meine Konzentration zusammen, und ich kann nichts mehr ausrichten.«

Sundance nickte, kniete sich vor ihn und gab einen Schuss ab.

Bohdan schloss die Augen und griff aus sich hinaus. Er sah die Auren der Männer auf dem Truck. Aber die Männer interessierten ihn nicht, er drang in die Maschine ein. Er fand den Tank, schmeckte das Benzin im Mund. Es war eine Improvisation, und er hatte keine Ahnung, ob es funktionieren würde. Er fühlte sich ganz in den Tank ein, in dem das Benzin schwappte. Er murmelte den Unternamen für Feuer – nichts geschah. Er versuchte es noch einmal unter Aufbietung all seiner Willenskraft, und nun entstand ein kleiner Funke. Jäh wurde er in seinen Körper zurückgeschleudert. In einer mächtigen Explosion riss es den Truck auseinander. Flammen züngelten ihm entgegen. Die Druckwelle erfasste ihn. Sundance wurde neben ihm durch die gesplitterte Scheibe in den Innenraum des Jeeps geworfen. Bohdan sah ein abgerissenes Metallstück auf sich zufliegen. Er konnte nicht ausweichen, konnte sich überhaupt nicht regen. Das Metallstück prallte gegen seinen Kopf. Noch ehe der Schmerz sein Gehirn erreichte, verlor er die Besinnung.

KAPITEL II

Bohdan wollte die Augen öffnen, aber es ging nicht. Seine gesamte linke Gesichtshälfte brannte, als stünde sie in Flammen. Er wollte seinen Arm heben, um sich zu betasten, doch er war zu schwach. Seiner Kehle entfuhr ein Stöhnen.

»Was machen wir jetzt mit ihm?«, fragte eine Stimme, die Bohdan nicht auf Anhieb zuordnen konnte.

»Es ist zwar bitter, aber wir müssen ihn zurücklassen. Er hält eh nicht mehr lange durch. Am besten gewähren wir ihm einen schnellen Tod.« Es war Basel, der das sagte. Der wieselgesichtige Hundesohn.

»Rühr ihn an«, grollte Tank, »und ich breche dich durch, wie diesen Stock.« Ein Knacken verriet Bohdan, dass Tank seine Worte mit einer Geste untermalte.

»Wir werden ja sehen, ob er sich erholt«, sagte Sundance. »Wir müssen uns alle ausruhen. Mitch, du hältst die erste Wache, wenn du merkst, dass dir die Augen zufalle, weckst du Tank.«

Eine mürrische Zustimmung. Offenbar war nicht jeder damit einverstanden, dass Sundance die Rolle des Anführers einnahm.

»Ich werde sehen, ob ich uns etwas Essbares beschaffen kann.« Wieder die Stimme, die Bohdan nicht vertraut war.

»Ich begleite dich«, sagte Yuma, ein ehemaliger Urkwarda, mit dem Bohdan sich in der ersten Zeit in Gundaban ein paarmal unterhalten hatte.

Schritte und andere Geräusche waren zu hören. Bohdan fühlte sich fürchterlich. Er war so schwach, wahrscheinlich hatte er eine Menge Blut verloren. Ihm wurde klar, dass sein jämmerlicher Zustand sich nicht von allein bessern würde. Jemand – er tippte auf Yuma – legte ihm kühlende Blätter aufs Gesicht, aber das brachte lediglich eine kaum merkliche Linderung des brennenden Schmerzes.

Er schlief, und er wachte, meist befand er sich allerdings in einem Zustand dazwischen. Er vernahm Gespräche, aber ihr Sinn war in weite Ferne gerückt, als ginge die Welt der Sterblichen ihn nichts mehr an. Als er dies feststellte, bekam er es mit der Angst zu tun. Er wollte nicht sterben. Und da ihm niemand helfen konnte, musste er selbst etwas unternehmen. Er erinnerte sich daran, wie die Baronesse von Stone Town eine Eidechse, die ihren Schwanz verloren hatte, geheilt hatte. Seine Mundwinkel zuckten und der Schmerz war unbeschreiblich, aber er fühlte Energie sein Gesicht durchströmen. Der Zauber kostete ihn soviel Kraft, dass er sofort die Besinnung verlor. Als er wieder zu sich kam, wirkte er ihn erneut. Es war ein Kampf auf Leben und Tod. Es war gefährlich, sich schutzlos dem Tribut auszuliefern, sehr gefährlich, aber ihm blieb keine Wahl. Am Ende siegte er, doch es war kein vollständiger Sieg. Er öffnete sein rechtes Auge, das andere würde für immer verschlossen bleiben.

Ein schmaler Streifen Himmel über ihm, beidseitig von Blättern eingerahmt. Beinahe schleichend langsam rollte der Jeep durch den Wald – nicht um Bohdan zu schonen, die Männer fürchteten sich vor den Schrecken, die sich im endlosen Grün um sie herum verstecken mochten.

»Bist du wach?«, fragte Sundance über ihn gebeugt.

»Ja«, sagte Bohdan mit schwacher Stimme.

Sundance schenkte ihm ein Lächeln, es wirkte aufrichtig. »Wir sind seit zwei Tagen im Wald unterwegs. Mit dir sind wir zu siebt.«

Bohdan zwinkerte mit seinem verbliebenen Auge, um auszudrücken, dass er verstanden hatte. Das Sprechen fiel ihm noch schwer.

»Wie … wie sehe ich aus?«, brachte er mit Mühe hervor.

Sundance räusperte sich. »Wild, würde ich sagen.«

Sie fuhren, bis es dunkel wurde. Sundance half Bohdan auszusteigen, dabei fiel diesem auf, dass sich bereits eine gewisse Routine eingestellt hatte. Der schlanke, etwas kleinwüchsige Yuma ging mit einem spitzen Stock ins Unterholz, gefolgt von einem rotschöpfigen Mann, den Bohdan nur vom Sehen her aus Gundaban kannte. Mitch, der seine langen dunklen Haare zu einem Pferdeschwanz gebunden trug, sammelte gemeinsam mit dem wieselgesichtigen Basel morsche Stöcke für ein Feuer, während Tank eine löchrige Matte ausbreitete, auf der sich Sundance und Bohdan niederließen.

»Gut, dass du wieder unter den Lebenden bist«, brummte Tank. »Ich wusste, du schaffst es.«

Bohdan nickte knapp. »Wo ist … wo ist Chufa?«, fragte er. Chufa und Tank waren in Gundaban unzertrennbar gewesen.

Tank schüttelte traurig den Kopf. »Er hat es nicht geschafft.«

»Tut mir … leid«, sagte Bohdan.

»Joa, mir auch«, kam es von Tank zurück.

Eine kurze Weile später prasselte ein kleines Feuer, über dem Sundance die Reste vom Vortag briet. Es war nicht mehr zu erkennen von welchem Tier die Fleischstücke stammten. Yuma und der Rotschopf, den die anderen mit Sico ansprachen, kehrten ohne Beute zurück. Sie verteilten das Fleisch gerecht und aßen schweigend, bis Tank knurrte: »Das Benzin wird knapp. Wenn wir nicht bald welches finden, müssen wir zu Fuß weitergehen.«

»Und wo bitte sollen wir hier Benzin finden?«, zischte Basel. Er machte eine Geste, die den Wald um sie herum einschloss. »Soweit hat unser Genie wohl nicht gedacht«, wetterte er gegen Sundance, allerdings ohne ihn beim Sprechen anzusehen, wie Bohdan bemerkte. »Ich schlage vor, wir kehren zurück. Wir könnten uns nach Prak durchschlagen und dort untertauchen. Ich habe Kontakte.«

»Die Urkwarda würden uns Gastrecht gewähren, wenn ich für euch bürge«, warf Yuma mit seiner hellen Stimme ein.

Sundance holte Luft, um etwas zu erwidern, aber Tank kam ihm zuvor: »Nein«, grollte der Hüne, »die östlichen Ödlande liegen hinter uns. Es gibt keinen Weg zurück.«

Sundance nickte zustimmend. »Wir würden nicht ungesehen an Lace vorbeikommen. Es hat noch nie einen Ausbruch aus Gundaban gegeben. Sie würden uns jagen, bis sie uns erwischen.«

»Merde!«, fluchte Basel. »Und was ist die Alternative? Glaubt ihr, es wird besser, wenn wir weiter nach Westen ziehen? Weiß denn jemand, was hinter dem Wald liegt? – Wenn er überhaupt jemals endet!«

»Sico und Sundance waren schon weiter westlich«, warf Mitch ein.

»Und?«, schnappte Basel.

»Dort gibt's Ratten«, sagte Sico der Rotschopf achselzuckend. Bohdan gefiel, dass er sich nicht von der aggressiven Art Basels beeindrucken ließ.

Basel warf die Arme über den Kopf.

»Kriech doch noch Hause, kleiner Mann, wenn du die Hosen voll hast«, steuerte Tank brummend bei.

»Jetzt beruhigen wir uns alle mal wieder«, sagte Sundance beschwichtigend.

»Ich bin ruhig«, knurrte Tank.

Sundance schmunzelte ihn an. »Sige, dann ist ja alles kubi.« Er kratzte sich am Kopf, ehe er fortfuhr:

»Sollte uns das Benzin ausgehen, gehen wir wohl oder übel zu Fuß weiter. Es ist wahr, hinter dem Wald erwartet uns ein weitläufiges Sumpfgebiet, aber dahinter liegt Norimberk.«

»Noch nie davon gehört«, sagte Basel argwöhnisch.

»Norimberk ist eine Stadt, fast so groß wie Prak City«, erklärte Sundance. »Dass ihr nie davon gehört habt, bedeutet auch, dass man dort nie von euch gehört hat. Und das bedeutet, jeder kann dort neu anfangen. Ich bin sicher, jeder der hier Anwesenden kommt in Norimberk allein zurecht. Bis dahin müssen wir aber zusammenhalten. Wir schaffen es nur gemeinsam.«

Die kleine Ansprache entfaltete die beabsichtigte Wirkung. Sundance hatte den Männern ein Ziel gegeben. Und auch wenn Basel noch immer eine grimmige Miene zur Schau stellte, sah Bohdan ihm an, dass ihn die Aussicht auf einen Neuanfang zufriedenstellte. In den Ödlanden waren sie allesamt gesuchte Verbrecher, im Westen hingegen unbeschriebene Blätter. Und dass es dort eine große menschliche Zivilisation gab, schenkte ihnen Hoffnung. Ja, sie würden die Arschbacken zusammenkneifen und Sundance folgen – zumindest vorerst. Bohdan musste Sundance' Aura nicht lesen, um zu spüren, dass er etwas zurückhielt, aber er sagte nichts. Er wollte ohnehin weiter nach Westen.

Vorerst wurde Bohdan nicht zum Wachdienst eingeteilt. Er kuschelte sich in seinen Mantel, der erstaunlich gut wärmte, und lauschte. Viele unterschiedliche Geräusche waren zu hören. Rascheln, Knacken und manchmal der Ruf eines Tieres in der Ferne. Bohdan sank in einen tiefen, traumlosen Schlaf.

Am nächsten Morgen tat ihm der Rücken weh, aber ansonsten fühlte er sich schon beinahe wieder wie ein ganzer Mensch, ein ganzer Mushanti. Auch wenn er sich erst noch daran gewöhnen musste, dass sich sein linkes Auge nicht mehr öffnete. Er rappelte sich auf, trank und aß einen Happen, den er am Abend zuvor in eine Manteltasche gesteckt hatte. Die linke Gesichtshälfte begann zu brennen, und er wirkte in aller Ruhe einen Heilzauber, um danach den Tribut vollständig zu bewältigen.

Yuma, der die letzte Wache gehalten hatte, weckte die anderen, während Bohdan mit pochendem Herzen auf einen der beiden Jeeps zuging. Als er ihn erreicht hatte, blieb er stehen und beugte sich nach vorn, bis er sein Gesicht im Außenspiegel betrachten konnte. Es war schlimm, aber nicht so schlimm, wie er befürchtet hatte. Von der Stirn über die leere Augenhöhle bis beinahe zum Mundwinkel hinab zog sich eine hässliche Narbe. Durch die Zauber waren Fleisch und Haut zusammengewachsen. Hätte jemand die Wunde genäht, wäre das Ergebnis kaum hübscher ausgefallen. Er betastete sich und fragte sich, ob Danija ihn so noch küssen würde. Danija. Er würde sie nie wiedersehen.

Yuma trat neben ihn und versetzte ihm einen gutmütigen Klaps auf die Schulter. »Ist ein Wunder, dass du überhaupt noch lebst.«

Bohdan schreckte ertappt hoch und lächelte gezwungen.

Yuma reichte ihm einen Stofffetzen, den Bohdan sich um den Kopf band, sodass er seine linke Gesichtshälfte größtenteils verdeckte.

»Wir brechen auf!«, rief Sundance. Wenige Augenblicke später waren alle auf den Jeeps, und die Reise ging weiter.

***

Die Straße war überwuchert, von Moos überdeckt, und an vielen Stellen war der Asphalt von Wurzeln aufgesprengt. Über weite Strecken war sie kaum mehr als ein schmaler Streifen, auf dem keine Bäume wuchsen. Tank, der am Steuer des vorderen Jeeps saß, hielt ein gleichförmig langsames Tempo bei, um Treibstoff zu sparen. Abgesehen von Insekten waren keine Tiere zu sehen, aber man hörte sie auch tagsüber. Am Nachmittag sah Bohdan ein etwa hüfthohes Wesen mit gebogenen Hörnern wegspringen. Er erhaschte noch einen kurzen Blick auf das braune Fell, dann war das Tier im Unterholz verschwunden.

Ehe das Benzin ausging, machte sich ein anderer Mangel bemerkbar. Am Abend, als sie die Jeeps abstellten, waren ihre Wasserreserven erschöpft. Sie hatten nur das dabei gehabt, was sie in den Jeeps vorgefunden hatten, plus minimale Vorräte, die manche Gruppenmitglieder vorausschauend noch in Gundaban eingesteckt hatten. Sie waren schlecht auf diese Reise vorbereitet, und natürlich gab man Sundance die Schuld daran. Niemand sprach es aus, aber die Blicke, die ihm zugeworfen wurden, waren aussagekräftig genug. Sundance hielt keine Ansprache, er erklärte sich in Nebensätzen, als sie um das Lagerfeuer hockten. Sein Ziel sei es gewesen, sie aus den östlichen Ödlanden zu schaffen. Der Wald böte ihnen alles, was sie bräuchten, sie müssten nur klug vorgehen und zusammenhalten. Bohdan vermochte sich nur schwer vorzustellen, dass es ein Problem sein würde, Wasser zu finden. Tagsüber war es warm-feucht und nachts kühl-feucht. In gewisser Weise schien der Wald eine eigne Klimazone darzustellen. Hank hätte gewusst, wie man die Tautropfen sammelte, oder andere Wege gekannt, um an Wasser zu gelangen. Allerdings traute Bohdan auch Yuma, der bei den Urkwarda aufgewachsen war, einiges zu. Vielleicht täuschte er sich aber auch in ihm, denn er kehrte erneut ohne Beute zum Lagerfeuer zurück.

»Dieser Wald ist verhext«, grollte er und machte ein Zeichen, das wohl Flüche abwehren sollte. Mit knurrenden Mägen schliefen die Männer ein, bis auf Sico, der Wache hielt.

***

Die Männer hatten Durst und Hunger. Die Stimmung war miserabel, und als ein Jeep röchelnd stehenblieb und sie sich alle auf einen drängen mussten, war die allgemeine Laune endgültig auf dem Tiefpunkt angelangt. Niemand sprach, mit finsteren Mienen starrten Sico, Mitch und Basel, die sich mit Bohdan die Ladefläche teilten, in das endlose Grün des Waldes. Auch Bohdan hatte Durst und Hunger, zugleich jedoch war er froh, am Leben zu sein und darüber, dass seine geistigen Kräfte zurückkehrten. Durch das erhöhte Gewicht ging auch dem zweiten Jeep nach wenigen Stunden der Treibstoff aus. Murrend stiegen die Männer ab. Sie schulterten ihre wenige Habe und folgten dem Verlauf der verwitterten Straße zu Fuß.

Sie waren nicht lange gegangen, als Yuma, der ein Stück weit voraus gelaufen war, sich von den anderen einholen ließ.

»Hast du etwas gefunden?«, fragte ihn Sundance.

Der einstige Urkwarda nickte. »Die Erde hier ist feucht. Wenn wir in diese Richtung gehen« – er deutete mit dem Zeigefinger nach Norden – »stoßen wir vielleicht auf einen Bachlauf oder eine Quelle.«

»*Vielleicht*«, zischte Mitch.

»Seid ihr irre?«, schnappte Basel. »Ihr wollt doch nicht ernsthaft in Erwägung ziehen, die Straße zu verlassen!«

Tank blickte erwartungsvoll zu Sundance. Dieser dachte kurz nach, ehe er eine Entscheidung traf: »Wir haben keine andere Wahl. Seid auf der Hut.« Er zog seine Pistole aus dem Gürtel, lud durch und stapfte voran ins Unterholz.

Basel sah zum Himmel auf, murmelte etwas von Nachhall und folgte als Letzter nach.

Der Marsch durch den Wald war anstrengend, und sie kamen nur langsam voran. Stechmücken und Blutegel fielen über sie her. Äste schlugen ihnen ins Gesicht, und Sico zog sich einen Ausschlag an dem Unterarm zu, mit dem er eine Liane gestreift hatte. Sie waren an Wüste, Steppe und Städte gewöhnt, der Urwald setzte ihnen hart zu. Bohdan stellte die einzige Ausnahme dar. Er wusste nicht weshalb, aber er bewegte sich fast mühelos durch das Unterholz. Instinktiv vermied er die Berührung gewisser Pflanzen. Nun, da er sich mitten in ihm befand, flößte ihm der Wald keine Angst mehr ein, im Gegenteil, er fühlte sich unter den dichten Kronen stark und frei. Sundance bemerkte das Lächeln auf Bohdans Lippen und ließ ihn mit Yuma vorangehen.

Ganz sachte legte Yuma Bohdan einen Arm vor die Brust. Bohdan blieb wie angewurzelt stehen. Vor ihnen lag ein Meer von Farnen, und über die Farne ragten die Kuppen von Tieren mit schwarzem borstigem Fell. Die restliche Gruppe war vielleicht vierzig Schritte hinter ihnen, und Bohdan hoffte inständig, dass die Geräusche, die sie beim Näherkommen machten, die Tiere nicht aufschreckten. Nun, da er angestrengt lauschte, hörte er das Plätschern eines

Baches und das Grunzen der Tiere. Es handelte sich wohl um Wildschweine, die zum Trinken an den Bach gekommen waren.

Yuma hob seinen Speer, doch diesmal war es Bohdan, der ihm bedeutete, er solle sich nicht bewegen. Bohdan schloss sein verbliebenes Auge und griff aus sich hinaus. Er sah die Auren der Schweine. Sie waren alarmiert, aber noch tranken sie. Bohdan suchte eine mittelgroße Sau aus, die nicht trächtig war. Er umfasste das Tier mental, beruhigte es und wirkte dann vorsichtig einen Schlafzauber.

»Jetzt«, flüsterte er Yuma zu, als er in seinen Körper zurückgekehrt war.

Yuma pirschte vor, langsam hob er den Speer. Sundance sagte etwas, die Schweine hoben die Köpfe, stellten die Ohren auf und im nächsten Moment stoben sie davon. Yuma warf den Speer und traf jene Sau, die durch Bohdans Betäubung verzögert reagierte.

Je größer der Mangel und die Entbehrungen, umso größer die Freude über schlichte Dinge. Die Männer schöpften mit den Händen Wasser und tranken, und keine Stunde später saßen sie um ein Feuer, über dem Fleisch an einem Spieß brutzelte. Die Stimmung war beinahe ausgelassen, selbst Basel machte einen weniger zerknirschten Eindruck. Er kicherte über einen Scherz von Tank. Das Schweinefleisch war fett, und auch ohne Gewürze schmeckte es vorzüglich. Zum Nachtisch gab es rote Beeren, die Yuma in der Nähe gefunden hatte und die seiner Ansicht nach mit an

Sicherheit grenzender Wahrscheinlichkeit genießbar wären. Er steckte sich eine in den Mund, kaute, schluckte, und da er nicht tot umkippte, griffen sie anderen auch zu.

Die umgeknickten Farne waren zwar nicht so weich wie eine Matratze, aber es war besser, als auf dem harten Boden zu liegen. Sundance schnarchte bereits, und Mitch, der zur ersten Wache eingeteilt war, kümmerte sich weiter um das Fleisch über dem Feuer, damit sie für die nächsten Tage Proviant hatten, als Bohdan durch die sanft in einem leichten Wind wiegenden Farne hindurch ein Schimmern ausmachte. Es war nur ein kurzes Aufblinken von rotem Licht, dann war es verschwunden. Bohdan gähnte und drehte sich auf die andere Seite. Er konnte genauso gut am nächsten Tag nachsehen, was die Quelle des Lichts war; vielleicht hatte er es sich auch bloß eingebildet.

***

Am nächsten Morgen frühstückten die Männer gemeinsam. Sundance schlug vor, eine Waffen- und Ausrüstungsinventur durchzuführen. Da die Mägen voll waren, die Männer ausgeschlafen, und weil Sundance es als Vorschlag und nicht als Befehl formuliert hatte, willigten alle ein. Sie leerten ihre Taschen und legten ihre gesamten Besitztümer neben die erkaltete Feuerstelle auf den Boden. Das Ergebnis fiel kläglich aus. Ein Gewehr, vier Handfeuerwaffen, spärliche

Munitionsreste, zwei Messer, eine Handaxt, drei mottenzerfressene Decken, ein Wasserschlauch, zwei Plastikflaschen. Das war alles. Bohdan steckte seinen Revolver wieder ein und überlegte, ob er vor der versammelten Gruppe das Licht erwähnen sollte, da rümpfte Yuma die Nase und sagte: »Ich habe bei meiner Wache ein wenig die nähere Umgebung erkundet. Dabei ist mir ein rot schimmerndes Licht aufgefallen.« Er deutete in die Richtung, in der auch Bohdan das Licht gesehen hatte. Er hatte es sich also nicht eingebildet.

»Und?«, fragte Basel.

»Wartet einen Augenblick«, sagte Bohdan. Er begab sich in die Hocke und verließ seinen Körper. Sein Geist flog, schnell wie ein Gedanke, an Farnen und Stämmen vorbei, bis er ein pulsierendes Gemäuer erreichte. Er kehrte in seinen Körper zurück und atmete den Tribut aus. »Es ist eine Ruine«, sagte er leise.

Sundance und Sico wechselten einen vielsagenden Blick. »Wir sehen uns das an«, entschied Sundance.

»Dreck, nein!«, widersprach Basel. »Wieso sollten wir das tun?«

»Es gibt viele Geschichten über Ruinen in diesem Wald«, erklärte der rotschöpfige Sico ruhig. »Wenn man nach ihnen sucht, sind sie äußerst schwer zu finden. Manche behaupten, sie änderten ihren Standort,«, fuhr er fort. »Außerdem ist die Rede von unschätzbaren Reichtümern, die auf jene warten, die es wagen, die Ruinen zu erkunden.«

»Ich komme mit«, grunzte Tank, »und wenn wir was von Wert finden, teile ich nicht mit Hosenschissern, die hier auf uns warten.« Mit diesen Worten erhob er sich und stapfte in die angegebene Richtung. Sundance zuckte, ein zufriedenes Grinsen im Gesicht, mit den Schultern und folgte ihm. Mitch und Sico rafften sich auf und gingen neben Yuma hinterher. Einen Moment lang stand Bohdan neben dem zögernden Basel.

»Verfluchte Baichis«, ärgerte sich der ehemalige Lace Rider, dann wandte er sich an Bohdan: »Bist du dir sicher, dass uns dort keine Gefahr droht?«

»Nein«, erwiderte Bohdan ehrlich. Er war neugierig, zugleich hatte er kein gutes Gefühl.

Basel stieß scharf Luft aus. »Nja, irgendjemand mit ein wenig Krips zwischen den Ohren muss schließlich auf die Baichis aufpassen, nicht wahr?«

Bohdan hob die rechte Augenbraue, und gemeinsam folgten sie den anderen nach.

Die Ruine war aus Stein, allerdings aus einem, den keiner der Gruppe je gesehen hatte. Er war glatt und schwarz und an den Stellen, auf die Sonnenstrahlen fielen, schimmerte er rötlich. Ranken und Wurzeln überwucherten das Gebilde, das einen Durchmesser von nicht mehr als hundert Schritt hatte. Es sah aus, als wäre es von einer gigantisch großen Klinge unsauber durchgeschnitten. An den vier Ecken waren die Ansätze von Türmen zu erkennen, die nach oben hin offen waren. Das Hauptgebäude in der Mitte war etwa fünfmal so hoch wie ein Mann, und an den Rändern waren Schlingpflanzen zu sehen, die von innen nach außen wuchsen. Es war jedoch nicht die sonderbare Bauweise, die Bohdan den Atem anhalten ließ. Die Aura, die das Konstrukt umgab, war nicht fest, sie pulsierte. Bohdan erinnerte das Pulsieren an einen langsamen, aber rhythmischen Herzschlag. Er schauderte.

»Auf der rechten Seite ist eine Art Tor«, sagte Mitch und deutete auf ein ovales, schwarzes Loch.

»Dicht zusammenbleiben«, sagte Sundance, nahm seine Pistole in Anschlag und ging auf den von Ranken verhangenen Eingang zu.

Im Inneren der Ruine gab es keine Türen, nur unterschiedlich geformte Aussparungen im schwarzen Stein. Sie pirschten vorsichtig durch drei kleinere Räume, deren Decken niedrig und deren Böden von Pflanzen überwuchert waren. Ein Geräusch von hinten, alle wandten sich um. Aber es war nur Basel, der sich in einer Ranke verfangen hatte und ins Straucheln geraten war.

Tank schnaubte, und sie gingen geduckt durch eine quadratische Öffnung, die zu einer Art Halle führte. Der große, kreisrunde Raum war nach oben hin offen. Die Wände waren von knorrigen Wurzeln verhangen, aber an den Stellen, wo nichts wuchs, waren Malereien zu sehen. Sie waren verblichen, doch wenn man genau hinsah – und das tat Bohdan – waren die Motive zu erkennen. Hauptsächlich stellten die

Wandmalereien Kämpfe dar. Das größte Bild zeigte eine riesige Schlacht, in der humanoide Wesen mit Schwertern, Bögen und Speeren gegen eine endlose Horde von Dämonen kämpften. Am zentralen Punkt stellte sich ein Humanoide einer grässlichen dreiköpfigen Kreatur entgegen. Sie standen auf einem Schädelberg. Der Humanoide hatte sein Schwert in die Luft gereckt, ein Blitz fuhr von oben in die Spitze der Klinge. Bohdan deutete den Blitz als göttlichen Segen. Er zuckte aus einem roten Himmel herab, in dem kunstvoll die Konturen von Gesichtern auszumachen waren. Eines hatte die Form eines Schakals, ein anderes erinnerte an eine Schlange. Waren das Götter der Shedainai?, fragte sich Bohdan. Ein Ruf riss ihn aus seiner Betrachtung.

»Was habe ich gesagt?«, freute sich Sico mit erregter Stimme. »Reichtümer!«

Er und Tank hatten einen steinernen Altar entdeckt. Kelche, Schalen und andere Kultgegenstände standen darauf. Sico polierte eines der Gefäße mit dem Hemdärmel, und als der Staub fort gewischt war und das Stück golden glänzte, reckte er es triumphierend in die Höhe.

»Packt alles ein«, wies Sundance überflüssigerweise an.

Einen Augenblick war Bohdan irritiert, selbst in den Augen des sonst so bedächtigen Tank Gier leuchten zu sehen. Bohdan blieb von den Gegenständen auf und um den Altar unberührt, allerdings wusste er auch als Einziger, dass es sich dabei nicht um den eigentlichen Schatz handelte. Er hatte nur kurz aus sich herausgegriffen und war auf einen Geheimgang gestoßen. Vielleicht hätte er die Entdeckung für sich behalten, wäre nicht Sundance auf ihn zugekommen. Er grinste ihn an und sagte: »Komm schon, weih uns ein.«

Trotz des unangenehmen Gefühls in der Bauchgegend führte Bohdan die anderen zu der Stelle, wo sich ein Hohlraum unter den Steinplatten befand. Tank hackte mit der Axt Wurzeln entzwei, dann drehte er sie und hieb mit der stumpfen Seite auf den schwarzen Stein ein. Bei jedem kraftvollen Schlag zuckte Bohdan innerlich zusammen. Falls irgend etwas dort unter ihnen geschlafen hatte, war es nun mit Sicherheit wach. Der Stein brach und legte eine Treppe frei.

»Lasst mich vorangehen«, sagte Bohdan. Er bereitete Schutzzauber vor und stieg dann vorsichtig die Treppe hinab. Ein schwacher Lichtzauber sorgte für ausreichend Helligkeit, um sich umzuschauen. Vorerst gab es allerdings nicht viel zu sehen. Eine abfallende Decke aus schwarzem Stein und Stufen, auf denen sonderbarerweise kein einziges Staubkorn lag. Bohdan blickte über die Schulter. Hinter ihm folgte Sundance mit angehaltenem Atem, dahinter Tank, die Axt noch in der Hand. Nach dreiundvierzig Stufen endete die Treppe. Bohdan hatte mitgezählt, weil er durch die Unterweisung des Blinden Nathan wusste, dass Zahlen Bedeutung und Macht innewohnen konnten.

Die Grotte, in der sie sich nun befanden, war weitläufig, und die gewölbte Decke bestand nicht aus dem mittlerweile vertrauten schwarzen Stein, sondern aus Wurzeln und Ranken. Manche Wurzeln waren so breit, dass Bohdan sich den zugehörenden Baum nicht vorzustellen vermochte.

Die kleine Gruppe schwärmte aus, aber sie trafen sich schon kurz darauf alle in der Mitte des Raums, wo eine seltsame Skulptur stand. Das mannshohe Ding aus einem ihnen unbekannten Metall erinnerte vom Aufbau her an einen Springbrunnen. An oberster Stelle befand sich ein Kopf mit weit aufgerissenem Mund. Das Gesicht wirkte verzerrt – ob vor Lust oder Schmerz war nicht eindeutig zu bestimmen –, und anstatt einem normalen Augenpaar besaß es nur ein Auge auf der Stirn. Dieses Auge bestand aus einem matt schimmernden roten Stein.

»Sige«, sagte Mitch begeistert, »den holen wir uns.« Damit zückte er ein Messer.

Bohdan legte ihm eine Hand auf den Unterarm. »Wartet ... der Stein ist nicht der Schatz.« Er griff in die runde Schale auf Hüfthöhe, die mit Erde gefüllt war. Ein Kribbeln durchströmte ihn, als er in der feuchten Erde wühlte. Er ertastete etwas Hartes und zog es heraus. Es war ein kleines Säckchen, gefüllt mit fingerlangen Stäben. Bohdan schüttete sie in die offene Handfläche. Die Stäbe waren weiß, und arkane Symbole waren in sie eingraviert. Er prüfte seinen Fund auf geistiger Ebene und reagierte deshalb zu spät. Mitch war auf die Skulptur geklettert, er stand mit den Füßen auf der Schale und setzte das Messer an den Augenstein an.

»Nein!«, rief Bohdan, aber es war zu spät. Ein tiefes Grollen war zu vernehmen und im nächsten Augenblick überkam Bohdan eine übermächtige Müdigkeit. »Nein«, murmelte er noch einmal, wobei er zu Boden sank.

Er fand sich in einer bizarren Traumwelt wieder. Eine klebrige Masse umgab ihn. In der rot pulsierenden Masse erkannte er Zähne. Er wollte schreien, aber eine Flüssigkeit war in seine Lungen eingedrungen. Panisch strampelte er, doch er kam nicht frei, und seine Glieder wurden immer schwächer. Von irgendwoher sprach eine Stimme zu ihm. Er kannte diese Stimme, und als er sich beruhigte und sich auf sie konzentrierte, konnte er die Worte von Dr. Foster verstehen: »Wach auf, Bohdan. Mein Sohn, wach auf. WACH JETZT AUF!«

Mit einem Ruck fuhr er hoch und würgte. Er befand sich wieder in der Grotte. Der Boden war feucht, und abertausende von dünnen Fäden sprossen daraus hervor. Seine Oberschenkel waren davon überzogen. Er riss sich los und rappelte sich auf. Seine Kameraden lagen am Boden. Tank, Sundance, Mitch, Sico und Basel – Yuma war vollständig von den Fäden überzogen und zur Hälfte in den Boden eingesunken. Aber es musste sich um ihn handeln. Bohdan kannte keinen Zauber, der in dieser Situation geholfen hätte, deshalb bückte er sich zuerst neben Sundance, nahm seinen Arm und zog kräftig. Er zerrte und riss, bis Sundance die Augen aufschlug und panisch um sich schlug.

»Hilf mir mit den anderen«, zischte Bohdan ihm zu, und gemeinsam weckten sie die Übrigen und befreiten sie von den Fäden, die sie hinab ins Erdreich ziehen wollten. Tank half ihnen dabei, die Fäden aus dem Gesicht von Yuma zu reißen. Sie waren in seine Nase und in seinen Mund eingedrungen, und Yuma röchelte und spuckte Blut, als er endlich zu sich kam. Sie stützten ihn und ergriffen die Flucht. Sie rannten, so schnell sie ihre Beine trugen, erst die Treppe hinauf, dann durch die Halle und die anschließenden Kammern. Erst als sie freien Himmel über sich hatten, hielten sie an und ließen sich außer Atem auf dem Waldboden nieder.

»Was zur …« setzte Basel stammelnd, mit weit aufgerissenen Augen auf die Ruine starrend, an, brachte seinen Satz jedoch nicht zu Ende. Der Schrecken war noch zu nah.

Bohdan kümmerte sich sogleich um Yuma. Was auch immer sie hatte verzehren wollen, es hatte ein Gift in Yumas Körper zurückgelassen und manche seiner inneren Organe angegriffen. Während Bohdan verschiedene Heilzauber kombinierte, glaubte er ein Rülpsen aus Richtung der Ruine zu vernehmen. Immerhin hatten Sundance und Mitch bei der heillosen Flucht einen Teil der Beute gerettet, und Bohdan war im Besitz der eigentlichen Kostbarkeit, dem Säckchen mit den Runenstäben. Sie waren noch einmal mit einem blauen Auge davongekommen.

***

Trotz des Grauens, das sie in der Ruine erlebt hatten, schlug Sundance vor, nicht zur Straße zurückzukehren, sondern dem Bachlauf Richtung Westen zu Folgen. Basel widersprach, und Sico schloss sich seiner Kritik an.

»Lasst uns abstimmen«, brummte Tank.

Bohdan hielt das für eine gute Idee, und er war überrascht, als ausgerechnet Basel meinte: »Ich sage, wir lassen Boh entscheiden. Wir haben alle gesehen, zu was er im Stande ist. Sakra, er hat uns allen die Haut gerettet. Ich schlage vor, wir ernennen ihn zu unserem Anführer.«

Sundance bedachte erst Basel mit einem wütenden, dann Bohdan mit einem drohenden Blick. Einen Moment herrschte Schweigen.

Bohdan dachte kurz nach, ehe er den Kopf schüttelte. »Dein Vorschlag ehrt mich«, wandte er sich an Basel, um an alle gerichtet fortzufahren: »Ich denke aber, Sundance macht einen guten Job. Auch ich halte es für vernünftig, solange wie möglich dem Wasser zu folgen. Wir haben zu wenig Behälter, um eine größere Ration Wasser mit uns zu tragen, außerdem geben wir auf der Straße ein leichtes Ziel ab, falls uns doch jemand folgt.« *Oder uns jemand entgegenkommt, der verhindern will, dass wir es durch den Wald schaffen,* dachte Bohdan im Stillen. Laut führte er weiter aus: »Ich traue Sundance zu, uns gut anzuführen, aber ich stimme zu, wir sollten diese Frage ein für allemal klären. Natürlich berate ich ihn gerne, wenn er mich um Rat bittet.«

Er machte eine kurze Wirkpause und fuhr fort: »Also, wer ist dafür, dass Sundance unser Anführer ist? Wer ist bereit, seinem Befehl ohne Widerspruch Folge zu leisten?« Bohdan hob die Hand.

Tank knurrte etwas Unverständliches und hob ebenfalls die Hand. Mitch folgte seinem Beispiel, Yuma murmelte sein Einverständnis. Unter den Blicken der anderen hob sich schließlich auch Sicos Arm und zuletzt der von Basel.

»Dann wäre das ja endlich geklärt«, schnaubte Sundance. »Los jetzt, wir brechen auf.«

***

Sie marschierten von Sonnenauf- bis Sonnenuntergang und kamen gut voran. Zum Glück der kleinen Gruppe schlängelte sich der Bach immer weiter nach Westen. Bohdan war froh über die langen Stunden schweigenden Wanderns. Es gab viele Dinge, die er sortieren musste. Erst jetzt begriff er so richtig, dass er wieder ein freier Mann war und Gundaban nie wiedersehen würde. Er rief sich all die Zauber, die er von der Baronesse und dem Blinden Nathan gelernt hatte, in Erinnerung. All die Wahren Namen und Unternamen und auch jene Sprüche, die er sich selbst angeeignet hatte. Dazwischen kam ihm immer wieder das Gesicht von Dr. Foster in den Sinn. War sie wirklich seine Mutter gewesen? Hatte er sich deswegen, trotz der widrigen Umstände seines Gefängnisaufenthalts, nicht gänzlich verloren gefühlt? Oder war sie nur zu einer Stimme in seinem Inneren geworden, ein Aspekt seiner Seele, der für den Überlebenstrieb stand und ihn deshalb in der Ruine hatte aufwachen lassen? Und dann war da noch Danija. Aber er verdrängte die Gedanken an sie. Danija und ihr gemeinsamer Sohn waren Vergangenheit, genau wie Gundaban, genau wie Minx. Es gab nur noch Boh, Boh, der mit einer kleinen Gruppe von Flüchtigen gen Westen zog, einem unsicheren Schicksal entgegen. Und doch hatte er das starke Gefühl, einer – nein, *seiner* Bestimmung zu folgen.

Grübelnd ging er vor sich hin, als sein Gefahreninstinkt ihn abrupt innehalten ließ. Er lauschte. Es war nichts zu hören, außer dem Keckern eines bunt gefiederten Vogels in einer Baumkrone über ihm. Aber er spürte die Präsenz eines Wesens – eines mächtigen Wesens, das über Magie verfügte. Er griff nicht aus sich heraus, um es nicht auf sie aufmerksam zu machen, sondern zischten den anderen zu, sie sollten stehenbleiben.

Sundance schlich an seine Seite. »Was ist los?«

»Ich bin mir nicht ganz sicher«, gab Bohdan leise zurück, »aber wir sollten nicht weiter gehen.«

»Sige«, sagte Sundance, der gelernt hatte, Bohdans Ratschläge ernst zu nehmen, »dann machen wir einen Bogen.«

Dicht beisammen gingen sie nach Norden. Erst wurde das Gefühl schwächer, doch dann verstärkte es sich wieder. Als die Dämmerung hereinbrach, waren sie kaum weiter nach Westen vorangekommen.

Am folgenden Tag wiederholte sich das Spiel. Immer, wenn sie ihren Kurs nach Westen änderten, hieß Bohdan die Männer kurz darauf, stehenzubleiben und weiter nach Norden zu marschieren, um den Bogen noch größer zu machen.

»Kannst du nicht wenigstens sagen, was uns da den Weg versperrt?«, fragte Yuma, als er und Bohdan abends gemeinsam nach essbaren Wurzeln und Beeren suchten. Durch Yumas Pflanzenkunde und Bohdan Zauberkünste waren sie mittlerweile in der Lage, durch Sammeln die Vorräte aufzustocken. Sie hatten auch herausgefunden, wie sie ohne den Bach an Wasser kamen. Es gab zweierlei Arten trichterförmiger Pflanzen, in denen sich Tau sammelte. Allerdings war es mühsam und langwierig, auf diese Weise ausreichend Wasser für die ganze Gruppe heranzuschaffen. An diesem Abend waren Sico und Mitch mit dieser Aufgabe von Sundance betraut worden.

»Wenn ich mir Sicherheit darüber verschaffe, könnte ich das Interesse von was immer es ist auf uns lenken«, antwortete Bohdan und pflückte eine reife, blaue Beere von einem Strauch.

»Meinst du nicht, das ist bereits geschehen«, wandte Yuma ein, »so, wie es uns beharrlich den Weg versperrt?«

Bohdan zuckte mit den Schultern.

»Könnte es ein Shedai-nai sein?«, ließ Yuma nicht locker.

»Möglich«, erwiderte Bohdan. Er rieb sich die Stirn. »Versuchen wir morgen noch einmal, ihn oder es zu umgehen, wenn es nicht gelingt, müssen wir gemeinsam entscheiden, wie wir vorgehen.«

Mit dieser Aussicht schien Yuma zufrieden, und Bohdan wiederholte seinen Vorschlag später am Rastplatz. Sundance stimmte zu.

Bohdan fragte, ob Sundance oder Sico, die schließlich beide schon auf der anderen Seite des Waldes gewesen waren, bei ihren früheren Durchquerungen Ärger gehabt hätten.

»Wir hätten auf der Straße bleiben sollen«, steuerte Basel wenig hilfreich bei.

Sico sagte, es habe Vorfälle gegeben, aber er sei auch nie mit einem so kleinen Trupp und ohne motorisierte Fahrzeuge gereist. Sundance nickte nur.

Ohne Feuer war es kühl. Bohdan betrachtete die Runenstäbe im Mondlicht, das durch die Wipfel der Bäume fiel. Er kannte viele geheime Zeichen und Symbole, aber die auf den Stäben eingravierten waren ihm vollkommen fremd. Auf den ersten Blick wirkten sie simpel, auf den zweiten jedoch waren winzige Kringel zu erkennen, welche die deutlichen Linien fortsetzten. Er nahm sich vor, ihre Bedeutung in Erfahrung zu bringen, steckte die Stäbe zurück in das Säckchen und weckte Tank, der die nächste Wache übernahm.

Am folgenden Tag gingen sie zunächst nach Norden, dann ein Stück zurück; wann immer sie auch nur eine kurze Weile westwärts marschierten, spürte Bohdan die starke Präsenz und hieß die Männer umkehren. Die Sonne hatte den Zenit überschritten, als Sundance auf einer Lichtung rasten ließ. Von allein bildeten die Männer einen Kreis.

Sundance trat in die Mitte und verkündete: »So geht es nicht weiter.«

Zustimmendes Gemurmel.

Bohdan ging in die Hocke und sah sich nach allen Seiten um. »Der Platz hier ist nicht schlecht. Was auch immer sich uns nähern wird, wir werden es früh erkennen.«

»Wir können uns hinter dem umgestürzten Baum da verschanzen«, sagte Yuma und deutete auf einen breiten, mit Moos bewachsenen Stamm, der quer zur Lichtung lag.

Und so taten sie es. Sie überprüften die Waffen, und Bohdan verließ seinen Körper. Schnell wie ein Gedanke flog er durch den lichten Laubwald. Was er suchte, war nicht schwer zu finden. Auf der Geistebene kam die Aura des Wesens einem Leuchtfeuer gleich. Es war kein Shedai-nai, vielleicht war es ein

Naga-nai. Auf jeden Fall handelte es sich um eine magische Kreatur. Sie hatte die Gestalt einer riesigen Raubkatze, und ihre Aura strahlte in einem feurigen Rot. Und wie Bohdan die ganze Zeit über befürchtete hatte, witterte sie seine Anwesenheit sofort. Sie stürzte in seine Richtung, und Bohdan kehrte blitzschnell in seinen Körper zurück.

»Es kommt«, keuchte er.

Die Männer waren gewarnt. Pistolen, Yumas Speer und das Gewehr, das Mitch im Anschlag hielt, zielten in die richtige Richtung. Dennoch erfasste die Männer eine Welle der Panik, als das Biest in großen Sätzen auf sie zustürmte. Auf der körperlichen Ebene sah es anders aus. Es hatte ein rotes Fell mit schwarzen Streifen, auf dem sich die kräftigen Muskeln abzeichneten. Der Kopf war der einer Raubkatze, allerdings ragten aus dem Oberkiefer zwei lange, an Säbel erinnernde Eckzähne.

»Ruhe bewahren!«, rief Sundance. »Gezieltes Feuer – jetzt!«

Die Männer schossen, Yuma schleuderte seinen Speer. Die Bestie wich dem Speer mit einem anmutigen Sprung aus, aber einige der Kugeln fanden ihr Ziel. Sie bohrten sich in das Fall. Der Schmerz machte die Bestie nur umso wilder. Sie stürmte weiter, dann stieß sie sich von den Hinterbeinen ab und machte einen atemberaubend weiten Satz. Bohdans Zauber prallte ab und verpuffte. Das Raubtier musste über einen natürlichen Schutz verfügen, dachte er noch, kurz bevor er von den Beinen gerissen wurde und die Bestie mitten unter ihnen war. Bohdan wurde lediglich unsanft zu Boden geschleudert, während Mitch, der zurückgewichen war, schützend das Gewehr vor sich hielt. Mit einem Prankenhieb wurde es ihm aus der Hand gerissen, und dann stürzte sich die Bestie auf ihn. Es kam zu einer tödlichen Umarmung. Die langen Klauen zerfleischten Mitchs Rücken, und die Bestie biss ihm in den Kopf. Tank stieß einen Kampfschrei aus und trieb ihr die Axt in die Flanke. Sundance schoss aus kurzer Distanz, und die Raubkatze zuckte zusammen, ließ von Mitch ab und drehte sich mit funkelnden Augen zu Sundance um.

Alles war rasend schnell geschehen. Bohdan hatte fieberhaft nachgedacht und war zu einem Schluss gekommen: Wenn er seine Magie nicht direkt gegen das Biest richten konnte, war es ihm immer noch möglich, indirekt vorzugehen. Die meisten Tiere fürchteten Feuer, er hoffte inständig, dass dies auch auf diese Kreatur zutraf. Er murmelte den Unternamen und deutete auf die Stelle zwischen der Bestie und Sundance. Im nächsten Augenblick knisterte die Luft, und Flammen entstanden aus dem Nichts. Bohdan sah ihren Widerschein in den schlitzförmigen Augen der Bestie. Unsicher wich sie zurück. Bohdan lenkte den Zauber, sodass die Flammen der Bestie folgten. Nachdem die Kugel und die Axt, die noch immer in der Seite des Biestes steckte, sie nicht zu töten vermocht hatten, stellte das Feuer keine ernsthafte Gefahr für sie dar, aber sie hatte Angst, und Bohdan nutzte diese Angst. Er vergrößerte die Flammen, machte sie dichter. Ein enttäuschtes Knurren, und dann floh die Raubkatze.

Sundance ließ die Pistole sinken und reichte Bohdan, der dabei war den Tribut zu bewältigen, die Hand. »Wir sollten sofort weiter, ehe das Vieh zurückkommt«, sagte Sundance.

»Was ist mit ihm?«, brummte Tank und nickte mit dem Kinn in Richtung Mitch, dessen Leiche einen entsetzlichen Anblick bot. Sein halbes Gesicht war weggerissen.

»Hast du nicht gehört, was Sundance eben gesagt hat?«, schnappte Basel. »Wir müssen hier weg!«

Tank beachtete ihn nicht. Zuerst sah er zu Sundance, dann zu Bohdan. Dieser schluckte den bitteren Geschmack in seinem Mund herunter und sagte: »Wir gehen.«

Und so machten sich die sechs Männer auf den Weg. Endlich konnten sie weiter westwärts ziehen.

KAPITEL III

Sie konnten es kaum glauben – der Wald wurde immer lichter, der Boden erst feucht, dann morastig, und vor ihnen breitete sich eine endlos wirkende, trostlose Sumpflandschaft aus.

»Von der Bratpfanne ins Höllenfeuer«, stöhnte Basel.

»Chiau-chu, du verdammter Schwarzseher!«, sagte Sundance mit einem Lächeln. »Wir haben den Wald hinter uns.«

»An Wasser wird es uns auf jeden Fall erst mal nicht mangeln«, grollte Tank sarkastisch.

»Wir müssen hier entlang«, sagte Sico und deutete mit ausgestrecktem Arm in südwestliche Richtung.

Sie stapften los.

Es war ein Segen, dass sie Sico dabei hatten. So bekamen sie zwar rasch nasse Füße, aber niemand versank. Sico hatte gelernt, die verschiedenen Braun-, Grün- und Schwarztöne der Marscherde und der Tümpel richtig zu deuten. Wenn jemand aus Versehen den von ihm vorgegebenen Pfad verließ, blieb Sico stehen und zeigte dem Zurückgebliebenen, wie er sicher aufschließen konnte. Auch Sundance musste er einmal warnen, als er – wahrscheinlich um seine Notdurft zu verrichten – hinter einer Ansammlung hochwachsender Pflanzen verschwinden wollte. Bohdan war verblüfft. Sundance musste schließlich früher selbst schon durch diesen Sumpf gekommen sein.

Das Vorwärtskommen wurde immer mühsamer. Oft blieb der kleinen Gruppe keine andere Wahl, als durch hüfthohes, brackiges Wasser zu waten. Wie Yuma hielt Bohdan sich nah an Sico, um von ihm zu lernen. Allerdings war der Rotschopf wenig gesprächig und beantwortete ihre Fragen meist einsilbig.

»Du bist nicht nur durch dieses Gebiet durchgekommen«, sagte Bohdan, während sie auf einem schmalen, halbwegs trockenen Pfad beim Gehen morsches Holz einsammelten. »Du hast hier gelebt, oder?«

»Leben würde ich es nicht nennen«, erwiderte Sico. »Es war Arbeit. Ich war Rattenjäger.«

»*Rattenjäger*«, sagte Basel von hinten in einem Tonfall, der das Wort lustig klingen lassen sollte.

»Die kleinste ausgewachsene Sumpfratte beißt dir locker die Hand ab«, sagte Sico über die Schulter hinweg, woraufhin Basel das Lachen im Hals stecken blieb und er sich ängstlich nach allen Richtungen umschaute. Bohdan lächelte.

»Ist schon erstaunlich«, sprach Yuma seine Gedanken aus, »in den Ödlanden lernt man mit der Zeit, fast ohne Wasser zu überleben. Hier ist es gerade andersherum.«

Sico lachte kurz und bitter auf.

»Was ist daran komisch?«, fragte Bohdan.

Sico blieb stehen und wandte sich Yuma und Bohdan zu. »Ihr habt es noch nicht begriffen. Seht euch um. Ihr glaubt die Ödlande lägen hinter uns? Die ganze Welt ist Ödland. Abgesehen vielleicht von den Herrschaftsgebieten der Sheds.« Damit hob er einen Stock auf, klemmte ihn sich unter den Arm und ging raschen Schrittes weiter.

Bohdan blickte über das weite, tote Land. Ein Schauder fuhr seinen Rücken hinab. Sico hatte Recht. Es gab also nur wilde Wälder und dazwischen Ödnis, ob Wüste oder Sumpfland.

Sie kampierten auf einer kleinen Erhebung neben Tümpeln, die von Wasserpest überzogen waren. Bohdan half mit einem Zauber beim Feuermachen nach. Dicht gedrängt saßen die Männer um das qualmende Feuer, um sich zu wärmen und um ihre durchnässten Kleider wenigstens ein wenig zu trocknen. Sundance verteilte gerecht die Reste ihres Proviants, zermatschte Beeren und vorgebratenes Fleisch. Yuma erzählte eine Geschichte aus seiner Heimat. Sie handelte davon, wie ein junger, aber tapferer Sonderling zum ersten Großhäuptling der Urkwarda wurde. Tank streichelte das Gewehr, das er dem toten Mitch abgenommen hatte. In seinen Pranken wirkte die Waffe dünn und zerbrechlich.

Auch Bohdan fühlte Trauer. Es war schon eigenartig, dachte er, während er mit halben Ohr der Geschichte lauschte und seinen Blick von einem Reisegefährten zum anderen wandern ließ. Sie waren ein bunt zusammengewürfelter Haufen und hätten sich unter anderen Umständen vermutlich kein Wort zu sagen gehabt. Aber wenn man gemeinsam ums Überleben kämpfte und viel Zeit miteinander verbrachte, stellte sich wohl unvermeidlich Sympathie ein. Bohdan mochte jeden in diesem Kreis ums flackernde Feuer, betrachtete sie vielleicht sogar als seine Freunde, selbst Basel. Nicht weil dieser sich Mühe gab, sich gut mit ihm zu stellen, seit er erkannt hatte, zu was Bohdan fähig war. Vielmehr, weil er sich schlicht an sein Gesicht gewöhnt hatte. Basel war noch immer ein Wiesel, aber eines, dessen Anwesenheit Bohdan zu schätzen gelernt hatte. Auch Sundance schien ihm mittlerweile zu vertrauen, denn als Yumas Geschichte endete, teilte er ihn zur ersten Wache ein.

Bohdan stellte den Kragen seines Mantels auf und streckte sich aus. Das Auge fiel ihm zu, und bald träumte er von riesigen Ratten, die auf der Suche nach Beute, ihre langen grauen Schwänze hinter sich her ziehend, durch den Sumpf schlichen.

»Boh, Boh!«, weckte ihn Yumas zischende Stimme.

Bohdan setzte sich auf und erkannte Sico im Zwielicht am Rand der Erhebung stehen und nach Nordwesten spähen. Yuma tippte sich ans Ohr, und Bohdan verstand. Jetzt hörte er es auch. Ein anhaltendes Geräusch aus weiter Ferne. Es klang wie ein Ventilator im Schankraum einer Kaschemme. Dazu arhythmisch aufspritzendes Wasser.

Bohdan erhob sich. Leise trat er an Sicos Seite und fragte: »Was ist das?«

»Sumpfjäger«, flüsterte Sico. »Sie haben uns noch nicht entdeckt.«

»Ist es nicht guter Nachhall, dass sie hier sind?«, wunderte sich Bohdan, immerhin war Sico doch einmal einer ihrer Brüder gewesen.

»Vielleicht«, gab Sico zu, um hinzuzufügen: »Aber Sumpfjägern ist nicht zu trauen.«

Bohdan sah seine Mundwinkel in der Andeutung eines Lächelns zucken.

Als Sundance aufwachte, beriet er sich mit Sico und kam zu dem Schluss, dass sie nicht auf sich aufmerksam machen würden, um keine Schwäche zu zeigen. Sollten die Jäger jedoch von sich aus entscheiden, sich ihnen zu nähern, würden sie keinen Kampf provozieren.

Die kleine Gruppe marschierte los. Keine halbe Stunde nach dem Aufbruch war ein Glitzern zu sehen. Die Reflexion eines Fernglases. Bohdan war mittlerweile wieder so in seiner Kraft, dass er im Gehen seinen Körper verlassen konnte. Er raste über die Tümpel hinweg und las die Auren der Sumpfjäger, die in zwei sonderbaren Booten von Nordwesten her auf sie zuhielten. Es waren vier Männer und eine Frau. Die Farben ihrer Auren verrieten, dass sie neugierig und zumindest vorerst nicht auf einen Kampf aus waren. Bohdan kehrte in seinen Körper zurück und erstattete Sundance Bericht. Dieser nickte, und sie gingen weiter.

Die Sonne stieg und brannte im Nacken, auch wenn sie nicht so stark wie in der Wüste war. Die Boote der Sumpfjäger waren jetzt deutlich zu erkennen. Sie kamen im Zickzack von der Seite her auf sie zu. Tanks Griff um das Gewehr war locker, aber Bohdan entging nicht, dass er es nah am Abzug hielt. Basel schaute mehrmals nervös über die Schulter. Sundance, Yuma und Sico trotteten scheinbar ungerührt durch das knöcheltiefe Brackwasser, aber auch sie waren bereit, falls es Ärger geben würde. Bohdan bildete das Schlusslicht und betrachtete ganz offen die beiden sich nähernden Boote. Es waren propellerbetriebene Flachboote, die in erstaunlicher Geschwindigkeit über das Wasser fegten. Der Grund für den Zickzackkurs lag offenkundig darin, dass die Boote schwer beladen waren und die Frau am Steuer des vorderen allzu seichte Stellen mied. Sie musste sich gut auskennen und sehr geübt in dieser Form der Navigation sein, um bei der Geschwindigkeit das Boot nicht auf Grund laufen zu lassen. Jetzt erkannte Bohdan auch die Ladung: schuppige Körper von reptilienhaften Kreaturen, die fest vertäut auf den Hecks lagen. Die Besatzung stand und hockte auf den Bugs, wahrscheinlich um die Gewichtsverteilung auszugleichen, vermutlich aber auch, um zu sehen, auf wen sie da mitten im Sumpf gestoßen waren.

Die Boote waren bereits in Rufweite, nun wurden sie langsamer, bis sie im Schritttempo vor sich hindümpelten. »Howya!«, rief ein Mann, der breitbeinig auf dem Bug des vorderen Bootes stand. Über seine Schulter ragte der Lauf eines langen Gewehrs. Er trug eine schmutzige Hose, ein ebenso schmutzverkrustetes Schnürhemd und einen breitkrempigen Hut. Um seinen Hals hing ein Feldstecher.

»Howya!«, erwiderte Sundance den Gruß und drehte sich erst jetzt zu den Booten um.

»Habt ihr euch verlaufen?«, wollte der Mann auf dem Boot wissen, und Bohdan erkannte trotz der Distanz ein breites Grinsen auf seinem unrasierten Gesicht.

»Wir sind unterwegs nach Norimberk«, erwiderte Sundance, als wäre daran nicht das Mindeste sonderbar.

»Is' noch ein weiter Weg bis zur großen Stadt.«

»Was du nicht sagst, du verfluchter Drecksack«, nuschelte Sundance leise. Laut gab er keine Antwort, weil auf eine solche Feststellung keine Erwiderung einen Sinn ergeben hätte.

Kurz herrschte Schweigen, bis der Mann vom Boot rief: »Wir könnten euch nach Jester mitnehmen! Von dort ist es nur noch ein Rattensprung nach Norimberk. Wird ein wenig eng, aber müsste schon passen.«

»Und was würde uns das kosten?«, fragte Sundance.

»Was habt ihr denn anzubieten?«, wollte der Fremde wissen.

Die Boote waren nun nahe genug herangetuckert, dass sich beide Seiten genau mustern konnten. Die Sumpfjäger erblickten einen verwahrlosten Haufen mit schlechter Ausrüstung, während Sundance' Gruppe vor allem die zahlreichen Waffen begutachtete, welche die Jäger mit sich führten. Ihnen war klar, wie schlecht ihre Verhandlungsposition war. Sundance wandte sich an Tank, der die erbeuteten Schätze aus der Ruine in einem Beutel auf dem Rücken trug.

»Zeig es ihnen«, forderte er den Hünen auf.

Tank grunzte und holte einen im Sonnenlicht golden glänzenden Kelch aus dem Beutel.

»Oho!«, machte der Sprecher der Jäger. »Sieht aus, als könnten wir ins Geschäft kommen. Aber – wenn ihr Zengy macht …«

»Haben wir nicht vor«, versprach Sundance.

Die Boote kamen noch näher, und von jedem sprang ein Mann ab, um den genauen Preis auszuhandeln. Das Feilschen nahm ermüdend viel Zeit in Anspruch, aber am Ende waren sich beide Parteien einig. Natürlich war es eine äußerst teure Mitfahrgelegenheit, aber in Anbetracht der Umstände war Sundance zufrieden mit dem Preis.

Auf Anweisung der Frau verteilte sich die Gruppe auf die beiden Boote. Sundance bestieg mit Tank und Yuma das eine, während Bohdan es sich, so gut es ging, neben Sico und Basel auf dem anderen gemütlich machte.

»Festhalten«, befahl die Frau, die eine Schirmmütze und eine Sonnenbrille trug und die Jäger anzuführen schien, über die Schulter hinweg, und die Boote nahmen Fahrt auf.

Der frische Windzug tat gut und vertrieb den unangenehmen Geruch der erlegten Reptilien. Aus unmittelbarer Nähe betrachtet graute es Bohdan bei dem Gedanken, dass sie durch hohes Wasser gewatet waren, während solche Kreaturen in diesem Sumpfland lebten. Nach einer Weile rascher Fahrt deutete Sico mit dem Finger auf eine Stelle ein gutes Stück links von ihnen. Zuerst verstand Bohdan nicht. Er glaubte einen Hügel zu sehen. Als sich der vermeintliche Hügel bewegte und ein langer Schwanz über das Wasser peitschte, wurde ihm klar, dass es noch weitaus gefährlichere Tiere in diesem Sumpf gab und wie froh sie darüber sein konnten, auf den Booten in Sicherheit zu sein. Obgleich das mit der Sicherheit so eine Sache war. Die Auren der Jäger hatten sich verändert. Bohdan erkannte Arglist, Gier und Böswilligkeit in den dunklen Verästelungen, welche die Auren ihrer Retter überzogen.

Das Lesen von Auren war keine eindeutige Sache, es gab Farben und Muster, die es zu interpretieren galt. Aber Bohdan war gut darin und wagte nicht zu hoffen, dass er sich täuschte. In einem günstigen Augenblick, als die Boote hintereinander mit voller Geschwindigkeit einen schmalen, aber geraden Flusslauf entlang schossen, teilte Bohdan seine Bedenken in knappen, geflüsterten Worten Basel mit, der ihm am nächsten saß. Dieser gab die Botschaft an Sico weiter. Sico wartete, bis die Boote durch seichteres Wasser langsam nebeneinander her tuckerten, dann gab er Sundance ein verstecktes Zeichen. Bohdan wäre es durchaus möglich gewesen, die Botschaft auf mentalem Weg an die Gefährten auf dem anderen Boot zu übermitteln. Dafür hätte er allerdings zum ersten Mal in Sundance, Yumas oder Tanks Geist eindringen müssen, und es war nicht absehbar, wie sie darauf reagiert hätten. Unter Umständen wäre die Reaktion so heftig ausgefallen, dass sie sich verraten hätten.

In der Dämmerung hielten sie in einer Bucht. Den Müllresten auf dem halbwegs trockenen Ufer nach zu urteilen, war hier schon öfters angelegt worden. Anker wurden ausgeworfen, und die Jäger sprangen an Land. Auf jedem Boot blieb einer wartend zurück, bis die Gäste ebenfalls ausgestiegen waren. Routiniert entzündeten sie ein Lagerfeuer und schafften Tornister aus den Bäuchen der Boote an Land. Die toten Reptilien wurden nicht angerührt. Vermutlich brachten sie mehr ein, wenn sie an einem Stück verkauft wurden. Einer der Jäger, sein Name war Dunheil, entnahm dem Feuer glühende Kohlen und erhitzte darüber Dosen mit Fertiggerichten. Die Jäger teilten ihr Essen mit den Gästen, danach kreisten zwei Trinkschläuche. Bohdan roch an der dargebotenen Flüssigkeit und reichte sie weiter, ohne einen Schluck davon zu nehmen.

»Bester Jester-Brannt«, sagte die Anführerin der Jäger, »hab noch keinen gesehen, der ihn verschmäht hat.«

»Er ist bestimmt köstlich«, sagte Bohdan vorsichtig. »Leider vertrage ich keinen Alkohol.«

Die anderen tranken. Sundance wurde aufgefordert zu erzählen, wie sie in den Sumpf geraten seien, und er berichtete. Bohdan war erstaunt. Sundance trug aus dem Stegreif eine ebenso unterhaltsame wie erfundene Geschichte vor, welche die Jäger an den richtigen Stellen zum Lachen brachte. Im Gegenzug berichtete Lana, die Anführerin der Jäger, von Jester. In Bohdans Kopf formte sich das Bild eines Forts mitten im Morast, das als Warenumschlagsplatz diente. Lanas Geschichten und denen nach, welche die übrigen Jäger bald beisteuerten, musste es dort ziemlich rau zugehen.

Jester sei nicht an die Gesetze von Norimberk gebunden und beheimate einen bunten Haufen Abschaum. Lana lachte krächzend über ihre eigene Wortwahl. Bohdan lachte nicht mit, er verzog nur ein wenig die Mundwinkel. Die Strategie der Jäger war einfallslos und wahrscheinlich so alt wie das Reisen selbst. Fremde kamen in eine neue Gegend, wurden von ihren vermeintlich freundlichen Gastgebern abgefüllt und am Ende ausgeraubt. Wer am nächsten Morgen mit dickem Schädel und nackt aufwachte, konnte von Glück reden, dass seine Gutgläubigkeit ihn nicht das Leben gekostet hatte. Aber dieses Spiel ging nur auf, wenn die Fremden keinen Mushanti unter sich hatten. Obwohl auch Sundance nicht darauf hereingefallen wäre. Er tat nur so als würde er allmählich beginnen zu lallen. Das einzige, das Bohdan, während er so am Feuer saß, lustig fand, war, dass Tank wohl keinen Verdacht schöpfte. Er leerte in großen, tiefen Schlucken einen Schlauch nach dem anderen, wurde auch lauter und redselig; aber seine Statur ließ es offenbar nicht zu, dass er in dem Maße betrunken wurde, dass es den Anschein machte, man könne ihn ohne Gegenwehr überwältigen. Im Gegenteil, Bohdan dachte, er wolle sich im Moment erst recht um keinen Preis physisch mit ihm messen. Tank würde wild und ordentlich austeilen und beim Einstecken kaum Schmerzen spüren. Sein grollendes, an Donner erinnerndes Lachen machte die Jäger nervös, deren Blicke immer wieder verstohlen zu dem Bündel an seiner Seite huschte. Es gab keinen Zweifel, die Jäger waren nicht zufrieden mit dem Teil des Schatzes, den sie ausgehandelt hatten; sie wollten alles.

Bohdan war des Wartens und Schauspielens leid. Er wirkte die Zauber, die er schon lange vorbereitet hatte – und mitten im Gespräch kippten die Jäger um. Nur Lana verschonte er. Nachdem sie sich versichert hatte, dass die beiden neben ihr noch atmeten, starrte sie erst verwundert, dann ängstlich und zuletzt zornig drein. Offenbar hatte sie begriffen, wer für die Ausschaltung ihrer Kameraden verantwortlich war, denn sie funkelte Bohdan an, als sie zischte: »Was zum Garnagast soll das?«

»Wir sind keine Baichis – auch wenn manche sich so verhalten«, erklärte Bohdan trocken, während er den Tribut ausatmete.

»Vorsicht, Junge, Vorsicht!«, schnaubte Tank. »Du weißt, ich hab dich gern, aber beleidigen lass ich mich nicht. Von niemandem.«

Bohdan blickte zu Tank auf, und dieser lächelte breit.

Sundance zückte in aller Seelenruhe seine Pistole und wandte sich an die Anführerin der Jäger: »Jetzt reden wir noch einmal über Jester.«

Nachdem Lana widerwillig mit allen Informationen herausgerückt war, die Sundance von ihr gefordert hatte, fesselten Basel und Yuma sie.

Während die anderen den Jägern alles abnahmen, für das sie Verwendung hatten, beugte sich Bohdan zu Lana hinab. »Deine Amigoschs werden morgen gegen Mittag aufwachen. Ich rate euch, uns nicht zu folgen. Das nächste Mal werde ich nicht so gnädig sein.«

Die Antwort bestand aus Fauchen und Schnappen als wollte sie ihn beißen. Bohdan erhob sich wieder, wandte sich ab und ging in Richtung der Boote davon.

Basel hüpfte auf einem Bein, um seinen neuen zweiten Stiefel anzuziehen, und stieg als letzter aufs Boot. Er hievte sich auf den Bug und rief Lana, die einsam im Mondschein auf dem kleinen Eiland hockte, gehässig zu: »Vielen Dank, für das Essen, den Schnaps und natürlich für die Boote!«

Tank startete den Motor und wendete das Propellerboot. Er hielt sich dicht hinter dem vorderen, das von Sundance gesteuert wurde und an dessen Bug Sico stand, um den Kurs vorzugeben.

Sie hatten einen guten Schnitt gemacht. Hank wäre stolz auf sie, dachte Bohdan, während sie im Mond- und Sternenlicht tiefer in den Sumpf hinaustuckerten.

***

Im Schlaf waren Horden von Stechmücken über sie hergefallen. Sämtliche Gesichter waren von unzähligen roten Stichen übersät. Bohdan stand am Bug und blickte auf den Sumpf hinaus. Wie in den östlichen Ödlanden die Wüste, fiel es ihm hier schwer sich vorzustellen, dass die trostlose Einöde aus Tümpeln und Wasserläufen jemals endete. Die Stiche in seinem Gesicht und auf den Handrücken juckten so sehr, dass er versucht war, einen Zauber zu wirken. Aber Magie war nicht dafür da, sich Annehmlichkeiten zu verschaffen, außerdem war es eine gute Übung in Selbstbeherrschung, sich nicht unentwegt zu kratzen. Er dachte an Lana, die Anführerin des Jägertrupps, den sie bestohlen hatten. Lana war die erste Frau, auf die sie seit ihrer Flucht gestoßen waren, und auf eine derbe Weise war sie attraktiv gewesen. Ob es in Jester wohl ein Hurenhaus gab? Vermutlich, aber es spielte keine Rolle, da sie beschlossen hatten, den Handelsposten in einem großen Bogen zu umfahren. Lana hatte wahrscheinlich übertrieben, als sie über ihr Ansehen in Jester gesprochen hatte, dennoch wäre es äußerst schwierig geworden, eine plausible Erklärung dafür zu liefern, dass die Boote ihre Besitzer gewechselt hatten. Nein, es war vernünftig, Jester zu umgehen und direkt Norimberk anzusteuern.

Auf dem vorderen Boot hatte Sico das Steuer von Sundance übernommen. Der saß am Heck und rauchte genüsslich eine selbstgedrehte Zigarette. Er zwinkerte Bohdan zu, und Bohdan lächelte.

Nachdem die Sonne den ganzen Tag über auf die Reptilienkadaver herabgebrannt hatte, stanken diese fürchterlich. Sundance hatte eigentlich versuchen wollen, sie zu verkaufen, aber der Gestank war so unerträglich, dass sie die Taue kappten und die schweren Leichname gemeinsam von Bord schoben. Mit dumpfem Platschen fielen sie ins Wasser. Da Yuma die Befürchtung aussprach, die Kadaver könnten unangenehme Aasfresser oder gar größere Räuber anlocken, fuhren sie noch ein Stück im Mondschein weiter, ehe sie die Anker auswarfen.

»Wie geht es weiter, wenn wir in Norimberk sind?«, dachte Bohdan laut nach.

Sundance betrachtete die Zigarette in seiner Hand, die er aus dem Tabak unter den gestohlenen Habseligkeiten der Jäger gedreht hatte. Wie Bohdan an seiner Seite ließ auch er die Beine über die Reling baumeln.

»Wir verkaufen die Boote und das andere Zeug, teilen den Gewinn auf, und dann, schätze ich, trennen sich unsere Wege.«

In Bohdans Hals bildete sich ein Kloß. Was hatte er anderes erwartet? Die Gruppe war zufällig zusammengekommen, und nun, da sie den westlichen Ödlanden entronnen waren, würde sie sich auflösen und jeder würde sein Schicksal wieder allein in die Hand nehmen.

Sundance nahm einen tiefen Zug und bot Bohdan die Zigarette an, der jedoch kopfschüttelnd ablehnte. »Es sei denn«, sagte Sundance, nahm einen weiteren Zug, schnippte den Stummel ins Wasser und sah Bohdan an, »es sei denn, du beschließt, dich meiner Bande anzuschließen. Ich könnte dich mehr als gut gebrauchen – und du wärst nach mir der zweite in der Rangordnung.«

Bohdan dachte über das Angebot nach. Er horchte aufmerksam in sich hinein, vernahm jedoch keinen Anklang.

»Ich werde weiter nach Westen ziehen«, sagte er fest und schluckte sein Bedauern hinunter.

Sundance erhob keinen Einspruch. Er nickte. »Ich hatte das schon erwartet. Solltest du es dir irgendwann einmal anders überlegen …« Er brach ab. »Wenn wir in Norimberk sind«, wechselte Sundance das Thema, »musst du gut auf dich aufpassen. Mushanti sind dort nicht gern gesehen.«

Diesmal war es Bohdan, der knapp nickte. Und schweigend starrten sie hinaus in die stille Dunkelheit.

KAPITEL IV

Norimberk bot einen beeindruckenden Anblick. Hohe Mauern, Türme und große massive Gebäude aus Stein ragten aus dem flachen sumpfigen Umland heraus. Tank und Basel hielten die Boote auf einer langen, geraden Schneise, die auf ein mächtiges Tor zuführte. Zu beiden Seiten waren Dächer von Häusern zu erkennen, die der Sumpf verschlungen hatte. Offenbar hatte die große Katastrophe den Wasserspiegel steigen lassen und die äußeren Viertel der Stadt überflutet. Bohdan verschlug es den Atem, als ihm klar wurde, welche Ausmaße die Stadt einmal besessen haben musste. Zu was die Menschen in der alten Zeit fähig gewesen waren! Aber auch in ihrem jetzigen Zustand war Norimberk, deren zahllose Giebel und Ziegeldächer in der Nachmittagssonne glitzerten, imposant. Über dem Schleusentor flatterte ein Banner in einer sanften Brise. Es zeigte einen gekrönten, goldgelockten Frauenkopf, der auf einem Vogelkörper mit aufgespannten Flügeln saß. Auf der Brustwehr und den beiden Türmen, die das Tor flankierten, waren nun Männer von dunkler Hautfarbe zu erkennen.

Sie besprachen sich und deuteten auf die Neuankömmlinge.

Auf einen Wink von Sundance verringerte Basel das Tempo, und das zweite Boot, auf dem auch Bohdan stand, fiel zurück. Hintereinander hielten sie weiter auf das Tor zu. Als der Schatten der Türme über sie fiel, schauderte Bohdan unwillkürlich. Aber seine Sorgen erwiesen sich als unbegründet.

»Sundance! Was sagt man dazu?«, rief ein Mann von der Brustwehr über ihnen. Er trug eine metallene Haube, die mit Federn geschmückt war. Sein dunkelhäutiges Gesicht war rundlich und wirkte aus der Distanz freundlich. Seine Brust war von einem Harnisch geschützt, und seine freien Arme, mit denen er sich auf die Mauer stützte, waren breit und muskulös. »Ich bin davon ausgegangen, sie hätten dich längst an irgendeinem Baum im Osten aufgeknüpft!«

»Ist auch schön, dich zu sehen, Bobby King«, erwiderte Sundance. »Hast offenbar Karriere gemacht.«

»Dank der Regentin«, sagte Bobby King mit plötzlichem Ernst.

Sundance drehte sich eine Zigarette und steckte sie sich hinters Ohr. »Willst du uns den ganzen Tag hier herumdümpeln lassen, oder lässt du uns endlich rein?«

Bobby King grinste. »Du weißt, dass das Gastrecht in Norimberk einen Preis hat – und vielleicht erzählst du mir erst einmal etwas über den Haufen Sumpfratten, der dich begleitet.«

»Komm schon, Bobby,« seufzte Sundance. »Allein die Boote sind weitaus mehr wert als die Eintrittskarten, und für die Männer bürge ich. Sind allesamt feine, anständige Kerle.«

»So wie du, was?«, brummte Bobby King. Er atmete einmal tief durch, dann meinte er: »Also schön, sige. Kann euch ja schlecht vor meinem Tor rumlungern lassen. Das würde nur die Händler abschrecken.« Damit gab er einem Mann auf dem linken Turm ein Zeichen, woraufhin ein Flaschenzug in Gang gesetzt wurde. Dicke Ketten zogen das Tor nach oben. Tank und Basel steuerten die Boote in den dahinterliegenden Kanal. Das Tor schloss sich sogleich wieder, und aus dem schmalen Kanal wurde Wasser abgelassen, was die Boote absenkte. Bohdan verfolgte den Vorgang staunend. Der linke Flügel eines zweiten Tores öffnete sich, und sie fuhren hinein in die Stadt. Ein beleibter Mann folgte ihnen über ein Gerüst und gab ihnen zu verstehen, dass sie an einem Pier anlegen sollten. Anscheinend umzog die gesamte Unterstadt ein kompliziertes Kanalsystem.

Sie legten an. Bohdan war froh, nach langer Zeit wieder richtig festen Boden unter den Füßen zu spüren. Der Dicke verwickelte Sundance und Sico in einen Schwatz, bis Bobby King mit zwei weiteren Gardisten auftauchte und sie über einen großen gepflasterten Platz zu einem Lagerhaus führte. Die Mauern des Gebäudes waren aus massivem Stein, während das Dach von frischen Holzbalken getragen wurde, die noch nach Sägespänen rochen. Im Inneren stand ein Mann über einen Haufen Papierbögen gebeugt. Seine Hände waren von Tintenklecksen bedeckt. Er hob den Blick, und Verwunderung spiegelte sich auf seiner alten Miene wider. »Hol mich doch der Garnagast, Sundance! Ich dachte, man hätte dich längst irgendwo öffentlich hingerichtet.«

»Das hab ich auch gesagt«, grollte Bobby King.

»Ihr könnt mich mal, alle beide«, schnaubte Sundance, ehe er auf den Alten zuging und sie sich umarmten.

Bohdan stand etwas verlegen daneben, während Sundance und Malta – so hieß der ältere Mann – freundschaftlich miteinander plänkelten. Es dauerte, bis Sundance sagte: »Ach, das sind Boh, Tank, Basel, Yuma und Sico. Sico kennst du vielleicht, war mal ein Sumpfjäger.«

Malta schüttelte den Kopf. »Freut mich natürlich trotzdem, deine Bekanntschaft zu machen.«

»Zum Geschäft«, sagte Sundance, »wir wollen alles verkaufen, auch die Boote, und nachdem Bobby seinen Teil abgezwackt hat, teilen wir den Rest fair durch sechs.«

Malta und Sundance gingen gemeinsam aus dem Gebäude, um die Boote zu begutachten. Als sie wieder zurückkamen, führte der Alte sie zu einer großen Waage, die unter einem Fenster auf einem Tisch an der Wand stand. Tank legte klirrend das Bündel mit dem Schatz aus der Ruine auf den Tisch. Der Vorgang des

Schätzens und anschließenden Schacherns zog sich hin und langweilte Bohdan. Sundance hingegen war ganz in seinem Element. Leidenschaftlich und charmant feilschte er um jeden Quintino. Offensichtlich genoss er den Ruf eines verruchten Gauners, aber Bobby und Malta schienen ihn zu respektieren.

Als der Handel abgeschlossen war, erhielt jeder der sechs Flüchtlinge einen Beutel in die Hand. Bohdan nahm eines der Geldstücke heraus und betrachtete es. Auf die achteckige Münze war dasselbe Wappen geprägt, das er schon auf dem Banner über dem Tor gesehen hatte. Ein Vogel mit aufgespannten Flügeln, auf dessen Hals ein gelockter Frauenkopf saß. Bohdan ließ die Münze zurück in den Beutel fallen und sah von einem zum anderen. Basel, Sico, Yuma und sogar Tank grinsten. Hände wurden geschüttelt, Worte des Abschieds wurden gemurmelt. Bohdan streckte Sundance die Hand hin, aber dieser ignorierte das Angebot und schloss Bohdan statt dessen fest in seine Arme.

»Pass auf dich auf, Boh. Und denke daran, was ich dir gesagt habe.«

Bohdan schluckte schwer, nickte, wandte sich um und verließ das Lagerhaus. »Tank«, hörte er Sundance in seiner gewinnenden Stimme hinter sich sagen, als er den gepflasterten Platz betrat, »einen Mann wie dich könnte ich gut gebrauchen …«

Bohdan ging weiter. Er wollte nicht hören, wie Sundance einen nach dem anderen überzeugte, sich seiner Bande anzuschließen, während er seinen Weg allein finden musste. Ein angenehmer Geruch stieg ihm in die Nase, ein Geruch, der ihm das Wasser im Mund zusammenlaufen ließ. Er folgte ihm bis zu einem Stand, der Fleischspieße feilbot. Was beschwerte er sich? Er war frei, hatte Geld, eine unerforschte Stadt lag vor ihm – und er hatte ein Ziel, wenn auch ein vages. Er würde weiter nach Westen ziehen, bis zu den Shedai-nai, um … Ja, um was zu tun? Mehr über die fremde Rasse herauszufinden, sein Schicksal zu erfüllen.

Er zwang sich, nicht zurückzusehen, und fragte den dickleibigen Mann hinter dem windschiefen Tresen, was die Fleischspieße kosteten.

**

Sundance saß auf einem Schaukelstuhl im *Roten Raptor*, einer Kaschemme, in der sich ausschließlich zwielichtiges Volk aufhielt. Er zwirbelte seinen Schnurrbart und blickte durch die Rauschschwaden, die vor dem Fenster hingen, hinaus auf die Stadt. Ein Teil seiner Bande war ebenfalls im Raum, weshalb er sich keine Schwäche ansehen lassen durfte. Der Abschied von Boh war ihm schwergefallen, wesentlich schwerer als irgendeiner – Boh selbst eingeschlossen – auch nur ahnen konnte. Am liebsten hätte er sich maßlos volllaufen lassen, an Quins dazu mangelte es ihm nicht, aber Norimberk war ein heißes Pflaster. Männer wie er waren nur deshalb geduldet, weil das Agentennetz der beiden Stadtherren dicht war und Informationen kostbar waren. Verstieß jemand gegen die Regeln oder wurde man irgendwie zum Ärgernis, verschwand man und wurde zum Futter der Aasfresser draußen im Sumpf.

Bei ihrer Ankunft hatte er Nachhall gehabt. Wäre ein anderer am Tor gestanden, mit dem ihm keine erfreuliche gemeinsame Vergangenheit verbunden hätte, und davon gab es etliche … Er musste auf der Hut sein, die Agenten bei Laune halten und, sobald die Truppe vollständig war, schnellstmöglich ausrücken. Hätte Bohdan ihm doch nur ein wenig mehr geboten. Ein konkretes Ziel, etwas Fassbares. Vielleicht hätte er sich dann überwinden können, ihn zu begleiten.

Mit einem Streichholz zündete Sundance sich eine Zigarette an. *Er* hatte ein Ziel. Eine Vorstellung, in die er sich auch jetzt rettete, um die Traurigkeit zu vertreiben. Er wollte nach Norden an die See. Dort ein Schiff kaufen oder kapern und ein Leben als Freibeuter führen. Schon lange hatte er genug von Sümpfen, Steppen und Wüsten, in denen sein Ruf seinen Bewegungsspielraum einengte. Auf dem Meer war man wirklich frei. Um den Plan umzusetzen, brauchte er eine treue Mannschaft – und was machte Männer treu, wenn nicht Geld und Erfolg? Deshalb würde er ein paar letzte Dinger drehen, beweisen, dass er ein guter Anführer war und dann nach Norden ziehen. Malta hatte ihm bereits einen Hinweis geliefert. Fraglos hatte er gesagt, was ein Agent ihm eingeflüstert hatte. Aber das war in Ordnung. Sundance hatte momentan keinerlei Interesse daran, sich mit den Stadtherren anzulegen. In zwei Tagen würde eine Karawane Norimberk in Richtung Suhl verlassen. Die Karawanenführer wollten Häute, Holz und Benzin gegen Waffen und Stein tauschen. Wahrscheinlich war die Profitbeteiligung für die Stadtherren zu gering ausgefallen, oder es handelte sich um etwas Persönliches. Wie auch immer, ein Überfall auf die Karawane würde keine Vergeltung nach sich ziehen. Sein neuer Trupp würde Kampferfahrung sammeln, das schweißte zusammen, vor allem, wenn man siegreich war und am Ende eine fette Belohnung winkte. Fünf Frachtboote, plus Begleitfahrzeuge. Keine leichte Beute, und deshalb musste alles bestens vorbereitet werden.

Ein hochgewachsener Mann mit breitem Rücken und einem narbigen Gesicht betrat die Schenke. Kurz sah er sich um, dann steuerte er geradewegs auf Sundance zu. Yuma stand von seinem Hocker am Tresen auf und folgte dem Fremden. Er stand wachsam hinter ihm, als der sich in die Hocke neben Sundance Schaukelstuhl begab. »Es heißt, du versammelst Männer«, sagte der Mann leise mit tiefer, belegter Stimme.

»Das ist richtig«, erwidert Sundance, ließ die Zigarette zu Boden fallen und trat sie mit der Stiefelspitze aus. Forschend blickte er in das von Narben gezeichnete

Gesicht. »Wer bist du und wieso sollte ich dich in meine Bande aufnehmen?«

Der Anwärter senkte seine Stimme noch mehr und kam mit seinem stinkenden Mund Sundance' Ohr unangenehm nahe. »Man nennt mich Klemme. Ich bin mit Bates und Dave dem Schlächter geritten, und ich kenne mich mit Booten aus.«

Sundance hob gespielt beeindruckt eine Augenbraue. Am Ende brauchte er eine voll vertrauenswürdige Mannschaft, aber vorerst durfte er nicht zu wählerisch sein. »Sige, du bist dabei.« Sundance hob das Kinn Richtung Yuma. »Das ist Yuma, er weist dich ein.«

»Wirst es nicht bereuen«, versprach Klemme und erhob sich.

Sundance blickte wieder aus dem Fenster und träumte von einem Schiff, dessen Segel sich in einer frischen Brise blähten. Und von Bohdan, der neben ihm am Steuerrad stand.

Drei weitere Männer stellten sich vor, und Sundance nahm zwei von ihnen auf. Der, dem er eine Abfuhr erteilte, war nicht schlechter als die anderen. Sundance wies ihn nur ab, damit er nicht verzweifelt wirkte und nicht das Gerücht die Runde machte, der berühmte Sundance nehme jeden in seine neue Bande auf. Eine Turmuhr schlug zwölfmal, als Basel von seinem Kundschafterauftrag zurückkehrte und unter vorgehaltener Hand Bericht erstattete. Sundance hörte sich alles in Ruhe an und nickte zufrieden.

»Da wäre noch was«, sagte Basel.

Sundance gab mit einer Handbewegung zu verstehen, er solle schon damit rausrücken.

»Es geht um Tank.«

»Was ist mit ihm?«, fragte Sundance.

Basel leckte sich über die Lippen. »Seit unserer Ankunft ist er im Bürstenhaus – einem Hurenhaus in der Südstadt.«

»Ich weiß, was das Bürstenhaus ist«, erwiderte Sundance ungeduldig.

»Ich mache mir Sorgen, dass er sein ganzes Geld auf den Kopf haut, und wenn er es weiter so ungehemmt treibt, könnte das die Aufmerksamkeit der Stadtwache erregen«, sagte Basel, zögerte kurz und fügte hinzu: »Ich habe schon versucht, mit ihm zu sprechen, aber er hört nicht auf mich.«

Sundance rieb sich die Stirn. »Verstehe. Ich kümmere mich darum. Haltet die Männer zusammen und verteilt eine kleine Anzahlung. Wir treffen uns morgen Abend wieder hier.« Sundance stand auf, bezahlte seine Zeche und verließ die Kaschemme.

Trotz des allgegenwärtigen Fisch- und Sumpfgeruchs tat die kühle Luft gut. Er überquerte einen Platz, auf dem eine Bühne aufgebaut wurde. Ein buntbemaltes Schild verkündete, dass hier in wenigen Tagen ein Konzert der Rockband *Megabosch* stattfinden würde. Vor einer Brücke, die über einen Kanal führte, blieb *Sundance* stehen. Er öffnete seinen Hosenstall und entleerte seine Blase plätschernd in das Wasser. Aus dem Augenwinkel nahm er eine Gestalt wahr, die aus der Gegenrichtung auf die Brücke zuschlenderte. Sofort wurde Sundance klar, dass etwas nicht stimmte. Und als er Schritte hinter sich vernahm, schloss er rasch den Hosenstall, ließ die Brücke hinter sich und ging in eine Gasse. Er war nicht weit gekommen, da baute sich am Ende der Gasse eine dritte Gestalt auf. Ein Schulterblick verriet ihm, dass er in der Falle saß. Zwei Männer hinter ihm, einer vor ihm. Er lehnte sich an die Wand und zündete sich eine Zigarette an.

Alle drei Männer blieben in fünf Schritt Abstand von ihm stehen.

»Du hast doch nicht gedacht, die Schwarzen Engel würden dich vergessen«, sagte einer.

»Hättest nicht herkommen sollen, Sundance«, sagte ein zweiter verächtlich.

Sundance nahm einen tiefen Zug, sein Hirn ratterte. Die Schwarzen Engel waren eine der härtesten Gangs in den Sumpflanden. Mehr als einmal hatte er für sie gearbeitet, nach dem letzten Coup allerdings hatte er sich mit der kompletten Beute nach Osten abgesetzt. Früher oder später hatte es zu einer Begegnung kommen müssen.

»Amigoschs«, sagte er, »bleibt locker. Ich kann das erklären ...«

»Dafür ist es zu spät«, zischte einer der drei Männer. Er trug ein langes Cape, worunter etwas Metallisches aufblitzte. »Warst leicht zu finden, bist alt geworden.«

»Ich bin wirklich alt«, stimmte Sundance trocken zu. »So alt, dass ich mich an die alten Regeln erinnere.« Er schnippte seine Zigarette weg. »Was ist, traut ihr euch einen Messerkampf drei zu eins zu?« Damit zückte er eine kurze Klinge und federte sich von der Mauer ab.

Kurz zögerten die Attentäter, dann fauchte einer: »Wir werden dich ausweiden wie einen Fisch.«

Sundance atmete innerlich erleichtert auf. Der eine Mann zog sein Cape aus und zückte einen gezackten Dolch. Auch die beiden anderen zogen kurze Klingenwaffen blank und kamen vorsichtig näher.

Sundance hielt das Messer vor sich, dann warf er es plötzlich in die Luft. Die Attentäter machten den Fehler und sahen der sich drehenden Klinge einen Moment nach. In dem Augenblick riss Sundance die Pistole aus dem Holster, ließ sich auf ein Knie nieder und drückte zweimal ab.

»Du mieser …« Weiter kam der letzte Angreifer nicht. Sundance wirbelte auf dem Absatz herum und schoss noch einmal. Der dritte Mann taumelte und stürzte kurz vor Sundance auf den Boden.

Sundance erhob sich, wischte sich den Schweiß von der Stirn und drehte den zuletzt Gefallenen mit dem Stiefel auf den Rücken. Der Mann röchelte, die Kugel hatte ihn in den Bauch getroffen.

»Du mieser … dreckiger …«

»Ich begrüße es sehr, dass die Schwarzen Engel noch etwas auf Ehre geben, ja wirklich«, sagte Sundance von oben herab. »Aber mit Messern zu einem Pistolenduell zu erscheinen, ts, ts. Das ist nicht ehrenhaft, sondern leichtsinnig.« Er drückte dem Mann den

Stiefelabsatz auf die Gurgel, bis dieser am ganzen Leib zitterte und schließlich matt und tot liegenblieb.

Sundance rümpfte die Nase und ging weiter Richtung Hurenhaus. Er hatte dringend ein Wörtchen mit Tank zu reden. Er würde den Dickkopf schon wieder auf Kurs bringen. Irgendetwas fiel ihm schließlich immer ein.

***

Bohdan hatte die Nacht in einer Herberge verbracht. Es hatte gut getan, nach langer Zeit wieder auf einer Matratze zu schlafen, und die Fliegennetze vor den Fenstern hatten die Stechmücken draußen gehalten. Nachdem er den Abschied von Sundance, Tank, Basel, Yuma und Sico verdaut hatte, fühlte er sich auch ein wenig befreit. Er hatte beschlossen, allein nach Westen zu ziehen. Er hatte in der Wüste überlebt, und er würde auch im Sumpf durchkommen. Natürlich brauchte er dafür die richtige Ausrüstung, vielleicht reichte sein Geld sogar für ein kleines Boot.

Er überlegte, dass es wohl klüger wäre, zuerst nach einem geeigneten Boot Ausschau zu halten, während ihm der Barbier büschelweise Haare vom Kopf schnitt. Als der hagere Mann mit dem Haupthaar fertig war, fragte er Bohdan, was er mit dem wild wuchernden Bart anfangen sollte. Bohdan betrachtete sich im Spiegel. Die Barthaare waren lang, aber auf seinen Wangen waren beidseitig tiefe Flecken ohne Haarwuchs. Er bat um eine komplette Rasur, und der Barbier machte sich ans Werk. Erst kürzte er mit einer Schere, dann schabte er mit einem scharfen Rasiermesser über Bohdans Hals und die Gesichtshaut. Der Mann verstand sein Handwerk, es floss kein einziger Tropfen Blut. Nachdem er das Messer abgelegt hatte, klatschte er Bohdan eine streng riechende Flüssigkeit ins Gesicht. Einen Moment lang brannte es höllisch, aber der Schmerz ebbte rasch ab. Bohdan bedankte sich, bezahlte, verließ den Barbier-Salon und machte sich auf in Richtung des Osttors, wo er bei seiner Ankunft etliche Boote an den Piers gesehen hatte.

Auf dem Weg kam er über einen quadratischen Platz, auf dem ein seltsames Gerüst aufgebaut wurde. Er wollte sich gerade ein beschriftetes Schild genauer ansehen, als sein Blick auf etwas anderes fiel. Eine kleine Menschentraube tummelte sich unter einem Käfig. In dem baumelnden Käfig befand sich ein nackter Mann – ein toter Mann, wie Bohdan feststellte. Er ging zu der kleinen Ansammlung und fragte eine Frau mit blonden langen Haaren, die nach oben starrte: »Ist das … *war* das ein Verbrecher?«

»Hexenmeister«, antwortete die Frau knapp, ohne den Blick vom Käfig zu lösen.

»Was hat er angestellt?«, wollte Bohdan wissen.

Jetzt sah die Frau ihn doch an. Sie musterte ihn abschätzig und keifte: »Was er angestellt hat? Er war ein Hexenmeister, ein dreckiger Mushanti!«

Bohdan sah nach oben. Vor seinem Tod war der Nackte offensichtlich schwer misshandelt worden. Der

Leichnam war von Striemen, Stichen und Schnitten übersät.

Bohdan wandte sich schaudernd ab.

»Hey du!«, rief ihm die Frau nach, aber Bohdan überhörte sie und machte, dass er davonkam. Offenbar hatte Sundance mit seiner Warnung nicht übertrieben, Mushanti waren in Norimberk eindeutig unwillkommen. Er musste schauen, dass er schleunigst von hier wegkam.

Die Piers waren voll belegt. Bohdan überlegt, ob das womöglich mit dem Ereignis, das auf dem Platz vorbereitet wurde, zusammenhing. Es gab kleine Ruderboote, mit Propellern betriebene, solche mit Außenbordern und größere, die wohl gerade noch so in die Schleuse gepasst hatten. Ladungen wurden gelöscht und vor dem Lagerhaus, in dem Handel abgeschlossen wurden, stand eine lange Schlange.

Während Bohdan noch das Durcheinander von Leibern und Waren zuzuordnen versuchte, sprach ihn ein untersetzter Mann mit löchriger Wollmütze an. Ob er ihm helfen könne. Ach, er suche ein Fortbewegungsmittel. Wie es der Zufall wolle, habe er, Gutwick, ein zuverlässiges Boot. Der Mann zeigte ihm eine Nussschale von einem Boot, in dessen Bilge sich Wasser gesammelt hatte. Offensichtlich wollte der Mann ihm die lecke Nussschale für einen vollkommen überteuerten Preis verkaufen. Bohdan wurde ihn mit einiger Mühe los und zog sich ins Innere der Stadt zurück. Er nahm sich vor zurückzukehren, wenn weniger Betrieb herrschte. Dann würde er sich eben doch zuerst um die Ausrüstung kümmern, überlegte er, während er sich auf einer Bank ausruhte und einen Vogel mit dürren Stelzenbeinen beobachtete. Der Vogel hatte sein Nest auf dem Giebel eines hohen Hauses errichtet und schien Ausschau zu halten. Bohdan ging im Kopf eine Liste von Gegenständen durch, die er für seine Reise benötigen würde, und bemerkte daher nicht, dass sich ihm ein halbes Dutzend Männer näherte. Seine Instinkte waren in der Stadt schwächer ausgeprägt. Erst als es zu spät war und der Trupp der Stadtwache ihn bereits umzingelt hatte, spürte er die Bedrohung.

»Boh der Diplomat?«, fragte der Hauptmann der Wache streng.

Die Miene des Hauptmanns war so eisern wie der Helm auf seinem breiten Schädel. Es hatte keinen Sinn zu lügen. »So nennt man mich«, bestätigte Bohdan.

»Mitkommen«, befahl der Mann einsilbig. Die Hände seiner Kameraden lagen nervös auf den Griffen von Säbeln und Pistolen.

»Darf ich fragen weshalb?«

»Der Statthalter verlangt Euch zu sehen«, gab der Hauptmann mit einer bestimmten Höflichkeit, die keine Widerrede zuließ, zurück.

Bohdan seufzte und stand auf. Erschrocken machten einige der Wachmänner einen Schritt zurück, ein Säbel fuhr zur Hälfte aus einer Scheide.

Bohdan lächelte den ängstlichen Mann an. »Ich begleite euch, aber nur, weil ich es aus freien Stücken so will.«

Der Hauptmann nickte grimmig, aber Bohdan bemerkte auch einen Hauch von Erleichterung auf seiner bärtigen Miene. Mit Bohdan in der Mitte setzte sich der kleine Trupp in Bewegung.

Der Hauptmann führte den Trupp durch unbelebte Seitenstraßen, zuletzt ging es eine schmale, steile Gasse hinauf. Vor ihnen ragten die hohen Mauern des massiven Burggebäudes auf, das Bohdan aus der Ferne her kannte.

»Wer ist der Statthalter, und was will er von mir?«, machte Bohdan noch einen Versuch, etwas mehr über seine momentane Lage herauszufinden.

»Das wird er Euch selbst sagen«, erwiderte der Hauptmann knapp.

Bohdan fragte sich im Stillen, wie ernsthaft die Schwierigkeiten waren, in denen er steckte. Würde man ihn foltern und in einen Käfig stecken, nur weil er ein Mushanti war? Und woher wussten sie überhaupt von seinen Kräften? Der Mund wurde ihm trocken, als ihm klarwurde, dass es dafür nur eine Erklärung gab. Einer aus der Gruppe musste ihn verraten haben. Sundance? Wäre er dazu imstande, ihn für eine Belohnung ans Messer zu liefern? Zorn flackerte in Bohdan auf und vertrieb die Enttäuschung.

Kurz gingen sie durch Sonnenlicht, dann öffneten ihnen zwei Schwerbewaffnete den Flügel eines mächtigen

Tors. Sie durchquerten eine von hohen Säulen getragene Eingangshalle, hinter der eine Treppe nach oben führte. Es waren unzählige Treppenstufen, und Bohdan spürte, dass er an diesem Tag noch kaum etwas gegessen hatte. Endlich schloss der Hauptmann eine Tür auf und sie betraten einen langen lichtdurchfluteten Gang. Bohdan registrierte eine Wandlung im Geist seiner Bewacher. Hatte ihre Sorge bislang ihm gegolten, verschob sie sich nun auf eine andere Person – auf diejenige, die sich hinter der Tür befand, an die der Hauptmann vorsichtig klopfte.

Täuschte sich Bohdan, oder war durch die geschlossene Tür hindurch Stöhnen zu hören?

Der Hauptmann räusperte sich laut, ehe er erneut, diesmal fester, anklopfte.

»Was zum Garnagast?«, fluchte eine tiefe Stimme. »Kommt rein!«

Der Hauptmann öffnete die Tür, und Bohdan traute seinem Auge kaum. Ein dickleibiger Mann, dessen Rücken ein Pelz von schwarzen Haaren bedeckte, rollte sich von einer ebenso nackten Frau. Eine zweite nackte und sehr junge Frau saß auf dem breiten Bett und sah zu den unerwarteten Besuchern auf. Vor ihr lag eine Schale mit Früchten, daneben ein Tablett mit einer halb geleerten Flasche und drei Gläsern.

Für einen kurzen Augenblick entglitt dem Hauptmann sein Gesichtsausdruck. Anders als seine Untergebenen beherrschte ihn keine Angst oder Ehrfurcht, sondern Ekel. Er fasste sich jedoch schnell wieder, räusperte sich und sagte: »Herr Statthalter ... Sire, ich bringe Euch den Mushanti aus den östlichen Ödlanden.«

Der fette Mann auf dem Bett grunzte und griff nach der Flasche. Die Frau, die er eben beglückt hatte, bedeckte ihre Brüste mit dem Bettlaken. Im Gegensatz zu dem behaarten Widerling schien sie nicht unerfreut über die Unterbrechung.

»Sige«, grollte der Statthalter. »Ihr könnt euch vom Acker machen.« Er blitzte einen der Wachmänner an, dessen Blick gierig über die nackte Haut der beiden Frauen wanderte.

»Sire ...« setzte der Hauptmann an.

»Verpisst euch!«, schnauzte der Statthalter. Sein Blick fiel auf Bohdan. »Du, komm rein.«

Bohdan machte verlegen drei Schritte in den Raum, in dem es nach Schweiß und Liebesakt roch. Die Tür fiel hinter ihm ins Schloss.

»Setz dich, oder bleib wie ein Hornochse stehen«, sagte der Statthalter und machte eine vage Handbewegung.

Bohdan setzte sich auf die Bettkante.

Der Statthalter grinste, breitete die Arme aus und legte sie in entspannter Haltung auf dem verzierten, hölzernen Kopfteil des Bettes ab.

»Boh der Diplomat«, sagte er sinnierend. »Ich hab schon von dir gehört. Hast 'nen ziemlichen Hokuspokus in Prak abgezogen, na?«

Bohdan nickte. »Ich habe einen Golem gebannt.«

»Ha!«, sagte der Statthalter amüsiert an die jungen Frauen gerichtet. »Habt ihr das gehört? Der Grünschnabel will einen Golem gebannt haben. Ha!« Der abstoßende Mann kratzte sich ungeniert an seinem Gemächt, ehe er fortfuhr: »Du hast vielleicht einen Puke oder einen Bjehära gebannt, das sind niedere Geister, aber sicher keinen echten Golem.«

»Ich weiß, was ich getan habe«, sagte Bohdan kühl.

»Ist das so … ist das so«, brummte der Statthalter. »Du kommst hier also hereingeschneit, störst mich und behauptest, du hättest mit deiner übermächtigen Magie einen Erzdämon gebannt.«

»Ich kann gerne wieder gehen«, wagte Bohdan zu sagen. Aber damit war er zu weit gegangen. Der Statthalter packte die Flasche am Hals und schleuderte sie quer durch den Raum an die gegenüberliegende Wand, an der sie in tausend Scherben zerbarst. Die Frauen zuckten zusammen. Offensichtlich erlebten sie nicht zum ersten Mal einen Wutausbruch dieser Art.

»Mach dich nicht über mich lustig, Bürschchen«, keifte der Statthalter, wobei ihm Speichel vom Kinn triefte.

»Das war nicht meine Absicht«, setzte Bohdan an, doch der Statthalter fuhr ihm barsch über den Mund: »Du glaubst, du bist besser als ich? Das werden wir ja sehen!«

Jetzt verstand Bohdan überhaupt nichts mehr. *Besser? Besser in was?*

»Wir messen unsere Kräfte, jetzt sofort«, schnaubte der Statthalter. »Wenn ich siege, landest du im Käfig, wenn du siegen solltest ...«

Der Mann lachte heiser über seine eigenen Worte als hätte er gerade einen Scherz gemacht. Auch die beiden nackten Frauen hatten den Witz nicht verstanden. »Niemand«, erklärte er ihnen, »hat je gegen Rabenschrei gesiegt.«

Rabenschrei, überlegte Bohdan, er hatte diesen Namen schon einmal gehört. Aber wo und von wem? Das spielte jetzt keine Rolle, er musste rasch handeln.

»Augenblick«, sagte er fest, »ich bin einverstanden mit einem Kräftemessen, aber ich will doch wissen, was geschieht, sollte ich gewinnen.«

Die beiden Frauen warfen ihm mitleidige Blicke zu.

»Sige«, sagte der Statthalter, dessen Name Rabenschrei war, in großmütiger Geste. »Wenn du mich besiegst, kannst du meinen Platz hier einnehmen, diese beiden Schnecken eingeschlossen.« Mit diesen Worten kniff er der einen Frau in die Brust. Sie unterdrückte einen Schmerzenslaut und schlug die Augen nieder.

»Patta«, beeilte sich Bohdan, den Pakt zu besiegeln.

***

Rabenschrei stieg vor Bohdan eine Treppe hinunter. Der Statthalter war sichtlich betrunken und stolperte mehrmals, obwohl er sich an dem Geländer festhielt. Die Treppe mündete in eine große Halle. Bohdan, der noch immer von den Ereignissen überrumpelt war, traf eine Entscheidung. Er musste wissen, mit wem er es zu tun hatte. Er wechselte in die Aurensicht, und was er sah, raubte ihm den Atem. Der Statthalter war ohne jeden Zweifel ein Mushanti. Das war nach seiner Rede zu erwarten gewesen. Aber seine Aura spiegelte mehr als nur die Magiebegabung wieder, ein goldener Glanz umgab sie. Bohdan erblickte diesen goldenen Glanz nicht zum ersten Mal, er hatte ihn schon oft gesehen, und zwar immer dann, wenn er von einer mentalen Erkundung in seinen eigenen Körper zurückkehrte. Er kam nicht dazu, sich zu fragen, was das zu bedeuten hatte, denn in dem Moment wirbelte der Betrunkene zu ihm herum. Auf seiner Stirn hatte sich eine tiefe Zornesfalte gebildet. Doch ehe er brüllen oder sonst etwas tun konnte, war eine hohe, schneidende Stimme zu hören.

»Was geht hier vor?«

Eine Frau trat unter einem Torbogen hervor in die Halle. Sie hatte dunkle Haut, um ihre Stirn trug sie ein silbern funkelndes Diadem, und ihre rabenschwarzen Haare waren zu einem hohen Zopf aufgesteckt. Sie war nicht allein. Links von ihr trat der Hauptmann, den Bohdan bereits kennengelernt hatte, aus den Schatten. Rechts von ihr folgte ein Riese von einem Mann, der ein Gewehr hielt, an dessen Lauf ein Bajonett montiert war.

»Geliebte … ich …«, stotterte Rabenschrei, »ich … werde mich mit diesem Aufschneider messen.«

Die Frau kam näher, blieb jedoch in einigen Schritt Abstand stehen und funkelte den Statthalter an. »In deinem Zustand?«, fragte sie scharf. »Du schläfst jetzt erst einmal deinen Rausch aus.«

Die Miene des Statthalters verdunkelte sich. Es war, als würde eine finstere Wolke über sein Gesicht ziehen, aber er beherrschte sich.

»Ich kann ihn mit Leichtigkeit besiegen«, grollte er.

»Das wirst du«, gestand die Frau ihm zu, »aber nicht jetzt.«

Bohdan entging nicht, dass diese Frau, die hier wohl wirklich das Sagen hatte, ihn keines Blickes würdigte. »Ich habe entschieden«, sagte sie und wandte sich an den Mann mit der Waffe: »Thuba, sperr diesen Mushanti-Dreck in eine Zelle.«

Der Mann brummte bestätigend und ging auf Bohdan zu. Bohdan, den die Vorgänge immer mehr verwirrten, ließ sich abführen. Hinter sich hörte er noch, wie die Frau beruhigend auf den Statthalter einsprach.

»Wer ist die Frau?«, fragte Bohdan seinen grimmigen Aufseher, nachdem sie eine Weile schweigend durch ein Labyrinth aus Gängen und Treppen marschiert waren.

»Die Herrin Nuru«, sagte Thuba. »Rein da.« Er wies auf eine Kerkerzelle.

Bohdan seufzte und trat durch die Gittertür. Thuba schloss ab und warf Bohdan einen in der Dunkelheit schwer deutbaren Blick zu.

Als die Schritte des Wächters verhallten, setzte sich Bohdan auf den kühlen Boden und durchforstete sein Gehirn. Wo hatte er den Namen Rabenschrei schon einmal gehört? Vermutlich hatte der Blinde Nathan ihn erwähnt, aber Bohdan wollte nicht einfallen, in welchem Zusammenhang. Die Gitterstäbe, die ihn festhalten sollten, waren aus normalem Stahl. Sie würden ihn nicht aufhalten, wenn er sich entschließen sollte, seinen Aufenthalt zu verkürzen. Aber was wäre die Folge eines Ausbruchs? Die ganze Stadt wäre hinter ihm her, und außerdem war seine alte Neugier erwacht. Er wollte den Zweikampf mit dem Statthalter, und sei es nur, um herauszufinden, wer er war und über welche Kräfte er verfügte. Außerdem konnte er sich nicht vorstellen, dass er verlieren würde. Bohdan atmete ruhig aus, schloss sein eines Auge und bereitete sich vor.

***

Sundance beobachtete das Auslaufen der Karawane durch eine Schießscharte. Yuma hockte neben ihm, und nun kam endlich Sico zurück. Stoßweise atmend lehnte er sich an die Mauer.

»Habt ihr es noch hinbekommen?«, fragte Sundance, wobei er sich seine Aufregung nicht anhören ließ. Alles hing davon ab, dass die Sabotage erfolgreich verlaufen war.

»Alles erledigt, im letzten Augenblick«, antwortete Sico. »Musste nur zwei Typen abhängen, die Verdacht geschöpft haben. Sicherheitsleute dieser Rockband. Halten sich wohl für so 'ne Art zweite Stadtwache.«

Sundance atmete erleichtert aus.

»Der neue Mann … Klemme«, sprach Sico weiter, »ist ziemlich fähig. Ohne ihn hätte ich es nicht geschafft.«

Sundance wartete, bis das letzte Boot die Stadt verlassen hatte und auf einen natürlichen Kanal einbog, um den anderen vier zu folgen. Das Problem bestand weniger in den Frachtbooten, es waren die wendigeren Begleitfahrzeuge, die ihm Sorgen bereiteten. Kleine, von Außenbordern betriebene Jäger mit Schnellfeuergewehren und dazu eine Handvoll sogenannter Flitzer oder auch Quick Racer. Das waren winzige Gefährte, die auf einen Fahrer ausgelegt waren. Sie waren höllisch schnell und eine ernstzunehmende Gefahr für jeden Hinterhalt.

Sundance steckte sich eine Zigarette an und setzte seine undurchschaubare Miene auf. »Morgen folgen wir ihnen. Wir brechen in drei Gruppen auf, wie abgesprochen. Die erste führe ich im Morgengrauen aus der Stadt. Die zweite unter deiner Führung, Sico, startet Vormittags, die letzte unter dir, Yuma, wenn die Sonne im Zenit steht.«

»Dann treffen wir uns am Schädelfelsen, und ab dort übernimmst du die gesamte Bande«, schloss Sico, der mittlerweile jede Einzelheit des Plans auswendig kannte.

»Ganz recht«, brummte Sundance. »Schärft den Männer noch einmal ein, dass sie sich unauffällig verhalten. Was wir als Letztes gebrauchen können, ist Zengy jeder Art, ehe es losgeht.«

***

Sundance verbrachte den Abend mit Tank im Roten Raptor. Sie saßen am Tresen und tranken gesüßten Wein, der frisch aus dem Süden geliefert worden war, wie der Barmann ihnen erzählte.

»Wo Bohdan jetzt wohl steckt?«, fragte Tank eher zu sich selbst.

»Wenn er klug ist«, erwiderte Sundance, »hat er Norimberk still und heimlich verlassen und befindet sich auf dem Weg nach Westen.«

»Was will er denn im Westen?«, grollte Tank.

Sundance zuckte mit den Schultern. »Weiß ich nicht. Aber es muss etwas Wichtiges sein.«

»Hm«, machte Tank unbestimmt, ehe er das Thema wechselte. »Hab kein gutes Gefühl bei dem Ding, das uns erwartet.«

»Deine Stimmung ist so düster, seit wir hier sind, du hättest auch kein gutes Gefühl, wenn wir vorhätten, ein kleines, wehrloses Mädchen zu überfallen«, wandte Sundance ein.

»Ich überfalle keine wehrlosen Mädchen«, sagte Tank langsam und betont.

»Ach, fick dein Gesicht, Tank«, stöhnte Sundance. »Du hast mich schon verstanden. Du wirst sehen, alles wird glatt laufen.« Aus irgendeinem Grund vermochte er es nicht, seine Stimme überzeugend klingen zu lassen. Jedenfalls nicht für seine eigenen Ohren.

Gemeinsam leerten sie noch ein Flasche des süßen Weins, dann verließen sie die Kaschemme, und Sundance begleitete Tank bis zur Schwelle seiner Herberge. Aus der Ferne war Lärm zu hören. Offenbar hatte die Rockband heute Nacht ihren großen Auftritt.

»Nacht, Tatta«, brummte Tank.

»Nacht, mein Großer«, sagte Sundance und machte sich auf den Weg zur Gaststätte, in der er untergekommen war. Der Krach wurde lauter, wurde zu so etwas Ähnlichem wie Musik. Verstärkte Gitarren kreischten, ein donnerndes Schlagzeug war zu hören, grölender Gesang und das Johlen einer großen Menge.

In seinem engen Zimmer starrte Sundance, auf dem Bett liegend, an die Decke, von der der Putz abbröckelte. Obwohl er sich das Kissen auf die Ohren presste, hörte er die wilde Rockmusik und verstand sogar Textfetzen. Sie handelten von einer *Paradise City*, Prügeleien, Sex und Selbstbeweihräucherung der Band. Aber der Lärm war nicht das einzige, das Sundance wach hielt. Er dachte an Bohdan, an Zahlenverhältnisse und an Boote.

Er drehte sich auf die Seite und schloss fest die Augen. Er musste schlafen. Am nächsten Tag würde es losgehen, und die Männer, die ihm folgten, sollten einen halbwegs ausgeschlafenen Anführer mit kühlem Kopf sehen.

✳✳✳

Auch Bohdan in seiner Zelle hörte die Musik, wenn auch ganz leise und nur deshalb, weil die Meditation seine Sinne geschärft hatte. Ganz plötzlich überfiel ihn ein unheimliches Gefühl. Die Zellentür gegenüber seiner eigenen war verschlossen, aber er hatte keine Sekunde daran gedacht, dass in den undurchdringbaren Schatten, die das fahle Licht im Mittelgang nicht erreichte, jemand sein könnte. Auch wenn er seinen Körper nicht verlassen hatte, hätte er eine Präsenz passiv wahrnehmen müssen. Aber er hätte schwören können, dass sich dort eben etwas geregt hatte. Vielleicht war es nur ein Tier, womöglich eine Ratte. Doch Ratten kicherten nicht humorlos.

»So begegnen wir uns also wieder«, sagte eine nur allzu vertraute Stimme.

»Minx?«, keuchte Bohdan.

Ein Rascheln, ein Stöhnen, und dann sah er, wie ein Schemen sich aufrappelte und an die Gitterstäbe trat. Es war tatsächlich Minx, aber auch im schwachen Licht war zu erkennen, dass sie fürchterlich aussah. Kaum eine Stelle ihres Gesichts war ohne Schwellungen, und ihre sonst so geschmeidigen Bewegungen hatten nichts Raubtierhaftes mehr an sich. Sie wirkte wie eine alte, gebrochene Frau. Bohdan überkam eine Woge des Mitgefühls, doch sogleich rief er sich in Erinnerung, was das Miststück ihm angetan hatte. Er sagte streng zu sich selbst, dass sie jedes noch so schlimme Schicksal mehr als verdient hatte.

»Wie kommst du hierher?«, war alles, was er herausbrachte.

»Ich wurde in eine Falle gelockt«, sagte Minx, die ihre ganze Kraft aufbringen musste, aufrecht an den Gittern zu stehen. Ihre Stimme war dünn und tonlos. »Ein Takushin-rih hat mir die Falle gestellt, nachdem ... nachdem ich mit dir fertig war.« Sie stockte. »Ist es wahr, dass du den Shedai-nai das Versprechen abgenommen hast, dass sie mich nicht töten?«

»Ja«, bestätigte Bohdan, der von der Situation noch immer überfordert war.

»Dann ergibt alles einen gewissen Sinn«, stöhnte Minx. »Sie haben mich an Rabenschrei ausgeliefert – einen ihrer treusten Vasallen.«

»Er hat dich gefoltert?«, fragte Bohdan.

Minx schwieg, doch ihr Schweigen war Antwort genug.

»Er hat mich zu einer Kraftprobe herausgefordert«, sagte Bohdan.

Minx nickte knapp. »Das macht er mit allen Mushanti, die so töricht sind, in die Nähe von Norimberk zu kommen.«

»Warte«, sagte Bohdan, »warst du schon einmal jenseits des großen Waldes?«

Minx' Lippen verzogen sich ein klein wenig zu einem schwachen Lächeln.

»Du wolltest mich schützen«, begriff Bohdan.

»Es spielt jetzt keine Rolle mehr«, sagte Minx, »aber du sollst wissen, dass es mir nicht leicht gefallen ist, dich nach Gundaban zu bringen. Vielleicht …« – sie schluckte hart – »vielleicht hätte ich dich eines Tages befreit.«

»*Vielleicht*«, spuckte Bohdan bitter aus.

»Du hast mich verraten«, erwiderte Minx. Es war keine Entschuldigung, nicht einmal eine Erklärung, sie traf lediglich eine Feststellung.

»Ich …« setzte Bohdan schwer an, »… ich hatte keine andere Wahl.«

»Ja«, sagte Minx, »ich verstehe. Vielleicht verstehst du dann auch mich.«

Bohdan sank zu Boden. Er musste über das Gesagte nachdenken.

Natürlich hatte sie damit recht, dass sie sich gegenseitig ziemlich übel mitgespielt hatten. Unanfechtbar war er es, der damit begonnen hatte. Aber er hatte es aus guten Gründen getan. Ihre Geringschätzung gegen das Leben, ihre Käuflichkeit, ihre unerbittliche, ja fanatische Konsequenz. War er selbst besser? Wie viele Menschen waren in New Town seiner Rage zum Opfer gefallen? Und wie weit würde er gehen, um sein Ziel zu erreichen, das er noch nicht einmal klar benennen konnte? Minx' Brutalität, mit der sie gegen die Shedai-nai vorgegangen war, hatte in ihren Augen dem Zweck gedient, die östlichen Ödlande zu schützen. Welches Recht hatte er gehabt, über sie zu richten? Er hätte wenigstens den Versuch unternehmen müssen, mit ihr zu reden, auch wenn er geglaubt hatte, ihre Reaktion mit Sicherheit vorhersehen zu können.

Dennoch, es war kompliziert. Nur eines war Bohdan gewiss: Sie waren beide keine Geschöpfe, die in einer Zelle verrotten durften. Er musste sie entweder töten – oder sie befreien. Wie er so grübelte, hörte er einen Schrei aus der Ferne. Es war der Sänger der Rockband, und das Publikum wiederholte den Ruf aus hunderten von Kehlen: *Fick die Vergangenheit!* Manchmal war es geboten, sich an die kleinen Zeichen zu halten.

»Wie kann ich Rabenschrei besiegen?«, fragte Bohdan.

Minx umfasste die Gitterstäbe, und ihr Gesicht kam Bohdan so nah, wie es unter den gegebenen Umständen möglich war. Ihr Lächeln wirkte nun nicht mehr ganz so matt, ein Abglanz ihrer einstigen grimmigen Entschlossenheit lag auf ihrer Miene, als sie begann zu flüstern.

***

Der erste Trupp unter Sundance' Führung hatte Norimberk im Morgengrauen verlassen. Die sieben Männer waren problemlos aus der Stadt gekommen und stapften seitdem über den feuchten Boden am östlichen Ufer der breiten Wasserstraße, die nach Suhl führte. Sundance gab das Tempo vor und bestimmte, wann die einzige Rast eingelegt wurde, aber ein kleinwüchsiger Mann namens Hektor ging voraus. Er war ein Sumpfjäger, den Sico angeheuert hatte und der sich in dem Terrain bestens auskannte. Tank hatte sich ein Tau um die Hüften gelegt. Das Tau war am Bug einer kleinen Barke verknotet. In der Barke befanden sich Ausrüstungsgegenstände, die zu groß oder zu schwer waren, um sie zu tragen. Mehrmals verfing sich die Barke in Schilf, dann zerrte Tank ohne zu murren an dem Tau, bis das kleine Materialboot durch einen Ruck befreit wurde.

Trotz des tückischen Untergrunds kamen sie gut voran. Als die Sonne am höchsten stand und die Luft zum Flimmern brachte, zückte Sundance ein Fernrohr und blickte zurück. Erleichtert erblickte er die zweite Gruppe, die ihrem Weg folgte. Nachmittags entdeckte er nach einigem Suchen auch den dritten Trupp. Zumindest der Aufbruch war schon einmal planmäßig verlaufen.

Im Rot der Abenddämmerung erreichten sie den Schädelfelsen – eine Steinformation, um die sich die wildesten Geschichten rankten und deren größter Brocken entfernt an einen menschlichen Totenkopf erinnerte. Während die anderen ein behelfsmäßiges Lager errichteten, kletterte Sundance auf den Felsen. Auf der höchsten Stelle angekommen, klappte er das Fernrohr aus folgte mit dem Blick der Wasserstraße. Da war sie! Die komplette Karawane dümpelte keine dreißig Kilometer von ihnen entfernt in einer Bucht. Erst war sich Sundance nicht sicher, ob die Sabotage ihren Zweck erfüllt hatte. Die Bucht war ein guter Ankerplatz. Doch dann erkannte er, dass eines der voll beladenen Frachtboote mit Seilen in die Bucht gezogen wurde. Wäre der Motor unbeschädigt, wäre dieses Manöver nicht nötig gewesen. Als er einen Flitzer ausmachte, der Wasser hinter sich aufspritzend die Wasserstraße zurücksauste, war Sundance sich restlos sicher. Er grinste und stieg von dem Felsen herab.

»Tank«, wandte er sich an den Hühnen, der im Schneidersitz Dreck unter den Fingernägeln hervorpulte, »wir bekommen Besuch. Ein Flitzer. Aller Wahrscheinlichkeit nach hat der Mann den Auftrag, Norimberk zu informieren und um Hilfe zu bitten.«

»Ich soll ihn erledigen?«, knurrte Tank gleichgültig.

Sundance nickte zustimmend. »Leise und unauffällig, wenn ich bitten darf.«

Während der Rest der Truppe olivgrüne Zelte aufspannte, schlenderte Tank zur Barke und entnahm ihr ein Gewehr mit langem Lauf. Damit machte er sich auf zu den niedrigen Felsen am Ufer.

Sundance gab Anweisung, noch mehr Zelte aufzustellen, damit die später Eintreffenden nicht in der Dunkelheit arbeiten mussten, dann erinnerte er noch einmal daran, dass keine Feuer entzündet werden durften. »Benutzt die Gaskocher«, sagte er, ehe er sich abwandte und Tank nachfolgte. Er kauerte sich neben den Hühnen. Der Lauf des Gewehrs lag auf einem Felsen auf, an der Mündung war ein klobiger, von Panzertape umwickelter Zylinder angebracht, der den Zweck hatte, den Schall auf ein Minimum zu reduzieren. Tank hatte ein Auge zugekniffen, sein Zeigefinger krümmte sich sacht um den Abzug. Der Flitzer war so nah, dass der Mann, der ihn lenkte, im letzten Licht der Abendsonne deutlich zu erkennen war. Norimberk lag außer Sichtweite, aber Tank musste den richtigen Zeitpunkt abpassen, dass die Karawane nicht sah, wie der Bote erledigt wurde.

»Du hast nur einen Schuss«, flüsterte Sundance angespannt. Wenn der Mann gewarnt wurde, würde er vermutlich im Zickzack fahren und durch die Wendigkeit des Flitzers ein weitaus schwierigeres Ziel abgeben.

»Was du nicht sagst«, grollte Tank.

Jetzt schoss der Flitzer an ihrer Position vorbei. Sehr bald würde der Fahrer die Zelte bemerken. Tank zog den Abzug durch. Der Schuss war nicht mehr als ein *Plopp*. Der Mann fiel, seitlich in die Brust getroffen, von dem Fahrzeug, das noch ein Stück weiterfuhr, um schließlich mitten im Wasser stehenzubleiben.

»Gut gemacht«, lobte Sundance und verpasste Tank einen kameradschaftlichen Klaps auf die Schulter.

***

Sundance schreckte aus einem sanften Dösen auf, als die zweite Gruppe am späten Abend ankam. Sico schien die Männer gut im Griff zu haben. Gemeinsam mit Sundance wies er den Neuankömmlingen Plätze in den Zelten zu und teilte Wachen ein, dann machten sie es sich, so gut es ging, neben Tank gemütlich, der abseits saß und auf das dunkle Wasser starrte. Sico berichtete von dem Marsch und betonte, dass unterwegs nichts Unerwartetes geschehen war.

»Sige«, murmelte Sundance zufrieden und zog sich den Hut ins Gesicht.

Die dritte Gruppe erreichte sie gegen Mitternacht. Basel, der zusammen mit Klemme Wache gehalten hatte, weckte Sundance. Der Mond schien hell, beinahe zu hell für Sundance Geschmack. Die letzten sieben Männer, Yuma eingeschlossen, wirkten erschöpft.

»War nicht einfach in der Dunkelheit, vor allem die letzte Etappe«, erstattete Yuma Bericht. »Einer ist in ein Loch getreten und hat sich den Knöchel verstaucht.«

Sundance blickte zu dem Mann, der von zwei anderen gestützt wurde. »Versorgt ihn, esst und dann ruht euch ein wenig aus.« Er nahm Yuma beiseite. »Du weißt, was zu tun ist?«

Yuma nickte und sagte: »Wir rücken Vormittags geschlossen vor. Wir schleichen uns so nah wie möglich ran und eröffnen die Show.«

»Genau, guten Nachhall«, erwiderte Sundance. »Und keine Toten, wenn es sich vermeiden lässt«, erinnerte er.

Sico war bereits dabei, die anderen zu wecken. Sundance bildete Dreier- und Vierergruppen, ernannte jeweils einen Gruppenführer und wies ihnen Stellungen, die sie einnehmen sollten, zu. Sie räumten das Lager, verteilten die Ausrüstung und schlichen los. Gerade als die Sonne aufging und ihr morgendliches Rot sich auf den feuchten Dunst, der über dem Sumpf hing, legte, erreichten Sundance, Sico, Tank und Basel die ausgesuchte Stellung. Sie duckten sich im hohen Schilfgras und Sundance zückte das Fernrohr.

Die Karawane hatte aus den Booten und Fahrzeugen einen Ring in der Bucht gebildet. Das Heck eines der Frachtschiffe war geöffnet worden, und ein Mechaniker untersuchte den Motor. Ob ihm wohl schon klargeworden war, dass jemand die Boote sabotiert hatte? Behutsam schwenkte Sundance das Fernglas. Da er wusste, wonach und wo genau er Ausschau halten musste, entdeckte er die anderen Gruppen rasch. Sehr gut, alle hatten ihre Position eingenommen. Sie bildeten nun einen Halbkreis, der nach Süden hin offen war. Dort würden in wenigen Stunden Yuma und seine Männer auftauchen, und die Einkesselung wäre komplett.

Sundance sah zurück zur Karawane. Ein hochgewachsener Mann mit einer ärmellosen hellen Weste trat zu dem Mechaniker. Sundance wusste sofort, dass dieser Mann sein Gegner war, der Karawanenführer. Alles hing davon ab, ob er ein vernünftiger Mann war. Soviel Sundance in der knappen Vorbereitungszeit über ihn hatte in Erfahrung bringen können, handelte es sich um einen listigen, rationalen Kerl, dem am Wohl seiner Männer gelegen war. Jetzt war auch eine Handvoll Frauen zu sehen, die Kleider in dem runden Becken, das die Boote bildeten, wuschen. Immer mehr Männer und Frauen kamen aus den Bäuchen der Boote, etwa ein Drittel trug Waffen.

»Megafon«, sagte Sundance über die Schulter, und kurz darauf reichte Sico ihm den blechernen Trichter. Er legte ihn neben sich ab und vergewisserte sich mit einem Blick, dass Tank das lange Gewehr locker im Anschlag hielt. Sie waren bereit. Jetzt galt es nur noch abzuwarten.

***

Thuba führte Bohdan tief in die Eingeweide des Bergs unter der Festung. Der muskulöse, dunkelhäutige Mann schien keine Angst vor ihm zu haben, dennoch ging er hinter Bohdan und ließ ihn keinen Moment aus den Augen. Als er Bohdan aus der Zelle abgeholt hatte, hatte er ihm eine Öllampe in die Hand gegeben, während er selbst sein bajonettbestücktes Gewehr eng an der breiten Brust trug. Bohdan fragte sich, ob dem Leibwächter nicht bewusst war, dass das Gewehr ihm nichts nützen würde, wenn er sich seiner entledigen wollte. Vielleicht wusste er es, bestimmt sogar. Aber er schien sich voll und ganz darauf zu verlassen, dass Bohdan seine Lage richtig einschätzte. Die Festung lebend zu verlassen, käme schon einem Wunder gleich, aus der Stadt zu fliehen, würde ihm niemals gelingen. Nein, er musste gegen Rabenschrei antreten und er musste gewinnen – das war der einzige Weg hier heraus. Bohdan fragte sich unwillkürlich, wie viele vor ihm dasselbe gedacht hatten, ehe sie in Käfigen auf dem Marktplatz geendet waren.

»Da lang«, sagte Thuba und deutete nach links in einen langen, dunklen Gang.

Am Ende des Ganges lag eine massive, unverschlossene Tür. Bohdan zog sie auf und betrat eine riesige, kreisrunde Halle. Mit Stufen versehene Zuschauerränge umschlossen eine Arena in der Mitte. Bohdan erkannte Nuru und ein halbes Dutzend schwer Bewaffneter. Sie standen leicht versetzt ihm gegenüber in einer der unteren Ränge. Rabenschrei saß mitten in der Arena auf dem glatten Steinboden. Bohdan blickte nach hinten, und der Leibwächter wies mit dem Kinn auf einen Mittelgang. Bohdan nahm seinen Mut zusammen und stieg die Stufen hinab, Thuba folgte ihm. Unten angekommen, öffnete Thuba ein hüfthohes Gatter, und Bohdan betrat die Arena. Er zog seine Stiefel aus, um Kraft direkt aus dem Boden ziehen zu können, und ging auf den ebenfalls barfüßigen Rabenschrei zu, der erst jetzt den Kopf hob und Bohdan aus seinen durchdringenden und erschreckend nüchternen Augen musterte.

»Dein Mantel ist ein Vorteil«, sagte Rabenschrei kühl. »Das ist nur fair, auch ich verfüge über ein Hilfsmittel.« Mit diesen Worten zog er ein Amulett, das er an einer silbernen Kette um den Hals trug, aus seinem Hemdkragen hervor. Bohdan widerstand dem Impuls, in die Aurensicht zu wechseln, da er befürchtete, es könnte sich um eine Falle handeln. Rabenschrei schenkte ihm ein leises Lächeln. Er erhob sich und stellte sich breitbeinig hin. Nicht das geringste Schwanken. Nuru hatte ihm einen guten Dienst damit erwiesen, das Kräftemessen zu verschieben. Sein trunkener Zorn hatte etwas Einschüchterndes gehabt, aber nüchtern und ausgeruht war er ohne jeden Zweifel noch viel gefährlicher.

»Du glaubst, du bist besser als all die anderen vor dir, die ich in diesem Raum in die Knie gezwungen habe?«

Hier war kein Platz für falsche Bescheidenheit, dachte Bohdan und sagte: »Ich bin besser, und wenn es sein muss, bezwinge ich dich. Aber es muss nicht so kommen …«

Rabenschrei lachte laut auf. »Du kleiner, wichtigtuerischer Baichi! Lord Nagaschu der Strahlende hat mich als seinen Statthalter eingesetzt, weil er mich respektiert. Du bist nur ein dahergelaufener Wicht, und wie einen Wicht werde ich dich zerquetschen.«

Der Angriff kam plötzlich. Es war, als würde sich eine eiserne Faust um Bohdan schließen. Die Luft entwich schlagartig aus seinen Lungen. Im letzten Augenblick ließ Bohdan den vorbereiteten Gegenzauber frei. Die unsichtbaren Finger gaben ihn widerwillig frei. Bohdan atmete auf, doch Rabenschrei wirkte bereits den nächsten Zauber. Dieser zielte nicht auf seinen Körper, sondern gegen seinen Geist. Ein mentaler Schlag, den Bohdan nur halb zu parieren vermochte. Seine Gedanken zerfaserten, und seine Konzentration reichte gerade noch zu einem schwachen Gegenschlag aus, den Rabenschrei mühelos abwehrte.

Jetzt hätte er Bohdan erledigen können, aber er wollte seine wahre Macht demonstrieren, und über die gesamte Halle legte sich ein Leuchten wie von tausend Sternen. Bohdan hatte nur eine vage Vorstellung davon, was geschah. Er unterdrückte ein Schaudern, wirkte einen Heilzauber auf sich, der ihm die Benommenheit nahm, und bündelte seine Kräfte. Die winzigen Lichtpunkte zogen sich zusammen, und es formten sich Gestalten. Schreckliche Formen von unbeschreiblichen Kreaturen. Rabenschrei hatte Dämonen beschworen, insgesamt waren es fünf. Abscheuliche Bestien mit Tentakeln, Hörnern und Fratzen, deren Anblick nicht nur Bohdan, sondern auch den Zuschauern das Blut in den Adern gefrieren ließ. Bohdan wusste, dass Beschwörungen nur Ritualmagiern möglich waren. Und da Rabenschrei auch direkte Sprüche zu wirken vermochte, gab es nur eine Erklärung: Er war ein Holomancer. Ein voll ausgebildeter Holomancer, der die herbeigerufenen Dämonen scheinbar mit Leichtigkeit kontrollierte. Er würde sie auf Bohdan hetzten, damit sie ihn in Stücke rissen. Ein höhnisches, triumphierendes Lachen hallte durch den Saal.

**

Es war dieser spezielle Moment, in dem man begreift, dass sämtliche akribischen Vorbereitungen, das sorgfältige Planen, das Abpassen des richtigen Zeitpunktes – dass all das umsonst gewesen war, weil ein verfluchter Baichi es mit einem einzigen Schuss zunichte machte. In diesem Fall war der Baichi der Schütze der mit Yumas Trupp angerückt war. Seine Aufgabe hatte darin bestanden, das Feuer zu eröffnen und einen x-beliebigen bewaffneten Gegner zu verletzten. Aber was musste Sundance durch das Fernglas sehen? Dieser dreimal verfluchte Bastard hatte ausgerechnet auf den Karawanenführer geschossen, und er hatte ihn auch nicht verletzt, er hatte ihn genau in den Kopf getroffen, sodass die Umstehenden Teile seiner Hirnmasse abbekamen. Ein zweiter und ein dritter Schuss folgten aus unterschiedlichen Richtungen. »Feuer frei«, zischte Sundance, woraufhin auch Tank den Abzug durchdrückte. Sein Gewehr hatte kein Zielfernrohr, er hatte durch Kimme und Korn gezielt, aber seine Kugel fand ihr Ziel. Sie traf sauber das Bein eines Mannes. Der Mann stürzte und schrie.

Es folgten zwei weitere Schüsse und wieder war einer tödlich. Ein Mann fiel mit einem Loch in der Brust rückwärts ins Wasser. Das konnte doch kein schlechter Nachhall sein, diese verdammten Sumpffratten, die sein Kernteam erweiterten, taten das mutwillig! Frauen kreischten, und die Männer der Karawane suchten Deckung. Zähneknirschend nahm Sundance das Megafon zur Hand.

»Ihr seid umzingelt!«, rief er in das dünne Ende des Blechtrichters, der seine Stimme verstärkte und sie verzerrt und metallisch klingen ließ. »Legt die Waffen nieder und verlasst die Boote, dann habt ihr nichts weiter zu befürchten!«

»Und, tun sie's?«, fragte Tank nach wenigen Atemzügen.

»Natürlich nicht. Die Idee war, sie einschüchtern. Jetzt haben sie Todesangst.« Sundance spuckte aus. »Und davon abgesehen müssen sie erst einen neuen Anführer bestimmen.« Er ging in die Hocke und steckte sich mit zitternden Fingern eine Zigarette in den Mund, zündete sie jedoch nicht an.

»Ich schwöre dir«, murmelte er mehr zu sich als zu Tank, »wenn wir hier fertig sind, drehe ich diesen Mistratten eigenhändig die Gurgel um.«

Schwaches Gegenfeuer wurde eröffnet, dann herrschte Stille. Eine Stunde verstrich, ohne dass die Karawane antwortete. Sundance wusste nicht, was er seiner Ansprache noch hinzufügen sollte. Mittlerweile dürfte den Umzingelten klargeworden sein, dass der ausgesandte Bote abgefangen worden und keine rasche Hilfe von Norimberk zu erwarten war. Andererseits wurden sie nicht überrannt, woraus sich schließen ließ, dass die Angreifer nicht so stark waren, wie es zunächst den Anschein hatte. Es war eine Patt-Situation. Allerdings nur scheinbar. Die Karawane war im Gegensatz zu den Belagerern bestens mit Proviant ausgestattet. Die Zeit war auf Seiten der Karawane, aber das konnten die Männer und Frauen in den Booten nicht wissen, und sie hatten Angst.

»Nicht schießen«, sagte eine Stimme hinter Sundance. Basel lag auf dem Rücken und hatte eine Pistole auf das Schilf in ihren Rücken gerichtet. Er senkte die Waffe, als er die Stimme erkannte.

»Yuma«, zischte Sundance, während der ehemalige Urkwarda in gebückter Haltung aus dem Schilf trat.

»Es tut mir leid«, flüsterte Yuma sofort, »ich weiß nicht, was in Klemme und die anderen gefahren ist. Erst wollten sie mich auch nicht gehen lassen. Ich musste sie überzeugen, dass wir in einer äußerst verzwickten Lage stecken.«

Allmählich ergab alles einen Sinn. Die angeheuerten Sumpfjäger kochten ihr eigenes Süppchen. Vielleicht hatten sie Wind davon bekommen, wie Sundance und seine Begleiter die Bande von Lana übertölpelt und sie erleichtert hatten. Was auch immer der Grund war, wahrscheinlich hatten die Sumpfjäger einen geheimen Plan ausgeheckt. Vermutlich hatten sie vorgehabt, die Sache schnell über die Bühne zu bringen, um danach Sundance und seine Leute loszuwerden. Dumm wie sie waren, hatten sie wohl geglaubt, tödliche Schüsse würden den Vorgang beschleunigen. Sundance sah einem nach dem anderen in die Augen. Kein Zweifel, der rotschöpfige Sico, der wieselgesichtige Basel, der Hühne Tank und Yuma – sie alle dachten dasselbe.

»Merde«, stöhnte Basel.

»Das kannste laut sagen«, grunzte Tank.

Sundance Augen verengten sich zu Schlitzen, seine Wangenmuskeln zuckten wütend. Er zwang sich, seinen Ärger hinunterzuschlucken, und sagte: »Versuchen wir das Beste draus zu machen.«

Er nahm das Megafon zur Hand, blickte aber noch durch das Fernrohr, ehe er sprach. Auf den Booten regte sich etwas, und die Bewegungen wirkten koordiniert. Männer besetzten die Geschütze, Gestalten huschten über die Decks in Deckung, und dann war eine laute Stimme zu hören, die wohl ebenfalls durch ein Megafon verstärkt wurde: »Wir sind bereit zu verhandeln!«

Sundance versuchte den Sprecher ausfindig zu machen, fand ihn aber nicht. »Basel, Tank«, zischte er, »geht zurück zum Schädelfels, achtet darauf, dass euch niemand bemerkt. Versteckt euch und wartet.«

»Aye aye, Kapitän«, brummte Tank, und die beiden machten sich beinahe geräuschlos auf den Weg. Für seine Statur war Tank ein erstaunlich guter Schleicher.

»Wir sind bereit, einen Tribut zu entrichten«, fuhr die verstärkte Stimme fort. »Wenn ihr uns angreift, werden wir kämpfen, und zur Not jagen wir die ganze Ladung in die Luft!« Zur Bekräftigung seiner Worte, wurde ein Tankdeckel geöffnet und eine Hand mit einer Leuchtfackel erschien darüber.

»Sige!«, rief Sundance zurück. »Was bietet ihr an?«

Sie einigten sich auf eine nicht allzu große Summe Quins, dazu einige seltenere Häute und drei Flitzer. Die Häute forderte Sundance nur zum Schein, die ganze Operation war gescheitert. Eigentlich hatte er vorgehabt, die Karawane zu übernehmen und die geladenen Waren in Suhl zu verkaufen, aber durch die heimliche Meuterei der angeheuerten Männer wurde daraus nichts mehr. Daher galt es, den bestmöglichen Schnitt zu machen und zu verduften. Der Verhandlungsführer ließ sich auch darauf ein, dass drei seiner Männer die Flitzer zum Schädelfels fuhren. Dort würden sie auf ein Schnellboot umsteigen und ohne Behelligung nach Norimberk weiterziehen, um Hilfe anzufordern. Ohne Frage kochten die anderen Gruppen der Überfallbande vor Wut über diesen Deal, aber sie konnten nicht eingreifen. Selbst diese Baichis begriffen, dass sie mit einer Stimme sprechen mussten, auch wenn ihnen nicht gefiel, was diese Stimme sagte.

Sundance wartete, bis die Vorbereitungen getroffen wurden. Ein kleines Schnellboot wurde startklar gemacht, und ein Ruderboot, kaum mehr als ein Floß, wurde mit den Tierhäuten beladen.

»Gehen wir«, sagte Sundance.

Da sie den direkten Weg landeinwärts nahmen, sahen sie nicht, wie die Flitzer und das Schnellboot sie überholten. Aber sie hörten die Schüsse kurz darauf.

Man musste kein großer Menschenkenner sein, um die äußerst gedrückte Stimmung schon von Weitem zu bemerken. Sämtliche Kleingruppen waren zum Schädelfelsen zurückgekehrt, wo sie die Nacht zuvor gelagert hatten. Klemme stritt sich lautstark mit Zek, einem schlanken Mann mit grüner Weste und breiten Armbändern um die Handgelenke. Beiden verstummten abrupt, als sie Sundance, Yuma und Sico auf sich zukommen sahen. Sundance, der schon mit vielen Banden geritten war und einige selbst angeführt hatte, erkannte sofort, dass die sich unter den Meuterern zwei Gruppen gebildet hatten. Auf der einen Seite die heruntergekommenen Sumpfjäger, auf der anderen eine gemischtere Gruppe aus Kerlen, die sich zufällig in Norimberk gefunden hatten. Klemme war offenbar der Meinungsführer der zweiten, etwas kleineren und uneinigeren Gruppe. In ihrem Verrat waren sie sich allerdings offensichtlich allesamt einig: Sundance diente ihnen als gemeinsames Feindbild, wie aus den finsteren Blicken zu schließen war. Ehe er ihnen seine volle Aufmerksamkeit schenkte, linste Sundance zur Wasserstraße hinüber. Die Flitzer und das Schnellboot dümpelten unbemannt im Wasser. Offenbar war der Streit unter den Meuterern erst entbrannt, nachdem sie kurzen Prozess mit den Männern auf den Wasserfahrzeugen gemacht hatten. Sie hatten sie kaltblütig ermordet, obwohl Sundance sein Wort gegeben hatte, dass sie unbehelligt nach Norimberk weiterziehen könnten.

»Werdet ihr euch nicht einig, wie ihr die fette Beute unter euch aufteilen sollt?«, fragte Sundance spöttisch.

»Halt's Maul«, zischte Zek.

»Wie wäre es mit einem Anführerkampf nach den alten Regeln?«, fragte Sundance. »Ich nehme es sogar mit euch beiden auf.« Er blickte herausfordernd von Zek zu Klemme.

»Kannste vergessen«, erwiderte Klemme düster, ehe er sich an die Männer hinter ihm wandte: »Ergreift sie!«

Insgesamt fünf Männer der Sumpfjäger-Fraktion fühlten sich angesprochen und kamen auf sie zu. Sico zückte zwei Pistolen und Yuma holte mit einem Wurfmesser aus. Sundance zog einen Revolver, brachte ihn aber nicht in Anschlag, sondern hielt die Waffe locker in der Hüfte.

»Meint ihr nicht, ihr habt heute schon genug, Dummheiten angestellt, weil ihr auf diese zwei Schwachköpfe gehört habt?«, sprach Sundance die Männer direkt an, die nun verunsichert stehengeblieben waren.

»Tötet sie!«, brüllte Zek, woraufhin Bewegung in die zweite Fraktion kam.

Zahlenmäßig waren sie hoffnungslos unterlegen, aber sie hatten noch einen Trumpf im Ärmel. »Jetzt!«, rief Sundance, ging gleichzeitig in die Hocke und ließ seinen Revolver husten. Die zwei vordersten Sumpfjäger stürzten in die Brust getroffen zu Boden. Yumas Wurfmesser fand die Kehle eines dritten und Sico schoss einem vierten in den Bauch. Das erste Gegenfeuer war kurz und ungezielt, da in diesem Moment Zek durch einen Kopftreffer in sich zusammensackte. Klemme bekam lediglich einen Streifschuss ab, der ihn einen Teil seines linken Ohrs kostete, aber die Männer gerieten in Panik, als ihnen klarwurde, dass sie von zwei Seiten aus angegriffen wurden. Sundance sah den Lauf von Tanks Gewehr über den Felsen ragen. Genau im richtigen Moment. Jetzt hatten sie eine Chance. Die Meuterer taten ausnahmsweise das einzig Vernünftige. Sie wichen seitlich zurück und suchten nach Deckung. Die Neuformierung verschaffte ihnen einen kleinen, aber vielleicht ausreichenden Vorsprung.

»Weg hier!«, schnauzte Sundance und zog an Yumas Schulter. Ein Wurfmesser prallte wirkungslos von einem Felsen ab. Sico ging rückwärts und feuerte sein Magazin leer, dann wandte er sich um und rannte. Sundance gab noch einen gezielten Schuss ab, sah jedoch nicht mehr nach, ob er getroffen hatte, sondern nahm ebenfalls die Beine in die Hand. Kugeln zischten über ihnen vorbei, als sie sich ins Wasser stürzten und hektisch losschwammen. Ein Schulterblick verriet Sundance, dass Tank und Basel es ebenfalls ins Wasser geschafft hatten. Sie schwammen ein Stück links von ihm auf die Flitzer und das Boot zu. Das war der heikle Teil des Fluchtplans. Die Männer am Ufer konnten nun auf sie schießen, ohne Gegenwehr befürchten zu müssen. Es kam einem Wunder gleich, dass es alle fünf unverletzt zu den Wasserfahrzeugen schafften.

Sundance hatte gerade die unterste Stange der Reling umklammert, um sich auf das Schnellboot zu ziehen, da schlug eine Kugel knapp neben seiner Brust in den Rumpf. Weitere Kugeln folgten. Sundance ließ rasch los und tauchte unter Wasser. Mit kräftigen Zügen brachte er sich auf die andere Seite des Bootes. Tank und Sico hatten dort bereits vor ihm Deckung gesucht.

»Das Boot können wir vergessen«, knurrte Tank und deutete mit seinem Kinn nach oben.

Qualm stieg aus dem Heck auf. Noch ein Treffer in den Dieseltank, und das Boot würde entweder in Flammen aufgehen oder ihnen um die Ohren fliegen.

»Wir nehmen die Flitzer«, prustete Sundance. »Los, wir ziehen sie hinter das Boot.« Für Erklärungen war keine Zeit. Mit etwas Nachhall würden die Männer am Ufer, die immer noch feuerten, ihnen ungewollt den Rückzug sichern.

Halb tauchend, halb schwimmend erreichten sie die Flitzer. Sundance zog sich gerade weit genug aus dem Wasser, um den Gashebel umgreifen zu können. Auf einer schiefen Bahn ließ er den Flitzer hinter das Boot tuckern. Tank und Sico folgten erfolgreich seinem Beispiel. Der letzte Flitzer allerdings, den Yuma und Basel holen wollten, reagierte nicht. Vermutlich war sein Motor beschädigt worden. Es handelte sich ausgerechnet um den, an dem das Floß mit der Beute befestigt war. Sundance fluchte innerlich, aber dieser Tag war ohnehin schon die reinste Katastrophe. »Kommt rüber«, rief er und winkte die beiden zu sich.

Ein weiterer Rumpftreffer und ein bedrohliches Zischen war zu vernehmen.

»Aufsteigen! Weg hier!«, brüllte Tank.

Sie zogen sich auf die Flitzer, und in dem Augenblick, als sie Gas gaben, explodierte das Heck des Bootes. Ein Teil des Benzins war bereits ausgelaufen und bildete einen feinen Film auf der Wasseroberfläche, der nun Feuer fing und nach den Fliehenden schnappte.

»Wuhu!«, rief Tank triumphierend, als sie vor den Flammen davonsausten.

Auch Schüsse folgten ihnen nach, aber das Feuer bot ihnen Deckung. Erst fuhren sie geradewegs auf die andere Uferseite zu, dann bogen sie scharf nach rechts ab.

Sie hielten sich nahe der westlichen Uferseite, und rasten in voller Fahrt an der Karawane vorbei, die noch immer in der Bucht auf der Ostseite vor Anker lag. Niemand schoss auf sie. Wahrscheinlich hatten die Männer und Frauen genug vom Kämpfen, und sie konnten ja nicht ahnen, dass sich die Räuber entzweit hatten.

Sie folgten der Wasserstraße, bis die Dämmerung hereinbrach. Eine Halbinsel bot eine halbwegs zugängliche Anlegestelle. Tank stieg ins knietiefe Wasser ab und wollte gerade einen sarkastischen Spruch loswerden, als Yuma, der hinter ihm gesessen hatte, leblos ins Wasser platschte. Tank wurde erst jetzt klar, weshalb sich dessen Umklammerung im Laufe der Fahrt immer mehr gelockert hatte. Die Leiche trieb mit dem Rücken nach oben im Wasser und färbte es rot.

»Müssen ihn zufällig erwischt haben, nachdem das Boot hochgegangen ist«, brummte Tank. »Hat keinen Mucks von sich gegeben. Tapferer Kerl.«

Sundance watete durch das braune Wasser und betrachtete das Einschussloch im Rücken von Yumas totem Körper. Er legte der Leiche die Hand auf den Hinterkopf, wandte sich ab und stapfte auf die Halbinsel zu. Dieser verfluchte Tag hatte es tatsächlich geschafft, noch mieser zu werden. Ein gescheiterter Plan, keine Beute, sie saßen mitten im Sumpf fest, und jetzt war auch noch ein treuer Begleiter gestorben. Sandance ließ sich kraftlos nieder und vergrub sein Gesicht in den Händen.

***

Die Dämonen stürzte sich auf Bohdan. Es war aussichtslos, er konnte sie nicht alle abwehren. Im letzten Augenblick fiel ihm Minx' Rat ein. Sie hatte ihm verraten, dass Rabenschreis größte Schwäche in seiner Überheblichkeit bestand. Und sie hatte Recht behalten. Es war nicht nötig gewesen, die Dämonen zu beschwören. Rabenschrei zog eine Show ab, um die Zuschauer zu beeindrucken und seine Überlegenheit ganz auszukosten. Aber einen Dämon in dieser Ebene zu halten, kostete fraglos Kraft und Konzentration. Bohdan war die Außenwirkung völlig gleich, seine einzige Absicht bestand darin, zu überleben. Er sprach einen Wahren Namen aus, dem er damals nachgegangen war, um den Blinden Nathan zu erheitern. Der Name bedeutete so viel wie *Seifenblase*, und Bohdan verstärkte blitzschnell die Kugel, die sich um ihn bildete, von innen mit einem Rüstungszauber. Ein weit geöffnetes Maul schnappte nach seinem Kopf, doch die Zähne glitten von der schimmernden Blase ab. Eine Klaue schlug nach ihm. Bohdan blieb unverletzt, aber die Kraft des Schlages wirbelte ihn durch die Luft. Die Dämonen kreischten wütend, weil sie ihn nicht zu fassen bekamen.

Bohdan wurde übel und schummrig zumute, während die Dämonen ihn durch die Luft schleuderten und ihn zu packen versuchten, dennoch brachte er es zustande, den Blick auf Rabenschrei zu richten. Dessen Miene war vor Anstrengung verzerrt, und er presste die Zähne aufeinander. Bohdan schöpfte Hoffnung. Er war ein Spielball für furchterregende Kreaturen aus einer anderen Dimension, aber sein Plan schien aufzugehen. Mit einem Lanzenspruch, den Rabenschrei zweifelsohne beherrschte, hätte er die Schildblase zum Platzen bringen können, doch er musste seine ganze Konzentration dafür aufwenden, die Dämonen unter Kontrolle zu halten. Bohdan kannte sich mit Beschwörungen nur sehr dürftig aus, aber er schätzte, dass unkontrollierte Dämonen sich durchaus gegen ihren Beschwörer wenden konnten, wenn dieser Schwäche zeigte. Bohdan schloss sein Auge, hielt die Schildblase aufrecht und bereitete zwei Sprüche vor, damit er sie, wenn der Zeitpunkt gekommen war, ohne Verzögerung wirken konnte.

Es war erstaunlich, wie lange Rabenschrei durchhielt, aber endlich musste er einen Dämon nach dem anderen auf seine Heimatebene zurückbannen. Als Bohdan spürte, dass die Präsenzen um ihn herum verpufften, öffnete er das Auge. Der letzte Dämon hatte beinahe die gesamte Blase mit den Saugnäpfen seiner Tentakel umfasst. Ein abscheulicher runder Schlund, in dem lange, spitze Zähne steckten, befand sich direkt über Bohdans Gesicht. Er sah dem Gestalt gewordenen Schrecken noch einen Moment lang in die hungrigen Glubschaugen, dann begann der tintenfischähnliche Körper zu schimmern, durchsichtig zu werden, um sich schließlich in Nichts aufzulösen.

Bohdan handelte, so schnell er konnte. Er löste die Blase auf und wirkte den ersten Zauber, der Rabenschrei das Amulett vom Hals riss. Bohdan schnappte es mit der linken Hand aus der Luft und streckte die rechte in Richtung seines Gegners aus. Ein blauer Ball gebündelter Energie traf Rabenschrei, der noch damit beschäftigt war, den Tribut seiner Beschwörungen zu bewältigen. Er kollabierte und ging auf die Knie nieder. Bohdan verpasste ihm ganz physisch einen Tritt ins Gesicht und stellte sich breitbeinig über ihn. Jetzt war er selbst mit der Tributbewältigung beschäftigt, aber das ließ er sich nicht anmerken. Er hob die Faust, in der sich das Amulett befand, hoch über den Kopf und rief den Zuschauern zu: »Eine falsche Bewegung und ich verwandle euch allesamt in Asche!«

Aus dem Augenwinkel nahm er war, dass Nuru ihre Hand auf das Gewehr ihres Leibwächters legte und es nach unten drückte.

»Es ist genug!«, sagte sie mit einem flehenden Unterton. »Du hast gesiegt. Ich bitte dich, verschone sein Leben.«

Bohdan ließ Rabenschrei, dessen Gesicht nun alt und eingefallen wirkte, keine Sekunde aus dem Auge. »Schwört, dass ich diese Stadt verlassen darf!«

»Ich schwöre es, du bist frei«, beeilte sich Nuru zu erwidern.

Der Tribut flachte langsam ab und Bohdan fiel es leichter, seine Stimme kraftvoll klingen zu lassen: »Ich gehe aber nicht allein. Die Gefangene Minx, Guigai, Dabela oder wie auch immer ihr sie hier nennt, sie begleitet mich.«

Rabenschrei grunzte protestierend. Bohdan wirkte einen Schmerzzauber gegen ihn, und er krümmte sich.

»Willst du lieber sterben?«, zischte Bohdan. »Aber du solltest wissen, wenn ich schon einmal dabei bin, töte ich das Miststück auch gleich.«

Rabenschrei winselte etwas, das entfernt nach *patta* klang.

»Du hast mein Wort!«, beteuerte Nuru. »Ich flehe dich an!«

»Ich gehe auf der Stelle«, sagte Bohdan und senkte die erhobene Faust. »Sollte sich mir auch nur ein einziger Baichi in den Weg stellen, werde ich das ganze verfluchte Norimberk in Flammen aufgehen lassen.«

Damit schleuderte er einen letzten Zauber gegen Rabenschrei, der diesem das Bewusstsein raubte. Ehe er wieder zu sich kam, wollte Bohdan die Stadt verlassen haben.

***

»Und das haben sie dir abgekauft?«, fragte Minx bewundernd, als sie und Bohdan keine halbe Stunde später durch die Unterstadt hetzten.

Bohdan grinste nur schelmisch.

Sie erreichten schnellen Schrittes den Hafen und fanden nach kurzem Suchen das beschriebene Boot. Es war ein schnittiges Gefährt mit überdachtem Unterdeck. Der gelangweilte Gardist, der darauf Wache hielt, nahm Haltung an, als sie über den schmalen Steg an Bord gingen. Bohdan hielt ihm das Wappen, das Nuru ihm gegeben hatte, unter die Nase und überzeugte ihn mit knappen Sätzen davon, dass es seine Richtigkeit und die Stadtherrin ihnen das Boot vermacht hatte.

»Zieh endlich Leine«, knurrte Minx, die von ihrer langen Gefangenschaft zwar noch immer schwach war, aber rasch ihr altes Selbstvertrauen zurückgewann.

Der Wachmann murmelte etwas Unverständliches und verließ das Boot. Bohdan holte den Steg ein und löste die Knoten der Taue, die das Boot an einer Bohle festhielten. Minx ging derweil ans Steuer und ließ den Motor an.

Am benachbarten Pier herrschte Trubel. Die Rockband verließ die Stadt. Eine Menschenmenge hatte sich versammelt. Sie jubelten der Band zum Abschied nach und skalierten: »Megabosch, Megabosch, Megabosch!« Vereinzelt war auch »Fick die Vergangenheit!« zu hören. Eine junge Frau riss ihr Hemd hoch in der Hoffnung, die abreisenden Stars würden ihre nackten Brüste sehen. Bohdan musste schmunzeln. Das Tourschiff der Band war ein klobiges, riesenhaftes Luftkissen-Fahrzeug. Der Aufbau bestand aus dicken zusammengeschweißten Metallplatten, die bemalt waren. Auf der Seite stand in großen Buchstaben: *MEGAMOG*. Bohdan warf die gelösten Taue an Land und gab Minx in der Fahrerkabine ein Zeichen, dass sie ablegen konnten.

Das Megamog nahm ihnen die Vorfahrt und tuckerte vor ihnen in den Schleusenkanal. Während sie warteten, sah Bohdan sich besorgt um. Die johlende Menschenmenge löste sich auf, hinter ihr erblickte Bohdan Nuru mit einer Schar Gardisten. Thuba, der Leibwächter, war an ihrer Seite und begleitete sie raschen Schrittes. Sie hielten auf die Mauer zu.

Endlich öffnete sich das Schleusentor, und Minx steuerte das Boot hinein. Bohdan sah Nuru und ihre Begleittruppe erst wieder, als sie auf die offene Wasserstraße hinausfuhren. Sie stand auf der Brustwehr über dem Tor und blickte ihnen nach.

Bohdan trat zu Minx in die Fahrerkabine, wischte sich unbehaglich Schweiß von der Stirn und fragte: »Willst du nicht einen Zahn zulegen?« Er verstand nicht, weshalb sie sich nahe an dem Bandschiff hielt und es nur ein wenig überholt hatte. Der Hebel, der die Geschwindigkeit regulierte, stand kaum auf der Hälfte.

Anstelle einer Antwort konterte Minx mit einer Gegenfrage: »Kannst du es so aussehen lassen, als würden wir hier weiter nebeneinander stehen, und kannst du uns unsichtbar machen?«

»Ähm …«, setzte Bohdan an.

»Rasch!«, zischte Minx ungeduldig. Das Drängen in ihrer Stimme ließ Bohdan alle Nachfragen vergessen und die Zauber vorbereiten, welche der gewünschten Wirkung am nächsten kamen. Als er soweit war, spähte er über die Schulter zurück zu Stadt. Sie hatten sich bereits ein gutes Stück entfernt, das Gesicht von Nuru, die noch immer über dem Tor stand, war mit bloßem Auge nicht mehr auszumachen, aber Bohdan hatte das unangenehme Gefühl, dass sie heimtückisch grinste.

Minx fixierte das Steuerrad mit einem Stück Seil. »Bist du soweit?«

Bohdan nickte. Bohdan wirkte einen Zauber, der Abbilder von ihnen erschuf. Von Nahem wäre niemand auf die Täuschung hereingefallen, aber aus weiter Distanz sollte es so wirken, als stünden zwei Gestalten am Steuer. Der zweite Zauber war kniffliger. Er konnte sie nicht wirklich unsichtbar machen, aber der Zauber beeinflusste die Lichtbrechung, sodass sie bewegungslos und vor einem gleichmäßigen Hintergrund nur einem argwöhnischem Beobachter auffallen sollten. In knappen Sätzen erklärte er Minx die Lage.

»Das ist gut«, sagte sie ebenso knapp. »Folge mir, mach genau, was ich tue.«

Sie ließ sich nieder und robbte aus der Kabine, dann über das Vorderdeck, wo sie sich vorsichtig ins Wasser gleiten ließ. Jetzt hingen sie nebeneinander bis zum Bauch im Wasser.

»Wir haben nur einen Versuch«, sagte Minx. »Es müsste klappen, die Strömung wird uns helfen. Jetzt!«

Sie ließen los und tauchten. Kurz befürchtete Bohdan, er würde genau auf die Schraube zugetrieben, doch es gelang ihm mit kräftigen Zügen, sich in Sicherheit zu bringen. Minx behielt recht, die Strömung erleichterte es ihnen, sich dem Bandschiff zu nähern. Einmal musste Bohdan auftauchen und nach Luft schnappen, dann tauchte er weiter. Minx packte zu und erwischte gerade noch rechtzeitig eine Stange, die am seitlichen Heck des Megamog über das Luftkissen ragte. Bohdan hielt sich an ihrem Bein fest. Mit purer Willenskraft gelang es Minx, erst sich und dann Bohdan in eine Lücke zwischen Aufbau und Luftkissen zu zerren. Bohdan spuckte Wasser aus, japste und sah dem Boot nach, das sie eben verlassen hatten und das durch das fixierte Steuer gehalten einem geraden Kurs folgte. Er wollte gerade fragen, wofür diese Übung gut gewesen war, als eine heftige Explosion Minx' Gesicht rot und gelb färbte. Die Detonation riss das Boot in Stücke.

»Eine Bombe«, keuchte Bohdan.

»Leute mit Macht lassen sich nicht demütigen«, sagte Minx. »Das geht mitunter soweit, dass sie präparierte Boote für spezielle Fälle vor Anker liegen haben«, fuhr sie belehrend fort, um mit einem halb unterdrückten

Lächeln zu schließen: »Sieht so aus, als könnte ich dir noch immer etwas beibringen.«

»Sieht ganz so aus.« Bohdan drehte sich erschöpft auf den Rücken.

»Yeah!«, hörten er und Minx eine laute Stimme über ihnen. »Feuerwerk zum Abschied! Gefällt mir!«

Sie waren jetzt also blinde Passagiere auf einem Schiff von angeberischen Rockstars, aber immerhin hatten sie es heil aus der Stadt geschafft. Und was vielleicht noch besser war: Nuru und Rabenschrei hielten sie für tot.

***

Minx benötigte keinen weiteren Verhüllungszauber, um nachts etwas Essen, Getränke und eine Decke zu stibitzen. Mit Bohdans Mantel als Unterlage hatten sie es einigermaßen bequem. Die Rockstars waren wilde, ordinäre und sorglose Gesellen, und auch wenn der dickleibige Manager, der stets eine Zigarre im Mund hatte, von anderem Schlag war und Wachen aufstellte, hatten diese nur Augen für die sie umgebende Dunkelheit des Sumpfes. Es war ein Feuer entzündet worden, und da seine Wärme nicht bis zu ihrem Versteck drang, zwackte Bohdan ein wenig davon ab. Er sagte sich, dass es keine Magie zum Zweck ihrer Annehmlichkeit war; ihre Kleider waren noch immer feucht, und sich in der Wildnis eine Erkältung einzufangen wäre keine gute Idee. Sie aßen, tranken, teilten sich die Decke und lauschten dabei. Bohdan lugte mehrmals ganz vorsichtig aus ihrem erhobenen Versteck, um die Stimmen den Personen zuordnen zu können.

Da war der dicke Manager, der solange das Sagen zu haben schien, bis ein Bandmitglied anderer Meinung war. Gesprächsfetzen war zu entnehmen, dass die vier Männer, die von dem Manager zum Wachdienst eingeteilt worden waren, ansonsten dafür zuständig waren, die Bühne auf- und abzubauen. Eine hochgewachsene, ernste Frau in Lederkluft wurde mit »Aca« angesprochen. Sie kümmerte sich wohl um die Technik, sowohl die des Bootes als auch um die bei den Konzerten. Meist hielt sie sich in der Nähe des Managers auf. Und dann war da noch die Band selbst. Fünf wilde Rockstars, die nur schwer zu zähmen waren. Der Gitarrist, General Midi, trug sein Instrument offenbar stets auf dem Rücken, und trotz der Dunkelheit saß eine verspiegelte Pilotenbrille mit nur einem Bügel auf seiner Nase. Sein langes Haar, das teilweise zu einem steilen Zopf hochgebunden war, wurde zusätzlich von einem gestreiften Stirnband zurückgehalten. Auf den Schultern seiner offenen Kunstlederjacke steckten spitze Nieten, und um seinen Hals hingen mehrere Ketten. Er redete viel, laut und pathetisch.

Der Bassist, den die anderen Sergeant Pepper nannten, hockte am Feuer und zog eine neue Saite auf den E-Bass auf, der an ein Gewehr erinnerte und aussah, als wäre er aus Schrott zusammengezimmert worden. Neben ihm saß der stämmige Schlagzeuger,

Private Parts, und befummelte eine Frau mit langen, wasserstoffgebleichten Zöpfen auf seinem Schoss. Er war oben ohne, und das Fangirl spielte an seinen Brustwarzen herum. Der Sänger, General Pause, hatte eine lange, blonde, verfilzte Mähne und war ein ausgesprochen rastloser Typ. Mal knutschte er mit einem weiteren, dunkelhaarigen Groupie, dann ließ er sich abseits des Feuers im Schneidersitz nieder und schnippte mit den Fingern zu einem Takt, den nur er hören konnte, ehe er aus dem Nichts heraus den Manager anschrie. Der Manager, den der Sänger im Zorn *Made* nannte und der offenbar an cholerische Ausbrüche dieser Art gewöhnt war, schaffte es rasch, ihn wieder zu besänftigen.

Neben den willigen Girlies gab es eine zweite Form der Unterhaltung: Drogen. Alle vier rauchten, schnupften und schluckten, was immer sie in die Finger bekamen. Und sie bekamen eine Menge in die Finger, obwohl der Manager versucht hatte, den Konsum zu beschränken. Die meisten Unterhaltungen drehten sich um Frauen- und Bühnengeschichten, dazwischen fielen allerdings auch die Namen von Städten, von denen Bohdan nie zuvor gehört hatte.

Es war merkwürdig, Minx' Körper nach so langer Zeit wieder nah an seinem zu spüren, und die sexuell aufgeladene Stimmung am Feuer schwappte auf sie über. Ihre Hand glitt unter sein Hemd. Bohdan drehte sich auf die Seite, und sie küssten sich lange. Dass sie sich still verhalten mussten, machte es nur noch reizvoller. In der Hitze der Leidenschaft spielte es keine Rolle, dass Minx Gesicht noch immer angeschwollen war und Bohdan an Stelle des linken Auges nur eine Narbe hatte. Trotz aller Erlebnisse, trotz des gegenseitigen Verrats und der langen Zeit der Trennung hatte sich an der Anziehungskraft zwischen ihnen nichts geändert. Minx drehte sich auf die Seite und streckte Bohdan einladend ihr Hinterteil entgegen. Sie stieß ein unterdrücktes Stöhnen aus, als er sanft in sie eindrang.

KAPITEL V

Am nächsten Tag kam das Megamog an einem Ring aus Booten vorbei. Eine verstärkte, blechern klingende Stimme informierte darüber, dass es sich um eine Karawane handle, eigentlich auf dem Weg nach Suhl. Sie könnten Hilfe brauchen, da sie sabotiert worden seien und Räuber versucht hätten, sie zu überfallen.

Der Frontmann der Band beantwortete die Bitte um Hilfe mit einem: »Fick die Vergangenheit! Besucht unser Konzert in Suhl, wenn ihr es rechtzeitig schafft!« Und damit tuckerten sie weiter.

Bohdan und Minx lagen noch immer in ihrem Versteck. Ewig würden sie sich hier nicht aufhalten können. Früher oder später würde sie einer der Wachmänner entdecken, und auf lange Zeit war es auch ziemlich ungemütlich. Aber diese Tatsachen und überhaupt alle Zukunftsaussichten scherten sie momentan herzlich wenig. Bohdan hatte Minx um Erlaubnis gefragt, sie hatte zugestimmt, und er hatte verschiedene Heilzauber kombiniert, um ihr Gesicht abschwellen zu lassen und ihre alten Kräfte weitestgehend wieder herzustellen. Sie drückte ihren Dank körperlich auf äußerst angenehme Weise aus.

»Wasch dir das dreckige Grinsen aus dem Gesicht«, neckte sie ihn, als er rundum befriedigt auf dem Rücken lag und das Amulett, das er Rabenschrei abgenommen hatte, über sich baumeln ließ. Er kam nicht zu der spöttisch-liebevollen Erwiderung, die ihm schon auf den Lippen lag, da in diesem Moment hastige Schritte über ihnen zu hören waren.

»Was zum Henker soll das?«, fragte General Midi, der Gitarrist.

»Sieht aus, als ob der Spinner uns den Weg versperren will«, meinte der Manager belustigt.

General Midi glucksste. »Machen wir mal langsam und hören, was er zu sagen hat.«

Bohdan ließ das Amulett in einer seiner vielen Manteltaschen verschwinden und wandte sich an Minx. »Ich schaue mir das mal an.« Damit holte er tief Luft, zog sich an und kletterte an der Seite des Gefährts hinauf, bis er eine Stelle erreichte, von der aus er sehen konnte, was sich abspielte.

Eine Landzunge verengte die Wasserstraße. Jemand hatte die Engstelle genutzt, um eine Barrikade aus drei Flitzern zu errichten. Quer auf den Flitzern lagen längere Äste, und auf dem mittleren stand ein Mann mit erhobener Hand. Bohdan traute seinem Auge kaum, er sah noch einmal genauer hin. Tatsächlich! Er kannte diesen Mann. Es war Sundance.

»Halt!«, rief er laut, als sich der Megamog auf Hörweite genähert hatte.

»Was willst du?«, brüllte Genral Pause zurück.

»Euer Schiff«, erwiderte Sundance trocken. »Springt ab und niemandem passiert was!«

Bohdan bemerkte einen größeren Büschel Sumpfgras im Wasser, der sich gegen die Strömung bewegte. Er musste lächeln.

»Was für ein Komiker«, gackerte der Frontmann.

»Lustig, aber das hält uns nur auf«, mischte sich General Midi ein. »Ich würde sagen, wir rammen diese lächerliche Barrikade einfach aus dem Weg. Dann können wir gleich mal testen, ob sich die Gummiverstärkung gelohnt hat.«

»Davon würde ich abraten.«

Der Frontmann, Genral Midi und der Manager drehten sich gleichzeitig um und sahen einen einäugigen jungen Mann in langem, dunklem Mantel. Der Frontmann erlangte als erster die Fassung zurück. Er lachte kurz auf. »Und wer bist du, wenn man fragen darf?«

»Mein Name ist Boh. Ich bin in Norimberk unbemerkt an Bord gegangen.«

»Ein blinder Passagier«, stellte General Midi fest. Auch er wirkte eher belustigt als wütend, dennoch legte er die Hand auf den Griff des klobigen Revolvers, den er an der Hüfte trug. »Und wieso sollten wir deiner Ansicht nach da nicht einfach durchbreschen?«

»Weil ich den Mann kenne und er kein Baichi ist«, erwiderte Bohdan ungerührt.

»Was?«, schnappte der Manager gereizt. »Will er uns etwa allein entern?«

»Nicht allein«, grollte eine tiefe Stimme. Ein von Wasser triefender Hühne hatte sich von hinten an Sergeant Pepper angeschlichen und ihm ein langes Messer an die Kehle gelegt. Im selben Augenblick zog sich ein kleinerer, wieselgesichtiger Mann über die Reeling und zielte mit einer Pistole auf General Pause, und ein Rotschopf packte ein Fangirl und hielt ihr einen kurzen angespitzten Stock an den Hals.

Bohdan lächelte. »Tank, Basel, Sico! Schön, euch wiederzusehen.«

»Du gehörst also zu dieser Drecksbande«, knurrte General Pause, dessen Augen sich zu funkelnden Schlitzen verengt hatten.

»Wir sind gemeinsam nach Norimberk gereist«, erklärte Bohdan. »Aber dieses Zusammentreffen hier ist reiner Zufall – oder Schicksal«, fügte er hinzu.

Akrobatisch, schnell und leise wie eine Schlange schwang sich Minx auf das Deck. Sie presste Sico einen Finger in den Rücken und sagte: »Keine falsche Bewegung, Amigosch.« Sie stand so, dass niemand ihren Bluff sehen konnte. Allerdings war sie nicht die einzige, die bluffte. Sicos Pistole war nicht geladen.

»Haben sich hier noch mehr Leute versteckt?«, wunderte sich Private Parts, der Schlagzeuger, der aktuell von niemandem direkt bedroht wurde und sich verwirrt am Hintern kratzte. »Is ja 'n richtiger Flohhaufen.«

»Wie regeln wir das jetzt?«, fragte General Pause gereizt.

»Ich schlage vor, wir schießen und stechen es aus«, sagte General Midi gereizt.

Bohdan sah die drei Wachmänner unter Deck, die sich bereit machten, nach oben zu stürmen und sich in einen Kampf zu stürzen. »Ich habe eine bessere Idee«, sagte er rasch. »Das Schicksal hat uns zusammengeführt. Auf diesem Boot ist Platz genug für uns alle. Weshalb verhalten wir uns nicht alle friedlich, dann kommt keiner zu Schaden. Fahren wir doch einfach gemeinsam nach Suhl.«

»Scheint mir ziemlich vernünftig«, hauchte der Manager. Er war der einzige, der Angst hatte. Sein Gesicht war kreideweiß, und er sah aus, als müsste er sich jeden Moment übergeben.

»Was springt dabei für uns raus?«, fragte General Pause aggressiv.

»Ihr bleibt am Leben«, knurrte Tank.

Genral Pause holte Luft – fraglos, um ebenfalls eine Drohung auszustoßen, doch Bohdan kam ihm mit einem Geistesblitz zuvor: »Fick die Vergangenheit!«

Tank, Sico und Basel blickten verständnislos drein, aber in den Mienen von General Pause und General Midi regte sich etwas.

»Fick die Vergangenheit«, wiederholte Bohdan. Er breitete die Hände aus. »Amigoschs, wir sind auf unterschiedlichen Wegen mit unterschiedlichen Absichten hier zusammengekommen. Aber was soll's? Der Scheiß liegt hinter uns. Wir können genau hier und jetzt neu starten.«

General Pause rieb sich nachdenklich das stoppelige Kinn. »Einauge hat recht«, sagte er schließlich.

General Midi nickte. »Fick die Vergangenheit.« Er gab den Wachleuten unter Deck ein Zeichen, und Bohdan bat Tank, Sico und Basel darum, die Waffen sinken zu lassen. Dass Minx keine bei sich hatte, wusste er. Sie trat einen Schritt nach vorne und blies auf die Kuppe ihres Zeigefingers, woraufhin Sico lachen musste. Die Bandmitglieder stimmten grölend in das Lachen ein, und der Manager wischte sich mit dem Ärmel seines Hemdes den Angstschweiß von der Stirn.

Sundance hatte die Vorgänge auf dem Schiff durch ein Fernrohr beobachtet. Er baute die provisorische Barrikade ab, wurde an Deck gelassen, und das Megamog nahm wieder Fahrt auf.

***

An ihrem ersten gemeinsamen Abend unterhielt Bohdan die Runde, indem er von seinem Wettstreit mit Rabenschrei erzählte. Dadurch entlarvte er sich zwar als Mushanti, aber die Band nahm sie, ohne eine Gegenleistung zu fordern, mit und teilte großzügig ihre Vorräte, da erschien es ihm nur richtig, das Vertrauen zu erwidern. Außerdem verstärkte es das Gefühl von Gemeinschaft. Selbst Tanks argwöhnische Blicke wurden seltener. Nachdem Bohdans Bericht geendet und er noch einige Nachfragen beantwortet hatte, rieb General Pause sich das Kinn und tat, als hätte er etwas sehr Tiefsinniges gehört, über das er erst einmal in Ruhe nachdenken müsste. Nach drei Atemzügen erhob er sich abrupt und sagte: »Muss mal pissen.«

Nur Minx hatte es nicht gefallen, dass Bohdan von Rabenschrei erzählt hatte. Zwar hatte sie interessiert zugehört, da die Geschichte auch ihr unbekannt gewesen war, doch ihre Blicke hatten eindeutig Missfallen ausgedrückt.

»Welchen Unterschied macht es?«, fragte Bohdan sie leise, als die Übrigen einer spontanen Improvisation der Band lauschten. Private Parts trommelte den Takt auf dem hohlen Tornister, auf dem er saß. General Midi schnippte mit den Fingern, Sergeant Pepper machte »Bum-bum-da-da-bum-bum«, womit er a cappella sein Instrument nachahmte, und General Pause sang dazu, wann immer ihm eine neue Textzeile einfiel. »Sie können uns doch sowieso beschreiben und wissen auch, wo wir uns an Bord geschlichen haben«, fügte Bohdan hinzu.

Minx verzog den Mund und nickte. »Du hättest ihnen trotzdem nicht auch noch auf die Nase binden müssen, wer wir sind.«

Bohdan zuckte mit den Achseln. Er hoffte, dass es keinen Unterschied machte. Ohne erhebliche Zwischenfälle sollten sie bereits weit im Westen sein, wenn Nuru und Rabenschrei erfuhren, dass sie noch am Leben waren. Weit genug entfernt, um eine Verfolgung sinnlos zu machen.

Flaschen mit scharfem Alkohol kreisten in der Runde, und am nächsten Morgen lagen die meisten mit dickem Schädel auf dem Deck des Megamog. Ein quer aufgespanntes Segel spendete Schatten. Sundance, der zu Schnaps und Drogen nicht nein gesagt, sich aber zurückgehalten hatte, stand von seinem Platz auf, machte ein paar große Schritte über Liegende hinweg und ließ sich neben Bohdan nieder.

»Hätte nicht geglaubt, dass wir uns so bald wiedersehen«, eröffnete er das Gespräch und schüttelte den Kopf. »Dreck, wir hatten echt schlechten Nachhall. Es hat Yuma erwischt und …« Er brach ab, um ungewöhnlich kleinlaut hinzuzufügen: »Ich hab es echt verbockt.«

»Wir alle machen Fehler«, sagte Bohdan.

Sundance schnaubte, und sein Blick wanderte zu Minx, die im Schneidersitz am Bug saß.

»Sie ist eine alte Freundin«, erklärte Bohdan. »Ich denke, sie wird mich begleiten.«

»Willst du mir jetzt sagen, nach was du im Westen suchst?«, fragte Sundance.

»Ich will es verstehen.«

»Was verstehen?«

»Alles«, sagte Bohdan, »einfach alles.«

Sie sahen sich in die Augen, und Bohdan begriff, worauf Sundance wartete. Nach dem missglückten Überfall auf die Karawane würde vermutlich ein Kopfgeld auf jeden seiner Bande ausgesetzt werden. Im Osten wurden sie ebenfalls gesucht, und sie waren völlig mittellos.

Bohdan lächelte und sagte: »Ehe wir nach Norimberk kamen, hast du mich gefragt, ob ich mich deiner Bande anschließen möchte. Jetzt frage ich dich, ob du dich mir anschließen willst.«

Obwohl es genau das war, was Sundance erwartet hatte, seufzte er schwer, ehe er erwiderte: »Ja, ich begleite dich, und ich denke, die anderen werden es auch tun. Vergiss nur nicht, dass es auch immer darum geht, am Ende nicht mit leeren Händen dazustehen.«

»Ich kann nichts versprechen«, sagte Bohdan offen. »Zweifellos wird es eine gefährliche Reise werden.«

Sundance feixte. »Nja, langweilig wird es sicher nicht.«

»Da wäre noch eine Sache«, sagte Bohdan leise. »Einer von der alten Crew muss mich in Norimberk verraten haben.«

Sundance sog scharf Luft ein, dachte kurz nach und nickte dann. »Kannst du herausfinden, wer es war?«

»Das kann ich«, bestätigte Bohdan schlicht.

»Dann tu es«, sagte Sundance. »Wenn er noch unter uns ist, kümmere ich mich darum.«

Bohdan lächelte. Diese Aufforderung erleichtert ihn, weil sie stark dafür sprach, dass Sundance nicht der Verräter war. Warum warten? Bohdan schloss die Augen. Er hätte seinen Körper nicht verlassen müssen, aber er tat es, um ganz sicherzugehen. Auf diesem Weg waren die Aurafarben heller und eindeutiger.

Zuerst schwebte er neben Sundance. Ein dunkles Grau umgab ihn. Wäre Bohdan in seinem Körper, hätte er einen Kloß im Hals gespürt. Grau stand für Schwäche. Der Misserfolg hatte Sundance heftiger zugesetzt, als er zu erkennen gab. Auf dem Grau lag jedoch eine dünne Silberschicht. Ein Zeichen für Wandel und neue Lebenskraft.

Ein Gedanke und er war bei Tank. Ihn umgab ein beständiges Braun. Als Mischung aus rot und grün bedeutete es, dass Tank mit sich im Reinen war. Erdverbunden, selbstsicher und bereit für alles, was ihn erwarten mochte. Bohdan grinste körperlos. Aber das Grinsen verging ihm, als er sich dem nächsten zuwandte. Wenn er hätte wetten müssen, hätte er darauf gesetzt, dass Basel ihn verraten hatte.

In der Welt der Materie lehnte Basel an einer Truhe, die Hände hatte er auf dem Schoß gefaltet, und er döste. Zuerst sah Bohdan einen magentafarbenen Schleier. Aber das war nur der Nachglanz einer Droge, die er konsumiert hatte. Bohdan musste sich konzentrieren, um die Grundfarbe dahinter zu erkennen. Ein dunkles Gelb. Das stand für Misstrauen. Je länger man eine Aura betrachtete, umso komplexer wurde sie. Bohdan entdeckte feine blaue Flecken auf dem Gelb – auch das war kein Anzeichen von Verrat. Erleichtert wandte sich Bohdan ab.

Mehr der Vollständigkeit halber schwebte er mit seinem Geistkörper auf Sico zu. Auch um ihn lag ein Mantel aus Magenta, dahinter jedoch erblickte Bohdan ein pulsierendes Olivegrün. Er ließ sich Zeit, studierte die anderen schwächeren Farbnuancen, doch sie änderten nichts an der Erkenntnis. Sico fühlte sich schuldig, er hatte Angst davor aufzufliegen, und das Olivegrün stand für Täuschung und Verrat.

Bohdan schlug die Augen auf. Schwindel und eine leichte Übelkeit überkam ihn.

Sundance sah ihn neugierig an. »Und?«

»Sico«, hauchte Bohdan unbehaglich.

»Du bist dir ganz sicher?«, fragte Sundance.

»Ja«, flüsterte Bohdan.

»Dieser verfluchte Baichi«, fluchte Sundance unterdrückt.

»Es tut mir leid«, sagte Bohdan.

Sundance stand auf und ging mit schweren Schritten zum Bug. Dort stand er neben Minx und sah hinaus auf die scheinbar endlose Wasserstraße.

***

Bohdan beschäftigte sich sowohl mit dem Amulett, das er Rabenschrei vom Hals gerissen hatte, als auch mit den Runensteinen, die er in der Ruine im Wald gefunden hatte. Beide Artefakte waren mächtig, und er ging mit großer Vorsicht vor. Die Kraft des Amulettes freizusetzen würde ihm leichter fallen, aber er schreckte noch davor zurück. Er wollte warten, bis sie sich in Suhl von der Band getrennt hatten. Manchmal, wenn er ungestört war, warf er die Runensteine und betrachtete das Muster, das sie bildeten. Er vermochte das Gesamtbild aus den einzelnen Zeichen nicht zu deuten, doch es vermittelte ihm immer ein ein Gefühl.

Nach ihren Auftritten in Suhl und einigen Tagen in der Stadt wollte die Band weiter zu einer Kleinstadt namens Jena und von dort aus weiter Richtung Osten nach Grünstadt. Was danach folgen sollte, war ein Streitthema. Die Bandmitglieder bestanden darauf, den Megamog in Grünstadt umzurüsten, ihn straßentauglich zu machen, um damit durch den Wald in die östlichen Ödlande zu fahren. »Wir werden in Prak City spielen«, beharrte General Pause sturköpfig.

Der Manager wandte ein, es sei zu gefährlich, und dann sahen alle zu der Frau mit den langen blonden Zöpfen. Sie hieß Sonic und war früher einmal die Managerin gewesen, bis sie aus einem Grund, den zu erörtern tabu war, aufgehört und der Dicke ihren Posten übernommen hatte.

»Wir werden uns vor Ort erkundigen«, sagte Sonic. »Wenn wir einen vertrauenswürdigen Führer finden, gehen wir nach Prak City.«

Damit konnten vorerst alle leben.

Die Tagesabläufe waren zum Verwechseln ähnlich. Bis tief in die Nacht hinein wurde gefeiert, und tagsüber ruhten sie sich aus und erholten sich. Je näher sie ihrem Ziel kamen, umso häufiger verbrachten sie die Nächte auf dem Megamog. Im Verlauf der Reise lernte Bohdan auch die Roadies kennen, die überaus stolz auf ihren Berufsstand waren. Da war: Lion Cord, den die Band gegen seinen Willen *Hose* nannte; Mono, dessen zahlreiche Narben auf eine kämpferische Vergangenheit schließen ließen; Six Inch, eine hochgewachsene Bohnenstange mit Hut, Lederweste, metallverstärkten Stiefeln und nicht zuletzt einem beeindruckend langen Bart. Der selbstbewusste Mann hatte meist schlechte Laune, stets ein Werkzeug in Griffnähe und war nach Bohdans Beobachtung der Einzige, der sich von Drogen und Alkohol fernhielt. An einem Abend zeigte er seinen nackten Hintern, auf den er sich den Namen der Band tätowiert hatte. Es waren muntere Runden, und nachdem das beiderseitige anfängliche Misstrauen sich gelegt hatte, fühlte es sich wie eine einzige große Familie an. Obwohl vor allem die Bandmitglieder sich bemühten, ständig anderes zum Ausdruck zu bringen, war die Hierarchie im Umgang bei genauerem Hinsehen flach. Jeder wurde geschätzt und respektiert, auch wenn man sich gerne gegenseitig aufzog. Tank und Bart hockten oft nebeneinander und brummelten, Sico und Basel erzählten General Midi lang und ausschweifend von den östlichen Ödlanden, und General Pause machte sich einen Spaß daraus, Minx den Hof zu machen. Mal um Mal wies sie ihn barsch ab, dennoch war ihr anzusehen, dass seine Hartnäckigkeit ihr schmeichelte. Bohdan hatte damit kein Problem –solange sie nachts zu ihm kam. Allein Sundance Stimmung war düster.

»Wo ist Sico?«, wunderte sich Basel am letzten Tag der Reise. Er hatte Speckstreifen und Eier über einem Kocher gebraten und war gerade dabei, das herzhafte Frühstück zu verteilen.

Die gesamte Mannschaft saß oder lag auf dem Deck, auf dem Basel, Bohdan, Minx, Sico und Tank geschlafen hatten, während die Band und die restliche Crew in Hängematten unter Deck die kurze Nacht verbracht hatten. Sie hatten zum Abschluss noch einmal ordentlich gefeiert. Selbst Bohdan hatte sich überreden lassen, ein paar Züge von einem wohlschmeckenden, in dünnes Papier gewickelten Kraut zu nehmen. Danach hatten Minx und er ein wenig mit General Pause herumgemacht. Primär hatten sie es aus Dankbarkeit getan und um seinem Ruf und Selbstbild nicht zu schaden, aber es hatte Bohdan auch ein wenig Spaß gemacht und ihr Zweierbeisammensein danach befeuert.

Tank sah sich gähnend um. »Keine Ahnung, wo er steckt. War noch wach, als ich mich hingelegt hab.« Der Hüne kratzte sich am Kopf. »Wolltest du nicht noch was mit ihm besprechen?« Tank blickte zu Sundance auf.

Sundance lehnte an der Reling und nahm einen Zug von seiner Zigarette. »Er hat uns verlassen.« Damit schnippte er die Zigarette über Bord. In seiner Stimme lag ein Unterton, der die anderen davon abhielt nachzuhaken.

Die Verbindung zwischen Band und Bande war herzlich geworden, allerdings nicht sentimental. Keiner kam auf den Gedanken, sie könnten zusammen weiterreisen. Immerhin verteilten General Pause und General Midi in großzügiger Geste Freikarten, als die Stadt in Sicht kam. Bohdan bedankte sich. Er hatte aufgeschnappt, dass die Konzertkarten tatsächlich von einigem Wert waren, da es keine Tonträger mehr gab, wie sie wohl in der alten Welt verbreitet waren. »In der alten Welt«, hatte Sonic eines abends bedauernd gesagt, »wären wir alle längst stinkreich.«

Suhl lag in einem Tal, das zwei hohe, kahle Berge bildeten. Die Wasserstraße beschrieb einen Bogen nach Osten, wo am Horizont Wald zu sehen war. Lediglich ein enger, künstlich angelegter Kanal führte weiter in Richtung Stadt, die ein hoher Wall aus verrostetem Metall umgab. Zwei Hochhäuser ragten über die Mauer, ansonsten war von der eigentlichen Stadt nichts zu sehen.

Bohdan spürte einen Hauch von Ungeduld in sich aufsteigen. Sie hatten Suhl beinahe erreicht. Vielleicht würden sie bereits am nächsten Tag nach Westen ziehen. Den Shedai-nai und dem großen Unbekannten entgegen. Er lächelte.

Minx sah Bohdans Lächeln und biss sich auf die Unterlippe. Bald würde sie eine Entscheidung treffen müssen.

***

In dem Moment, als sie an Land gegangen waren, hatte sich etwas geändert. Es war nicht so, dass Bohdan Befehle erteilt hätte, nachdem der Megamog ein wenig verlangsamt worden war, damit sie vor dem Zoll heimlich hatten aussteigen können. Es war einfach klar gewesen, dass er von nun an ihr Anführer war. Bohdan vermutete, Sundance hatte auf der Reise dafür Vorarbeit geleistet.

Sie gingen in eine Gasse und folgten in gebührendem Abstand dem Einfahrt haltenden Megamog. General Pause erregte großes Aufsehen, indem er mit laut verstärkter Stimme verkündete: »Guten Abend Suhl! Wir sind Megabosch, und wir werden die Scheiße aus diesem Nest rausrocken! In gerade mal drei Stunden legen wir los. Die Karten sind begrenzt. Fick die Vergangenheit und fickt jeden verfickten Baichi, der Megabosch verpasst!«

Nach dieser Ansprache stimmte er ein Lied nur aus Vokalen an, zu dem sich bald ein harter Riff von General Midis Gitarre mischte. Bohdan musste an Mono, Hose, Bart und Six Inch denken. Es würde eine große Herausforderung für die Roadies darstellen, in drei Stunden eine Bühne zu errichten.

Bohdan nahm die verwitterten Häuserfassaden und die Menschen, die ihnen von Fenstern aus argwöhnische Blicke zuwarfen, kaum wahr. Obwohl er sich die Rolle nicht ausgesucht hatte, er war jetzt ein Anführer, und ein Anführer trug die Verantwortung für seine Truppe. Sie benötigten etwas zu Essen und eine Unterkunft, und für beides brauchten sie Geld.

Suhl war eine Handels- und Bergbaustadt. Es musste also Geld vorhanden sein. Bohdan blickte nach Westen, wo die Sonne rot über einer nackten Felskuppe unterging. Ihm kam eine Idee.

Er kramte in seinen Taschen und fand ausreichend Quins für ein Abendessen. Sie kamen auf einen Platz, in dessen Mitte ein von Moos überwucherter Springbrunnen stand. Der Platz war belebt, und es gab zwei Speiselokale. Bohdan steuerte auf das nähere zu, und sie setzten sich an einen großen runden Tisch, von dem aus man einen guten Überblick hatte. Ein schwarz gekleideter Kellner nahm ihre Bestellungen entgegen. Kurz darauf brachte er Getränke und etwas später die bestellten Gerichte. Bis auf Minx, die einen Eintopf vorgesetzt bekam, waren alle der Empfehlung des Kellners gefolgt und erhielten einen großen Teller mit einem scharfen, orangefarbenen Brei aus verschiedenen Käsesorten. Dazu gab es einen Korb voll knuspriger Brotscheiben.

»Hat jemand Erfahrung in Taschendiebstahl?«, fragte Bohdan mit vollem Mund.

»Haben wir so nicht alle mal angefangen?«, sagte Sundance verschmitzt.

»Ich nicht«, brummte Tank.

»Weil du zu dicke Finger hast«, scherzte Basel leise. »Ist ziemlich riskant«, fügte er ernster hinzu.

»Nicht, wenn ich dabei bin«, konterte Bohdan.

Sie aßen und tranken, bis sie alle Quins aufgebraucht hatten, und machten sich dann auf den Weg zum Konzert. Sie hätten ihre Freikarten vermutlich gut verkaufen können, aber Bohdan rechnete sich aus, dass sie einen besseren Schnitt machten, wenn sie anders vorgingen. Basel, Tank und Sundance waren nicht sonderlich gesprächig. Zum einen war die beklommene Stimmung sicher auf das Verschwinden von Sico zurückzuführen, zum anderen stand jedoch ein großes Fragezeichen im Raum. Weshalb sollten sie Bohdan folgen? Was hatte er ihnen anzubieten? Sundance hatte zwar beschlossen, mit ihm zu gehen, und Bohdan zweifelte nicht daran, dass er sein Wort halten würde, aber auch er brauchte mehr als nur eine grobe Richtung, die ihn weg von Verfolgung und Strafe führte. Minx' innerer Konflikt war ein anderer. Sie fühlte das wiedererstarkte Band zwischen sich und Bohdan, aber sie wusste, was im Westen auf sie wartete. Und ihr Verhältnis zu den Shedai-nai war mehr als nur ein wenig angespannt. Es waren ihre Todfeinde. Bohdan spielte auf Zeit. Irgendwie hatte er das unbestimmte Gefühl, es würde sich schon bald eine Lösung ergeben.

Das Konzert war weniger gut besucht, als Bohdan erwartet hatte. Eigentlich war das nicht verwunderlich, Suhl war wesentlich kleiner als Norimberk, und die Karten waren teuer. Wenn er es sich genau überlegte, war es erstaunlich, dass überhaupt jemand kam. Er stellte sich vor, wie Megabosch in seiner Heimat auftrat, und musste grinsen. Die Free People würden keinen Sinn in einer Veranstaltung zum reinen Vergnügen sehen. Vermutlich würden sie die Band als faulen Abschaum betrachten und die Rockstars mit Sensen und Mistgabeln vertreiben.

General Pause war Vollprofi – oder einfach unglaublich von sich selbst eingenommen, jedenfalls verhielt er sich, als wäre der abgesperrte Platz randvoll und als würde ihm eine gigantische Menge zujubeln. Er fegte über die leicht windschiefe Bühne und trieb das Publikum zum Mitmachen an. Die Band legte los, und die überlaute, dürftig abgemischte Musik brachte die umstehenden Häuser zum Wackeln.

Bohdan stand, flankiert von Tank und Minx, etwa in der Mitte des Publikums. Mit ihren Körpern verdeckten sie für die hinter ihnen Stehenden das Treiben von Basel und Sundance. Die beiden wippten im Takt und leerten derweil die Taschen der Männer und Frauen vor ihnen. Bohdan überwachte die Diebstähle. Er musste nur zweimal eingreifen, als jemand Verdacht schöpfte. Er wirkte einen Beruhigungszauber und lenkte die Aufmerksamkeit der Bestohlenen zurück auf die Band. Natürlich fühlte er sich dabei schäbig, aber ein Anführer durfte sich nicht davor scheuen, sich die Finger schmutzig zu machen, wenn es notwendig war.

Als die Band begann, Zugaben zu spielen, und die meisten um sie herum sowieso kaum noch etwas mitbekamen, weil viele die Ausnahmesituation nutzten, um sich hemmungslos zu berauschen, spürte Bohdan etwas. Eine Präsenz, die magisch verdeckt war und gerade deshalb seine Aufmerksamkeit erregte. Er drehte den Kopf. Halb mental, halb durch sein Auge blickend entdeckte er in der Menge seitlich von ihnen eine Gestalt mit tief ins Gesicht gezogener Kapuze. Betont langsam richtete er den Blick wieder auf die Bühne, während er Tank einen leichten Knuff mit dem Ellbogen gab. Das war das vereinbarte Zeichen zum Abbruch. Tank hob seine rechte Pranke, spreizte den Mittelfinger nach hinten ab und brüllte: »Fick die Vergangenheit!« Sundance und Basel stellten ihre Bemühungen sofort ein, und einer nach dem anderen drängten sie sich aus der johlenden Menge. Sie verließen das Konzertgelände und trafen sich, wie zuvor vereinbart, in einer dunklen Gasse.

»Fette Beute, würde ich sagen«, grinste Basel verschlagen und schüttete seine Einnahmen auf den Boden.

»Kein schlechter Anfang«, stimmte Sundance zu, ging in die Hocke und legte seine Beute zu der von Basel. Ein hübscher, kleiner Haufen aus Münzen und Schmuck.

»Packt es wieder weg«, sagte Bohdan. »Wir haben einen Schatten.«

»Will er uns angreifen?«, fragte Sundance, während er einen Teil des Diebesguts in seinen Taschen verschwinden ließ.

»Er ist nah«, antwortete Bohdan stockend, »aber er hält sich zurück – noch.«

»Ich mag es nicht, verfolgt zu werden«, brummte Tank.

»Ganz meine Meinung«, stimmte Minx grimmig zu. »Ich würde sagen, wir schnappen ihn uns und hören, was er von uns will.«

Bohdan zog die Stirn in Falten, ehe er flüsterte: »Gute Idee. Ich glaube, er ist vor allem hinter mir her. Ihr müsstet ihm eine Falle stellen können.«

Alle handelten einstudiert, wie eine gut geölte Maschine. Bohdan ging einfach weiter und zwang sich, nicht zurückzuschauen. Dafür schärfte er seine anderen Sinne. Er spürte die Präsenz, sie näherte sich. – Ein dumpfer Schlag. Jetzt wirbelte Bohdan auf dem Absatz herum. Tank hatte der dunkel gekleideten Gestalt einen heftigen Schwinger verpasst, der sie nach rechts zu Minx geschleudert hatte, die blitzschnell zugriff. Eine schmale Klinge glänzte im Schein einer entfernten Straßenlaterne.

»Halt still«, befahl Sundance, trat auf die Gestalt zu und zog ihr die Kapuze vom Kopf. Bohdan, der zurückeilte, registrierte den irritierten Ausdruck auf Sundance' Miene.

»Äh«, machte Tank.

Jetzt hatte Bohdan die anderen erreicht und begriff. Unter der Kapuze war ein ausgesprochen hübsches Frauengesicht zum Vorschein gekommen, das von langen, rabenschwarzen Haaren umrahmt wurde.

Die junge Frau lächelte herausfordernd in die Runde, was noch mehr Verwirrung unter den Männern stiftete.

Tank holte tief Luft, vermutlich wollte er sich für den Schlag entschuldigen, in dessen Folge ein kleines Rinnsal Blut aus der Stupsnase floss. Er kam jedoch nicht dazu. Die Fremde warf ruckartig den Kopf in den Nacken, was sie aus dem Griff von Minx befreite. Sundance traf ein harter Kinnhaken, der ihn zurücktaumeln ließ, und Tank bekam einen Stiefel ins Gesicht. Basel hatte die Faust zum Schlag erhoben, doch die Frau funkelte ihn an, und er besann sich eines Besseren. Er öffnete die Faust und hob beide Hände in die Luft.

Bohdan hatte bereits zwei Zauber vorbereitet und wollte gerade den ersten loslassen, als die Frau sich ihm zuwandte und zischte: »Stopp! Ich will keinen Zengy mit euch.«

»Warum folgst du uns dann?«, fragte Bohdan verunsichert.

»Ich …« Weiter kam sie nicht. Minx hatte ihr lautlos einen Handkantenschlag in den Nacken versetzt, der sie wie eine Marionette mit abgetrennten Fäden zu Boden gehen ließ. »Shendrak-Kurva!«, fauchte Minx.

Bohdan ging ein Licht auf. Natürlich, die Frau musste eine Shedai-nai sein. »Wir nehmen sie mit«, beschloss er.

Sundance warf Tank, der sich dümmlich lächelnd das Kinn rieb, einen fragenden Blick zu.

»Ich mag eben biestige Mädels«, brummte er vergnügt, dann bückte er sich und lud die bewusstlose Shedai-nai auf seine Schulter.

Die mütterliche Gastwirtin hatte etwas skeptisch dreingeblickt, als Sundance ihr sagte, er würde gern den kompletten Schlafsaal für sich und seine Begleiter allein haben. Zum einen hatten sie sie zu später Stunde aus dem Bett geholt, zum anderen ging ihr wohl die Frage durch den Kopf, was die drei Männer vorhatten, in ihrem Schlafsaal anzustellen. Aber als Sundance ihr die Zimmermiete für drei Nächte im Voraus in die Hand zählte und versicherte, sie würden sich leise verhalten und keine Probleme machen, stimmte sie mürrisch zu. Sie übergab den Schlüssel und zog sich kopfschüttelnd nach oben in den ersten Stock zurück. Bohdan sah, wie sie das Licht löschte, wartete noch einige Atemzüge und stieß dann einen Pfiff aus. Minx und Tank, der noch immer die Gefangene trug, kamen aus ihrem Versteck und huschten durch die Schatten.

Der Schlafsaal nahm fast das gesamte Untergeschoss ein. Da durch die Fenster, die halb unter der Erde lagen, kaum Licht drang, entzündete Basel zwei Öllampen. Tank legte die Fremde auf einer Matratze ab, und Minx zog die Tür hinter sich ins Schloss.

»Wir brauchen ein Seil, um sie zu fesseln«, sagte Sundance, den Blick auf die Fremde gerichtet.

»Ein normales Seil würde nichts nützen«, erwiderte Bohdan. »Ich habe sie schon gebunden. – Übrigens … sie ist wach.«

Die Shedai-nai schlug die Augen auf. Obwohl sie ertappt worden war, umspielte ein überlegenes Lächeln ihre feinen Mundwinkel. Sie war von atemberaubender Schönheit. Sie hatte keine einzige Falte oder auch nur Unebenheit im blassen Gesicht. Ihre Augen unter den dünnen schwarzen Brauen waren türkisfarben, und die Proportionen ihres Körpers, der in enganliegenden schwarzen Stoff gehüllt war, waren von makelloser Perfektion. Sie blickte kurz auf ihre Hände hinab, die sie, wie von unsichtbaren Handschellen gefesselt, nur ein winziges Stück auseinanderbewegen konnte. Auch ihre Fußgelenke wurden durch ein unsichtbares Band aneinandergekettet. Sie zog die Beine an die Brust und blickte auf. Ihr Blick traf den von Tank. Der Hühne räusperte sich verlegen.

»Seht euch vor«, warnte Minx, »sie ist eine Laku-nai, eine Art Verführerin. Ihr Spezialgebiet ist es zu manipulieren.«

Die Shedai-nai widersprach nicht, lediglich ihre linke Augenbraue hob sich ein kleines Stück. »Dann musst du wohl Nummer Acht sein.«

»Und wer bist du?«, fragte Bohdan rasch, da er befürchtete, es würde nichts Gutes dabei rauskommen, wenn die beiden Frauen das Wort führten.

»Ich heiße Durafin, ihr könnt mich Dura nennen«, sagte die Shedai-nai mit ihrer weichen Stimme, die voll und rund klang, obgleich sie leise sprach. »Ich *bin* eine Laku-nai, allerdings bedarf es keiner ausgefeilten Überredungskünste, ein Angebot zu unterbreiten, das euch besser stünde als das Bestehlen argloser Konzertbesucher.«

Sundance ließ sich auf eine Matratze neben ihr nieder. »Wir sind ganz Ohr.«

Duras Augen verengten sich ein wenig, ehe sie Luft holte und erklärte: »In Munta-sis, dem weißen Land, ist eine Rebellion im Gange. Meine Aufgabe besteht darin, neue Rekruten zu finden und für unsere Sache zu gewinnen.«

»Sheds kämpfen gegen Sheds?«, hakte Minx ungläubig nach.

»Wir sind kein Schwarm«, zischte Dura giftig, um ruhiger hinzuzufügen: »Es gab schon immer Kriege. Die Wash-nadai hat eine sehr lange Tradition.«

»Die was?«, fragte Bohdan rasch nach.

Dura suchte kurz nach den richtigen Worten. »*Die Rebellion der fallenden Blätter.*« Sie legte den Kopf auf die Knie, ihr Blick verlor den Fokus, und sie erzählte: »Einst waren unsere Welten getrennt und doch miteinander verbunden. Es gab Pfade, Knoten und Tore, welche es erlaubten, von einer Welt zur anderen zu gelangen. Die Menschen und wir waren einander fremd. Manche von uns trieben böse Streiche, andere hingegen lehrten bestimmte Auserwählte das, was heute Magie genannt wird.«

»Pff«, unterbrach Minx genervt. »Wie lange hast du vor, uns mit deinen Märchengeschichten zu langweilen?«

Dura fuhr unbeirrt fort: »Ihr müsst verstehen, dass die beiden Welten nicht nur durch Brücken und

Zugangswege miteinander verbunden waren, es herrschte auch eine ... *karmische* Beziehung. Es kam eine Zeit, in der die Machthabenden unter den Menschen die Magie, die wir gebracht hatten, verdammten. Eingeweihte wurden verfolgt und dem Feuer überantwortet. Einige von uns hatten sich in eurer Welt niedergelassen, auch sie wurden gejagt und getötet. Zwei Brüder, die unsere Herrscher waren, gerieten darüber in Streit miteinander. Der eine wollte Rache nehmen und eine Armee aussenden, der andere, friedliebendere sprach sich dafür aus, die Tore zu verschließen. Da er der jüngere war, hätte er sich dem Befehl seines Bruders beugen müssen, doch um die Menschen zu schützen, handelte er auf eigene Verantwortung. Der ältere Bruder nahm den jüngeren gefangen und hielt Gericht über ihn. Er verbannte ihn, und als die Verbannung ausgesprochen wurde, weinten die Aunuri-Bäume im Ewigen Garten, und unsere Welt verfinsterte sich. Dies war der Beginn der Wash-nadai.«

Eine Träne rann ihr über die Wange. Minx machte eine wegwerfende Handbewegung, aber die anderen hingen geradezu an Duras Lippen, und Bohdan bat: »Sprich weiter. Was ist dann geschehen?«

Die Lippen der Shedai-nai bebten, als sie den Faden wieder aufnahm: »Einige Sippen folgten dem Verbannten. Sie zogen in ein fernes Land und errichteten die Mondpforte, einen mächtigen Tempel nach dem Vorbild der Sonnenpforte, von der aus der ältere Bruder herrschte. Durch die weite Entfernung beschränkten

175

sich die Kämpfe auf Scharmützel, doch als die Welten miteinander verschmolzen und wir alle auf diese kleine Erde geworfen wurden, änderte sich alles. Wir sahen, was die Menschen ihrer Welt antaten, und viele, die zuvor dem jüngeren Bruder gefolgt waren, schlossen sich wieder dem älteren an. Unter seinem Sonnenbanner wurde diese Welt erobert ...« Sie zögerte kurz. »... *gereinigt*, wie die meisten von uns sagen würden. – Aber nun stellt ihr keine Bedrohung mehr dar, weder für uns, noch für diese Erde. Wir streben einen Friedensschluss an, eine Koexistenz auf Augenhöhe und in gegenseitiger Achtung.«

»Während die anderen ... allen voran dieser, äh, ältere Bruder uns kleinhalten wollen?«, meldete sich Basel zu Wort.

»Ihr seid nicht mehr als Sklaven, ob ihr es wisst oder nicht«, sagte Dura kühl.

»Vielleicht«, meinte Minx bissig, »aber wir sind immerhin lebende Sklaven. Habt ihr nicht zugehört? Sie redet von Frieden, aber sie will uns zu Soldaten in einem Krieg machen, der nicht der unsere ist.«

»Wieso braucht ihr uns überhaupt?«, dachte Bohdan laut nach. »Ich bin euren Kriegern begegnet, sie sind jedem Menschen weit überlegen.«

»Sicher«, stimmte Dura zu, »im direkten Vergleich sind wir überlegen, aber wir kämpfen anders als ihr. Wir sind an Regeln gebunden, und viele von uns sträuben sich, die Klingen mit Brüdern und Schwestern zu kreuzen.«

»Das wird ja immer besser«, schnaubte Minx.

»Jetzt noch einmal langsam«, sagte Sundance, wobei er sich das stoppelige Kinn rieb. »Du willst, dass wir gegen Shedai-nai kämpfen, weit im Westen, nehme ich an.«

Dura sah zu Bohdan auf, dann zurück zu Sundance. Sie nickte.

»Was springt dabei für uns raus?«

»Ein schneller Tod, wenn wir guten Nachhall haben«, knurrte Minx.

»Freiheit«, sagte Dura. »Auf lange Sicht, versteht sich. Wir werden die Sonnenpforte kaum über Nacht einnehmen. Ich will euch nichts vormachen, uns steht ein langer Krieg mit vielen Entbehrungen und leider auch mit Verlusten bevor. Aber, wenn wir siegen, habt ihr dazu beigetragen, die Menschheit von ihrem Joch zu befreien.«

»Ich dachte, die Sonnenpforte stünde in eurer Welt«, sagte Bohdan, der genau zugehört hatte.

»Das ist richtig«, erwiderte Dura, »sie wurde hier nachgebaut, ebenso wie die Mondpforte.«

»In so 'nem Tempel gibt es bestimmt viele Schätze«, warf Basel ein, und Tank brummte zustimmend.

Duras türkisfarbenen Augen leuchteten verheißungsvoll. »Mehr als ihr euch auch nur entfernt vorstellen könnt.«

»Und jetzt?«, schnappte Minx. »Ihr denkt doch wohl nicht ernsthaft darüber nach, diese Hexe einfach laufen zu lassen? Bloß weil sie jedem zufälligerweise genau das unter die Nase gehalten hat, was er sich wünscht!« Die letzten Worte hatte sie wütend geschrien.

Bohdan sah Minx in die zornigen Augen. »Vertrau mir«, bat er sie leise, aber eindringlich, während er die unsichtbaren Fesseln mit einer Handbewegung löste.

Dura stand auf, und lächelte ihr gewinnendes Lächeln in die Runde. »Denkt über meine Worte nach. Wenn ihr euch entscheidet, euch uns anzuschließen, kommt in drei Tagen zur Morgendämmerung ans Westtor.«

Mit diesen Worten ging sie zur Tür, öffnete sie und verschwand. Tank und Basel starrten ihr mit offenen Mündern nach.

Minx funkelte Bohdan an. Doch ehe sie ihrer fassungslosen Wut Ausdruck verleihen konnte, flüsterte Bohdan ihr zu: »Sie war nicht allein. Ich habe sie eben erst bemerkt. Zwei Shedai-nai, die draußen gewartet haben. Wir waren nicht bereit für einen Kampf gegen ein Kriegerpaar.«

Minx atmete scharf aus. Kopfschüttelnd ließ sie sich auf eine Matratze nieder.

»Sige«, sagte Sundance, »ich denke, es ist an der Zeit, dass ihr beide uns über ein paar Dinge aufklärt.«

***

Sie hatten hin und her überlegt. Sachlich abgewogen und lautstark gestritten. Bohdan war durchgehend entschieden gewesen, Durafin zu folgen; es war genau das, was er wollte: der Wink, auf den er gewartet hatte. Er hörte die Zweifel der anderen und nahm sie ernst. Natürlich war es seltsam und verdächtig, dass sie ausgerechnet in einem Moment angesprochen worden waren, in dem sie ohne rechten Plan dagestanden hatten. Bohdan tendierte allerdings dazu, das Timing als Vorsehung auszulegen. Die Frage, wie stark er sich auf den Konflikt unter den Shedai-nai einlassen würde, verschob er. Durafin würde sie tief in den Westen führen, und das war die Hauptsache. Als Verbündeter würde er die Shedai-nai von innen kennenlernen. Er würde sehen, wie sie lebten, was ihre Absichten waren und über welche Kräfte sie verfügten. Dass er die Diskussionen erlaubt hatte, war ihm in seiner Rolle als Anführer abträglich gewesen, doch eine so große Entscheidung hatte er nicht über die Köpfe der anderen hinweg fällen wollen. Am Ende war es auf eine simple Frage hinausgelaufen: Er würde mit den Shedai-nai nach Westen ziehen, und wer wollte, konnte ihn begleiten.

So standen sie in der frischen Morgenluft unter dem Westtor. Bohdan, Tank, Basel, Sundance und Minx. Auch sie hatte zuletzt erklärt, dass sie mitkommen würde. »Einer mit Grips zwischen den Ohren und zwei Augen im Kopf muss schließlich dabei sein«, hatte sie zerknirscht gesagt, nachdem es ihr nicht gelungen war, Bohdan umzustimmen.

Er war froh, dass sie hier war, in ihrer Gegenwart fühlte er sich stärker. Angespannt beäugte sie die beiden

Wachleute, die über ihnen in einem mit Metallplatten verkleideten Turm auf das Ende ihrer Schicht warteten.

»Ich weiß, dass du keine Waffen brauchst«, sagte Sundance leise an Bohdan gewandt, »aber mir wäre wesentlich wohler mit einer Knarre an der Hüfte.«

»Joa«, brummte Tank zustimmend.

»Wir werden keine Waffen benötigen«, sagte Bohdan, wobei er versuchte, überzeugter zu klingen als er war.

Vier Gestalten lösten sich aus den Schatten einer Gasse und kamen auf sie zu. Es waren Menschen, und ihrem Äußeren nach zu urteilen, heruntergekommene Söldner. Sie trugen Rucksäcke und Cargohosen. Bohdan streckte einem Mann, der fast so groß wie Tank war, die Hand entgegen. Zurückhaltend wurden Begrüßungsfloskeln ausgetauscht. Kurz darauf gesellten sich weitere Männer und Frauen hinzu, sie kamen zu zweit oder allein. Bohdan bemerkte staunend, dass alle Mushanti waren, bis auf die Söldner, die zuerst erschienen waren. Zuletzt, als die Sonne rot und träge über die Bergkuppe im Osten kroch, erschien Durafin. Hinter ihr gingen zwei Shedai-nai-Krieger mit langen, geflochtenen Zöpfen und Schwertern auf den Rücken. Ihnen folgte ein weiterer männlicher Shedai-nai nach. Er war hochgewachsen, schlank und trug einen weiten dunkelblauen Mantel. Bohdan spürte sogleich die mentale Kraft, die er ausstrahlte. Alle wandten sich zu ihm um. »Das ist Tongelfin«, stellte Dura ihn vor. Sie wies mit dem Kinn auf die beiden Krieger. »Und das sind Sidhtrunga und Magnatrunga, unser Begleitschutz. – Gewiss habt ihr viele Fragen. Ich werde sie alle, so gut ich kann, beantworten, wenn wir erst unterwegs sind.«

Tongelfin führte eine vage Handbewegung in Richtung der Wachen im Turm über ihnen aus. Sofort setzten sie sich in Bewegung. Gemeinsam zogen sie an der schweren Kette, die das Tor öffnete.

Bohdan begriff, dass der Shedai-nai-Magier die beiden Wachleute bereits zuvor unter seinen Bann gebracht hatte. Vermutlich würde er ihre Erinnerung löschen, damit es keine Zeugen für ihren Aufbruch gab. Diese Form der Manipulation gefiel Bohdan nicht, obwohl er zugestehen musste, dass sie praktisch war.

Als die Flügel des Tors weit genug aufgeschwungen waren, setzte sich der Trupp mit Durafin an der Spitze in Bewegung. Insgesamt zählte Bohdan achtzehn Gestalten, die im Rot der Morgendämmerung Suhl verließen – keine besonders eindrucksvolle Streitkraft. Jedenfalls nicht auf den ersten Blick. Andererseits hatte Bohan noch nie so viele Mushanti zusammen gesehen, und die Söldner schienen in ihren Bewegungen nach Profis zu sein.

Sobald sie die Stadt verlassen hatten, schwärmten sie aus und nahmen Positionen an den Flanken ein. Das Kriegerpaar ging direkt hinter Durafin. Wenn man von den Schwertern, die ihnen über die Schultern ragten, absah, wirkten sie nicht besonders gefährlich. Aber Bohdan hatte bereits einmal ein Takushin-rih kämpfen sehen und wusste daher, wie meisterhaft sie ihre Körper und Klingen beherrschten. Am meisten beeindruckte ihn jedoch Tongelfin, der hinter den Kriegern herschlenderte, sodass der Saum seines Mantels bald von Schlamm bedeckt war. Das schien ihn allerdings nicht zu stören; überhaupt erweckte er einen gleichmütigen Eindruck, als könnte ihn nichts überraschen und als würde ihn diese Welt auch nicht wirklich tangieren. Seine Aura strahlte in gleißender Bronze. Zweifelsohne war er der mächtigste Zauberer, dem Bohdan je begegnet war. Minx bemerkte seinen bewundernden Blick, rollte mit den Augen und spuckte demonstrativ aus. Bohdan zügelte seine Neugier und marschierte neben Minx und Sundance weiter in den Sumpf hinaus.

Dafür, dass sie zu Fuß unterwegs waren, kamen sie gut voran. Der Boden wurde zunehmend trockener, und das Landschaftsbild änderte sich leicht. Hier und da waren niedrige Bäume und stachelige Büsche zu sehen, Farne und Sumpfgräser wurden seltener. Am Abend rasteten sie auf einem flachen Hügel. Nachdem die Söldner kleine, aber nahrhafte Essensrationen ausgeteilt hatten, unterhielt Bohdan sich mit einem dürren Mann in abgewetzter Kleidung. Er hieß Jimmy und erzählte Bohdan, dass er in Grünstadt gelebt hatte. Dura habe ihn angesprochen, ihm von der Rebellion berichtet und ihn gefragt, ob er bereit sei, sich ihrer Sache anzuschließen. »Ich hatte nichts zu verlieren«, sagte Jimmy, lustlos auf einer Trockenfrucht kauend.

»Außerdem hat sie mir gesagt, dass ich meine Fähigkeiten bei denen nicht geheim halten muss. Dort schätzt man Mushanti. Das wäre ja mal eine erfreuliche Abwechslung, was?«

Bohdan nickte und lächelte aus Höflichkeit. Aus dem Augenwinkel nahm er wahr, wie Sundance aufstand und sich Durafin näherte. Die Laku-nai stand am Rand des kleinen Hügels und blickte gen Westen. Bohdan nuschelte eine Entschuldigung und erhob sich ebenfalls.

»Wir sind schlecht ausgerüstet für einen langen Marsch«, hörte er Sundance sagen, »und soweit ich weiß, gibt es keine Siedlungen mehr in dieser Richtung.«

»Es ist sogar noch schlimmer«, erwiderte Dura emotionslos. »Siehst du den roten Lichtschein, dort am Horizont?«

Jetzt hatte Bohdan die beiden erreicht und spähte gleich Sundance, das eine Auge zusammengekniffen, nach Westen. Ein winziger, flackernder Punkt war an der Horizontlinie auszumachen.

»Das sind die brennenden Berge«, erklärte Dura. »Dort haust das Wesen, das ihr als Garnagast kennt.«

»Ich dachte immer, der Garnagast sei eine Legende«, sagte Sundance. »Es gibt ihn also wirklich?«

Durafin nickte knapp. »Er ist eine üble Laune der Natur, eine Kreuzung eines Naga-nai mit einem mutierten Wesen, das in eurer alten Welt zuhause war. Ein geflügeltes Untier von großer Macht.«

»Wie kommen wir an ihm vorbei?«, fragte Sundance.

»Überhaupt nicht«, sagte Dura mit einem leisen Lächeln, »wir springen gewissermaßen hindurch.« Sie drehte den Kopf, um Sundance und Bohdan aufmerksam zu mustern. »Vertraut mir, noch eine Tagesreise, und wir sind am Ziel.«

»Sige, genau das wollte ich hören«, sagte Sundance mit vorgetäuschter Leichtigkeit, »viel länger würden meine Stiefel auch nicht mehr mitmachen.« Damit wandte er sich ab und trottete zurück zu Tank, Basel und Minx.

»Nun frag schon, ehe dein Wissensdurst dich umbringt«, forderte Durafin Bohdan mit einem freundlich-spöttischen Unterton auf.

»Wieso ich?«, platzte es aus Bohdan heraus. »Ich weiß, dass ihr eigentlich nur mich haben wolltet.«

Durafin legte den Kopf leicht schief. »Wie du bemerkt haben solltest, rekrutieren wir nicht ausschließlich Mushanti. Tank, Sundance und Basel machen einen kompetenten Eindruck, und Nummer Acht hat den Ruf, ein schrecklicher Feind zu sein.« Ihre Lippen kräuselten sich, ehe sie fortfuhr: »Aber ja, du hast recht, wir wollten vor allem dich haben. Genaugenommen wollte vor allem Tongelfin, dass du dich uns anschließt. Und nachdem du den Talisetha an dich genommen hattest, warst du leicht aufzuspüren. Tongelfin hat dich beobachtet, seit du Norimberk verlassen hast.«

Unwillkürlich griff Bohdan sich an die Brust, wo unter dem Hemd das Amulett, das er Rabenschrei abgenommen hatte, auf seiner Haut auflag.

»Keine Sorge«, sagte Dura, »du kannst ihn behalten. Rabenschrei ist ein Diener des Feindes.«

»Wie benutzt man ihn?«, wollte Bohdan wissen.

»Nach dem, was ich weiß, wohnt darin ein Ahnengeist. Tongelfin kann dir genauere Auskunft geben.«

Bohdan hatte so viele Fragen, aber jetzt, da er sie stellen konnte, fühlte sein Kopf sich plötzlich leer an. »Rabenschrei dient also dem älteren Bruder, dem bösen …«

Durafins dünne linke Augenbraue zuckte, als missfiele ihr etwas an seiner Formulierung. Sie seufzte. »Rabenschreis Geist hatte seinen Körper bereits verlassen, als ein Heiler aus eurer alten Welt ihn wiederbelebte. Das geschah genau zu dem Zeitpunkt, als die Welten sich verbanden. Darin liegt das Geheimnis seiner Macht. Er kam zu Nagaschu, um sich mit ihm zu messen. Nagaschu zeigte ihm seine Grenzen auf, und gewann ihn dadurch als treuen Untergebenen.«

»*Nagaschu* … ist das der Name des älteren Bruders?«

Wieder nickte Dura. »Er ist unser Feind, aber wir respektieren ihn und nennen seinen Namen nicht vor Krindiri – das ist unser Wort für Nicht-erwachte Menschen«, schob sie erklärend nach.

Bohdan holte Luft, um eine weitere Frage zu stellen, als er bemerkte, dass zwei der anderen rekrutierten Mushanti und der Anführer der Söldner sich ihnen näherten. Versetzt hinter ihnen folgte Sidhtrunga – oder Magnatrunga; Bohdan konnte die beiden Krieger noch nicht auseinanderhalten. Durafin wendete sich zu ihnen um und lächelte matt.

Der breitschultrige Söldneranführer räusperte sich vernehmlich, ehe er mit tiefer Stimme sagte: »Wir alle haben Fragen. Is nich richtig, wenn nur einer Antworten bekommt.«

»Die Herrin Durafin entscheidet, mit wem sie spricht und wann«, sagte der Krieger barsch. Mit wesentlich sanfterer Stimme richtete er das Wort an Durafin: »Num afga tada …«

»Was haben wir ausgemacht?«, fiel ihm Durafin ins Wort, sie gab die Antwort sogleich selbst: »Vor unseren neuen Verbündeten unterhalten wir uns in ihrer Sprache.«

Kurz funkelte es in den Augen des Kriegers, doch dann sagte er betont ruhig: »Nosch Tongelfin möchte mit Euch über den …« – er suchte nach dem richtigen Wort – »… über den *Sprung* sprechen.«

Wieder dieses Nicken, das die Last von Duras Verantwortung zum Ausdruck brachte. »Wie versprochen, werde ich alle Fragen, soweit es mir möglich ist, beantworten«, wandte sie sich an Bohdan, die beiden anderen Mushanti und den Söldner. »Nach dem Sprung haben wir viel Zeit. Der Krieg ist noch fern. Wir werden viele Monde mit Vorbereitungen zubringen. Viele weitere werden sich uns noch anschließen. Ich bitte euch nur noch um ein klein wenig Geduld.«

»Natürlich«, sagte Bohdan verständnisvoll und senkte den Kopf in Andeutung einer Verbeugung. Die Geste brachte ihm einen billigenden Blick des Kriegers und ein dankbares Lächeln von Durafin ein.

Am nächsten Tag, als sie weitermarschierten, behielt Bohdan Durafin so gut es ging im Auge. Sie schritt selbstsicher voran, aber jetzt erkannte er, dass es sie Mühe kostete. Nicht das Gehen, Bohdan vermutete, dass sie den Weg suchte – oder vielleicht sogar erschuf. Er wusste so wenig über die Shedai-nai. Nur noch einmal wandte sich Durafin an die Gruppe, während sie eine kurze Pause im Schatten einer Baumgruppe einlegten. Ausgerechnet Minx brachte sie zum Reden. Bohdan hatte nicht gehört, was Minx ihr zugezischt hatte, er tippte allerdings auf Vorwürfe plus eine Drohung. Minx kam zu ihm zurück – ihr Gesicht eine undurchschaubare Maske – und stellte sich an seine Seite. Bohdan nahm noch einen Schluck aus dem Trinkschlauch und reichte ihn an einen Söldner weiter, während Dura unterdrückt seufzte, um dann das Wort an alle zu richten:

»Offenbar ist der Groll, den manche gegen meine Rasse hegen, so groß, dass ich mich gezwungen sehe, darauf gleich zu antworten, da Argwohn und Vorbehalte die Mission gefährden könnten.«

Sie legte eine kurze Pause ein, sammelte sich und fuhr fort: »Zumindest manche von euch scheinen zu glauben, die Shedai-nai seien mutwillig als Invasoren in diese eure Welt eingedrungen. Ich mache niemandem einen Vorwurf, es handelt sich dabei um einen weit verbreiteten Irrglauben. – Der Großteil von uns war vollkommen überrumpelt, als unsere Welt zusammenbrach und wir auf diese geworfen wurden. Die Verschmelzung war chaotisch, nur ein Teil der Tagga-nai … das, was ihr Flora und Fauna nennen würdet, wurde übertragen, mitgebracht. Im Großen und Ganzen fanden wir uns in einer Welt vor, die im Sterben lag. Da wir anders beschaffen sind, kamen wir mit dem Echo besser klar, aber die Luft war so schlecht, dass viele unserer Jungen erstickten. Der, den wir den Strahlenden nennen, jener ältere Bruder, von dem ich euch bereits erzählte, rief den Heerbann aus und startete einen Feldzug, der zum Ziel hatte, diese Welt vor ihrem sicheren Tod zu bewahren.«

Durafin ließ ihren traurigen Blick durch die Runde wandern.

»Ich will euch nichts vormachen, viele Anhänger der Wash-nadai hießen die Eroberung im Grunde für gut. Die Zerstörung dieser Erde durch den Menschen war so weit fortgeschritten, dass es keine sanfte Lösung gab. Etwas musste geschehen, etwas Drastisches, damit beide Spezies, alles Leben auf dieser Welt eine Zukunft hatte. Dennoch verurteilen wir, die wir dem Aufstand anhängen, die Mittel. Wir wollten auf Gespräche und eine Kooperation setzen, doch da war der Krieg bereits in vollem Gange. Wie ich schon sagte, sind wir darum bemüht, diesen schrecklichen Fehler wieder gut zu machen. Wir streben eine Einheit, eine Partnerschaft an.«

Ihre Stimme war immer dünner geworden, jetzt schwankte sie leicht. Einer der beiden Krieger kam rasch herbei. Er hielt sich zurück, war jedoch bereit, Durafin sofort zu stützen, falls es nötig werden sollte.

»Das war kein kleiner Fehler von euch«, sagte Minx laut und unerbittlich, »es war auch kein Krieg der Spezies. Es war eine Abschlachtung, ein Massenmord. Ich war dabei, ich habe es gesehen.«

Alle Augen richteten sich auf sie.

»Und du hast dich gerächt«, erwiderte Dura mit bebenden Lippen. »Wie kann es Frieden zwischen uns geben, wenn nicht beide Seiten bereit sind zu verzeihen?«

Minx Wangenmuskeln malten. »Es gibt Taten, die so schrecklich sind, dass sie niemals …«

Bohdan hatte ihr eine Hand auf den Rücken gelegt. Sie sah ihn an, ihr harter Blick brach und ihre Augen wurden feucht. Sie schaute zurück zu Durafin, die wartend dastand.

Minx schnaubte. »Wenn diese ganze Sache sich als großer Schwindel herausstellen sollte und ihr uns nur als Werkzeuge in eurem eigenen Machtspiele benutzt, werde ich euch alle töten.«

Die Hand des Kriegers zuckte zum Schwertgriff über seiner Schulter, Durafin hingegen lächelte gequält.

»Wir werden dich nicht enttäuschen, Nummer Acht. Die Zeit wird dir zeigen, dass wir nicht alle gleich sind. Ich bitte dich nur, die Augen offen zu halten und uns allen die Chance auf einen neuen Anfang zu geben.«

Minx hielt ihrem Blick einen Moment lang stand, dann sah sie entwaffnet zu Boden und nickte.

»Danke«, flüsterte Bohdan ihr ins Ohr.

»Macht euch bereit, wir brechen auf«, verkündete der andere Krieger, und jene, die gesessen hatten, standen auf.

***

Bohdan war sich nicht sicher, ob die Baumgruppe, auf die sie zuhielten, schon die ganze Zeit über dagewesen war und er sie erst spät bemerkt hatte, oder ob sie aus dem Nichts plötzlich aufgetaucht war. Die vielleicht zwei Dutzend Bäume, die in einem nahezu perfekten Kreis angeordnet standen, waren alt und knorrig, hatten ausladende, herabhängende Äste, und ihre langen, zugespitzten Blätter glänzten silbrig in der Abendsonne. Bohdan spürte die Kraft des Ortes, aber er nahm noch etwas anderes wahr, als Tongelfin voranschritt und den Hain betrat. Es war wie ein kurzes Aufflackern, eine optische Verschiebung. Zum ersten Mal glaubte Bohdan wirklich zu verstehen, was mit Echo gemeint war. Er hatte einen kurzen Blick auf die wahre Gestalt des Shedai-nai-Magiers erhascht. Es war nicht so, dass er eine physische Gestalt hatte, die von einer Aura umgeben war; er war seine Aura. Ein bronzenes Wesen, zwei Köpfe größer als seine irdische Gestalt. Bohdan fragte sich, ob es sich mit allen Shedai-nai so verhielt. Sahen sie nur Abbilder von ihnen? Formen, die in diese Welt passten? Auch Jimmy, dem dürren Mushanti, schien es aufgefallen zu sein. Erst warf er Bohdan einen angstvollen Blick zu, dann sah er scheu auf seine abgetretenen Schuhspitzen.

»Was 'ne Freakshow«, brummte Tank.

Basel lachte nervös auf. »Sag mal, Boh, seh ich das richtig, dass wir gleich durch eine Art … Portal gehen, um dann irgendwo weit weg wieder aufzutauchen?«

»Ja«, erwiderte Bohdan schlicht.

»Ich hoffe nur, wir kommen an einem Stück wieder raus«, steuerte Sundance mißmutig bei.

»Dura und Tongelfin wissen, was sie tun«, sagte Bohdan beruhigend. Seine Zweifel behielt er für sich. Was, wenn diese Art der Schnellreise nicht für menschliche Körper geeignet war? Nun, sie würden es bald herausfinden – sehr bald, wie sich herausstellte. Tongelfin trat zwischen zwei breiten Baumstämmen hervor und gab Durafin ein Zeichen.

»Es geht los«, sagte sie erleichtert. »Benka, ihr zuerst.«

Die Söldner setzten sich in Bewegung. Sie waren sichtlich nervös, wollten sich aber keine Angst anmerken lassen, was ihnen, vom Anführer abgesehen, mehr schlecht als recht gelang. Einer machte einen derben Witz, und die anderen lachten betont lautstark.

Tongelfin musterte sie – ob geringschätzig oder amüsiert, ließ sich nicht eindeutig sagen –, dann forderte er sie mit einer Geste auf, ihm zu folgen.

Bohdan betrachtete die wartenden Mushanti. Bis auf Jimmy hatte er bislang mit kaum einem von ihnen geredet. Er hatte sich zurückgehalten, weil er sich seinem Trupp verpflichtet fühlte und weil die Shedai-nai ihn noch mehr interessierten, aber nach Durafins Worten würde er noch viel Zeit haben, sie kennenzulernen. Sie wirkten allesamt wie gewöhnliche Menschen, nur ihre Augen und ihre Auren verrieten ihre besondere Begabung. Bohdan vermutete, dass sie keine oder höchstens abgebrochene Unterweisungen von Meistern erfahren hatten, ansonsten wären sie selbstbewusster und eitler gewesen. Wenn Tongelfin sie persönlich in die Lehre nahm, würden sie zweifellos mächtig werden.

Ein blauer, senkrecht in den Himmel aufsteigender Lichtstrahl riss ihn aus seinen Gedanken. Alle blickten erstaunt nach oben. Nur Minx knurrte einen unterdrückten Fluch; sie verband nichts Gutes mit dem blauen Licht, das in den östlichen Ödlanden Thanaton genannt wurde. Bohdan legte ihr die Hand auf den Rücken und spürte, wie angespannt sie war.

Ein weiterer Lichtstrahl stieg auf, woraufhin Getuschel unter den Wartenden entstand.

Durafin wählte zwei Mushanti aus, die ihr in den Hain folgen sollten, und bald darauf erstrahlte das blaue Licht erneut. So ging es weiter. Bohdan schenkte

Jimmy einen ermutigenden Blick, als er an die Reihe kam.

»Die nächsten beiden«, sagte Dura, als alle bis auf einen Mushanti gesprungen waren.

Bohdan nahm Minx an der Hand und gemeinsam traten sie vor. Dura nickte, und sie folgten ihr in den Hain.

Tongelfin saß mit überkreuzten Beinen murmelnd auf dem grasbewachsenen Boden. Vor ihm waberte ein Kreis aus dunkelblauem Licht. Die Energieströme waren durchsichtig, unter ihnen war das Gras, das den Boden bedeckte, zu sehen.

»Ihr geht einfach hinein«, wies Dura an. »Gute Reise«, fügte sie freundlich hinzu.

Bohdan blickte sich ein letztes Mal um. Der murmelnde Shedai-nai-Magier, der das Portal offenhielt, der Krieger an Duras Seite, die Bäume, hinter denen Sundance, Tank, Basel und der letzte Mushanti warteten.

»Schätze, jetzt gibt es kein Zurück mehr«, knurrte Minx, machte eine Schritt vor und zog Bohdan mit sich. Bohdan riss sich zusammen und gemeinsam betraten sie das Portal.

Es gab einen heftigen Ruck. Bohdan wurde schwarz vor Augen, dann sah er Sterne. Er spürte einen starken Sog. Unbestimmbare Kräfte wirbelten ihn in atemberaubender Geschwindigkeit im Kreis herum. Sein Magen rebellierte. Aber nein, da war kein Magen, kein Körper. Die physiologischen Eindrücke waren nur

Erinnerung, Interpretation. Er war reiner Geist. Ehe er das fremdartige Gefühl richtig einordnen konnte, spürte er, wie seine Zellen sich wieder zusammensetzten, die Materie sich verdichtete, und im nächsten Augenblick stürzte er, wieder ganz physisch, hart zu Boden. Er sah Minx neben sich aufprallen. Die erste Wahrnehmung war Kälte, die zweite Gefahr. Instinktiv wirkte Bohdan einen Schutzzauber.

KAPITEL VI

Bohdan hatte kaum Zeit, sich einigermaßen zu orientieren. Drei dicht aufeinander folgende Pfeile waren von dem kuppelförmigen Schutzschild abgeprallt. Das Schild war zwar durchsichtig, glänzte jedoch silbern, was es noch schwerer machte, die Situation richtig einzuschätzen. Minx hatte neben ihm Kampfhaltung angenommen, rührte sich jedoch nicht. Der Boden in der schützenden Kuppel und um sie herum war von einem weißen Mantel bedeckt. Schnee! Auf dem Schnee lagen Leichen. Jimmys Kopf und sein halber Oberkörper lagen in der Kuppel. Ein gefiederter Pfeilschaft ragte aus seiner Kehle. Und da waren auch die Söldner und die anderen Mushanti, die vor ihnen gesprungen waren – alle tot. Auch Magnatrunga, der Krieger, war gefallen. Neben ihm lagen zwei aufgeschlitzte Körper. Feindliche Shedai-nai.

Bohdan begann zu begreifen. Sie waren in eine Falle getappt. Schneebedeckte Dünen umgaben das Schlachtfeld. Jetzt erkannte er zwei Gestalten auf der Kuppe einer Düne. Sie ließen ihre Bögen fallen und zückten Schwerter. *Oh, oh,* dachte Bohdan. Das Schutzschild hielt Pfeile ab, aber eine Klinge oder einen Körper würde es nicht aufhalten. Er blickte über die Schulter. Das Portal war noch offen, es befand sich direkt hinter ihnen. Hier lag es allerdings nicht auf dem Boden, sondern schwebte horizontal über dem blutbefleckten Schnee.

»Ich wusste, dass etwas faul ist«, knurrte Minx. »Verräterische Shendraks!«

Bohdan hatte keine Zeit, mit ihr zu argumentieren. Sie mussten sich selbst und die, die noch kommen würden, irgendwie retten. Fieberhaft dachte er nach. Ihre Lage schien aussichtslos. Die zwei Krieger in ihren scharlachroten Umhängen kamen immer näher, und es lauerten noch mehr Feinde auf sie. Bohdan spürte die Präsenzen von mindestens einem Dutzend weiterer Shedai-nai. Darunter war eine, die ihm besonders Sorgen bereitete – sie glich der von Tongelfin. Während er nachdachte, ließ er kleinere Zauber los, welche die beiden Krieger mühelos abwehrten und sie kaum aufhielten. Hinter einer schneebedeckten Düne stiegen Rauchwolken auf. Hoffnung keimte in ihm auf. Es musste einen Grund gegeben haben, weshalb Durafin sie hierher hatte springen lassen. Sie brauchte Soldaten für einen Krieg, und Soldaten stattete man mit Waffen aus. »Lauf!«, wies er Minx an.

»Vergiss es«, schnappte Minx, »ich lass dich auf keinen Fall im Stich.«

Bohdan wies mit dem Kinn auf die Rauchsäulen, während er einen weiteren Zauber wirkte, und Minx verstand. Sie schnaubte, erkannte, dass sie nichts anderes tun konnte, und rannte los. Für die Shedai-nai musste es wirken, als suchte sie ihr Heil in der Flucht, da sie vor ihnen weglief. Im selben Augenblick purzelten Sundance und Tank aus dem Portal. Bohdan hörte Tank grunzen und Sundance fluchen. »Folgt ihr!«, keuchte Bohdan.

Sundance und Tank rappelten sich auf, verschafften sich kurz einen Überblick und rannten hinter Minx her.

Ein weiteres Kriegerpaar mit scharlachroten Umhängen tauchte links von Bohdan auf. In leicht gebeugter Haltung kamen sie auf ihn und das Portal zu. Die ersten beiden Krieger hatte ihn nun fast erreicht. Sie hoben ihre Schwerter zum Angriff. Bohdan ignorierte den angestauten Tribut und schleuderte ihnen einen Zauber entgegen, der stark genug war, sie von den Füßen zu reißen. Er nahm kaum wahr, wie hinter ihm zwei weitere Personen aus dem Portal fielen. Bohdan widerstand dem Tribut und hielt den Schutzschild aufrecht. Noch ein Kriegerpaar trat rechts von ihm aus der Deckung. Er sank auf die Knie nieder. Der Schutzschild brach in sich zusammen und der Tribut brandete hart gegen Bohdans Geist. Aber der Tribut würde ihn nicht töten, das würde das Schwert erledigen, das der Krieger vor ihm hoch über den Kopf hob, um ihn vom Scheitel an zu spalten.

Er fragte sich, wem sein letzter Gedanke gelten sollte. Danija kam ihm in den Sinn, dann war er froh,

dass er Minx, Sundance und Tank die Flucht ermög-
licht hatte. Ob sie eine Chance hatten? Er blickte nach
oben und sah die Schwertschneide auf seinen Schädel
zurasen. Es war vorbei, seine Reise war zu Ende. Bohdan lächelte matt.

Doch dann geschah etwas völlig Unerwartetes, Stahl
traf klirrend auf Stahl. Einen Moment lang fand über
Bohdans Kopf eine Kraftprobe statt. Trotz der Über-
raschung war er geistesgegenwärtig genug, sich nach
hinten fallen zu lassen. Die eine Klinge fuhr hinab in
den Schnee, wo er eben noch gekniet hatte. Die andere
Klinge zuckte zurück, um im nächsten Augenblick
blitzschnell nach vorne zu stoßen, mitten in die Brust
des Angreifers. Sidhtrunga stieß einen Kampfschrei
aus, riss die Klinge aus dem Körper des sterbenden
Kriegers und parierte einen tiefen Hieb des zweiten.

Behandschuhte Hände packten Bohdan an den Schultern und schleiften ihn nach hinten. Es war Durafin.
Es gab also doch noch Hoffnung. Bohdan riss sich
zusammen und begann mit zusammengebissenen
Zähnen den Tribut zu bewältigen. Er spürte, wie ein
Zauber die Luft über ihm zum Knistern brachte –
einen Herzschlag später brach das Portal in sich zusammen. Durafin stieß einen leisen Fluch in ihrer
Muttersprache aus. Bohdan verstand, der feindliche
Magier hatte das Portal geschlossen, damit Tongelfin
von ihnen abgeschnitten wurde. Vereinzelte Pfeile
gingen neben ihnen nieder und blieben im Schnee
stecken. Ein kehliger Ruf brachte den Beschuss zum

Verstummen. Die Puzzleteile fügten sich in Bohdans Kopf zusammen. Man hatte ihnen eine Falle gestellt, um die neuen Rekruten zu töten, vor allem jedoch schien es darum zu gehen, Durafin gefangen zu nehmen. Seine Gedanken erratend, nickte sie und erhob sich.

Sidhtrunga kämpfte wie eine wildgewordene Bestie. Er streckte einen feindlichen Krieger nach dem anderen nieder. Sie bedrängten ihn stets zu zweit oder einzeln, niemals griffen drei gleichzeitig an, und es gingen auch keine Pfeile auf ihn nieder. Offenbar erlaubte der Kriegerkodex der Shedai-nai nur, Menschen unehrenhaft niederzumetzeln. Die Gegner in den roten Mänteln führten den eleganten Tanz auf, den Bohdan bereits kannte, wobei sie mit ihren Klingen präzise zustießen oder Schnitte mit ihnen ausführten. Sidhtrungas Tanz war animalischer und voller Ingrimm. Sie hatten seinen Bruder Magnatrunga getötet, als er noch nicht da war, um ihm beizustehen. Dieser Umstand schien seine ohnehin übermenschlichen Kräfte noch zu steigern. Aber auch seine Gegner waren Meister ihres Fachs. Ihre Klingen fraßen sich in die Aussparungen seiner enganliegenden Rüstung, und sein Blut mischte sich auf dem Schnee mit ihrem. Nur knapp besiegte er einen Gegner, indem er ihn mit der Schulter rammte und dem aus dem Gleichgewicht Geratenen mit der Rückhand sein Schwert über die Brust zog. Das nächste Kriegerpaar kam auf ihn zu und nahm Kampfhaltung ein.

»Nahme agnai!«, sagte Durafin laut.

Die beiden kampfbereiten Krieger gefroren mitten in der Bewegung. Sidhtrunga drehte mit schmerzverzerrtem Gesicht den Kopf und stieß keuchend einige Worte in Durafins Richtung aus. Sie ging auf ihn zu, wobei sie über die Gefallenen schreiten musste, und legte ihm die Hand auf die Schulter. Bohdan erahnte den Inhalt ihres knappen Wortwechsels. Durafin wollte, dass er die Waffe niederlegte, aber der Krieger weigerte sich.

Ein hochgewachsener Shedai-nai trat auf sie zu. Sein azurblauer Mantel blähte sich auf, als eine kalte Windböe über den Schnee fegte. Hinter ihm tauchte eine zweite Gestalt auf, sie trug eine geschwärzte Rüstung und einen Helm, aus dessen Seiten gewundene Hörner wuchsen und dessen Mitte ein schwarzer Kamm zierte.

Durafin unterdrückte ein Schaudern und neigte respektvoll den Kopf, erst in Richtung des einen, dann in die des anderen Mannes. »Nosch Kartorn, Nosch Drugelmar«, sagte sie mit leicht zitternder Stimme.

Es folgte eine kurze Unterhaltung. Trotz des Singsangs ihrer Sprache hörte Bohdan die Barschheit in der Rede der beiden Männer heraus.

Sidhtrunga spuckte aus und umfasste das Heft seines Schwertes fester.

Der Mann mit dem azurblauen Umhang führte eine Geste aus, und Sidhtrunga krümmte sich. Sein Schwert hielt er allerdings immer noch fest.

Durafin stellte sich schützend vor ihn. Ein weiterer knapper Austausch mit den beiden Männern folgte, dann beugte sich Durafin zu Sidhtrunga hinab, flüsterte ihm etwas ins Ohr und trat nach vorne. Sogleich flankierten die bis zu diesem Zeitpunkt reglosen gegnerischen Krieger sie und führten sie zu dem behelmten Shedai-nai. Zwei weitere Krieger kamen hinter einer Düne hervor und sammelten die Waffen der Gefallenen auf. Die Toten ließen sie liegen.

Der Wind wurde stärker, wehte Schnee auf und verschleierte Bohdans Sicht auf die abziehenden Shedainai. Allein Sidhtrunga blieb, sich auf das Schwert stützend, zurück. Bohdan mühte sich auf die Beine und ging zu ihm. »Was ist eben geschehen? Haben sie Dura gefangengenommen?«

Sidhtrunga nickte fast unmerklich.

»Wer waren die beiden Anführer?«, fragte Bohdan.

»Der Heerführer Kartorn und sein Sulf-nai Drugelmar«, knurrte der Krieger mit unverhohlenem Hass.

»Was hat Dura dir am Ende ins Ohr geflüstert«, wollte Bohdan wissen, während er den Kragen seines Mantels aufstellte. Es wurde immer kälter.

»Sie sagte, es sei meine Pflicht, dich und die anderen zu beschützen«, erwiderte Sidhtrunga.

»Aber sie sind doch abgezogen«, sagte Bohdan.

Sidhtrunga hob den Kopf und schenkte Bohdan ein wölfisches Grinsen. Seine Zähne waren rot von Blut. »Kartorn lässt niemals Überlebende zurück.«

Bohdan schluckte. Er war ein Baichi. Er hatte sich so auf die Interaktion zwischen den Shedai-nai konzentriert, dass ihm die zurückgebliebenen Präsenzen entgangen waren. Es waren zwei Personen, Shedai-nai, keine zwei Steinwürfe von ihnen entfernt. Sie hatten abgewartet, aber jetzt setzten sie sich in Bewegung.

Bohdan bedrängte Sidhtrunga, er solle sich mit ihm zurückziehen, doch der Krieger rührte sich nicht. Schließlich zerrte Bohdan an ihm – aber das war keine gute Idee. Sidhtrunga verpasste ihm einen Stoß mit der offenen Hand, der ihn zu Boden gehen ließ.

»Du verstehst nicht«, sagte der Krieger, »ich werde heute sterben. Aber ich werde nicht vor meine Ahnen treten und ihnen sagen, dass ich auf der Flucht gefallen bin.«

Bohdan saß mit dem Hintern im Schnee und ballte die Hände zu Fäusten. »Sige«, schnaubte er, »dann lass wenigstens zu, dass ich dich heile.«

Sidhtrunga zuckte mit den Schultern.

Als Bohdan in seinen Körper eindrang, erkannte er, dass der Krieger bereits begonnen hatte, die natürlichen Heilprozesse auf mentale Weise zu beschleunigen. Bohdan musste nicht mehr tun, als das, was ohnehin im Gange war, zu verstärken. Die Wunden schlossen sich, aber Sidhtrunga hatte viel Blut verloren. Bohdan konzentrierte sich zuerst auf sein Knochenmark und regte die Produktion frischen Blutes an, dann überwachte er die Tätigkeit des Herzens. Dabei überkam ihn ein merkwürdiges Gefühl. Der Herzmuskel spannte sich an und entspannte sich mit dem typischen Pochen, allerdings glaubte Bohdan noch einen zweiten, leicht verschobenen Rhythmus wahrzunehmen. Wie ein Echo. Die beiden Krieger hatten sie nun fast erreicht, Bohdan zog sich in seinen eigenen Körper zurück und bereitete Zauber zur Verteidigung vor.

Die beiden Krieger bewegten sich anmutig wie Raubkatzen. Ohne ein Wort zogen sie ihre Schwerter blank und nahmen Angriffshaltung ein.

Sidhtrunga stand auf, das Schwert locker in der Rechten, und funkelte die Feinde an. Bohdan erinnerte sich, wie er damals Minx im Kampf gegen einen Takushinrih unterstützt hatte. Ihre mentale Abwehr war stark und kaum wirkungsvoll zu durchdringen, deshalb musste er die materielle Welt gegen sie einsetzen. Da kein Stein in der Nähe zu finden war, lag ihm ein Untername für Wind auf den Lippen, aber er sprach ihn noch nicht aus.

Die beiden Krieger waren ganz auf Sidhtrunga fokussiert, ohne dabei für ihre Umgebung unachtsam zu sein. Das ergab durchaus Sinn. Es war stets sinnvoller, zunächst den gefährlicheren Gegner auszuschalten. Sie änderten ihre Haltung für einen synchronen Angriff. Jetzt rief Bohdan den Namen. Ein Windstoß entstand aus dem Nichts und zwang den Krieger zu Sidhtrungas Linken zurückzuweichen. Im selben Moment ließ der andere sein Schwert niedersausen. Sidhtrunga parierte mit einem Grunzen und hieb seinerseits zu. Der Krieger wich aus und stieß blitzschnell zu. Sidhtrunga lenkte den Stich im letzten Moment ab, sodass die Schneide des Schwerts lediglich über die Rüstung an seiner Hüfte schabte. Der zweite Krieger stemmte die Fersen in den Schnee und fand sein Gleichgewicht wieder. Der herbeigerufene Windstoß ebbte ab. Bohdans Blick traf den des Kriegers. Dieser fletschte die Zähne und holte gegen Bohdan aus. Sein Angriff erfolgte in unglaublicher Geschwindigkeit, aber das Schwert ging nicht nieder, um Bohdan den Kopf von den Schultern zu trennen. Ein Schuss hallte durch die kalte Luft, dann noch einer und noch einer.

Die beiden feindlichen Krieger sackten in sich zusammen. Sidhtrunga verzog angewidert das Gesicht und wandte sich ab. Minx und Tank standen auf einer Düne, beide hielte Gewehre in den Händen. Minx ließ ihres fallen und sprintete zu den niedergeschossenen Kriegern. Sie riss dem einen das Schwert aus der Hand und schlug ihm mit einem einzigen Streich den Kopf ab, dann wiederholte sie den grausamen Akt an dem zweiten.

»Entschuldige, dass es solange gedauert hat«, keuchte sie mit von Blut besprenkeltem Gesicht.

»Kennt ihr keine Ehre?«, sagte Sidhtrunga über die Schulter in abfälligem Tonfall.

»Schau dich mal um, du überheblicher Bumda-Ficker!«, fauchte Minx zurück und deutete dabei auf all die von Pfeilen gespickten Leichen.

»Sie waren …«, setzte Sidhtrunga an.

»Menschen, genau!«, zischte Minx. »Deine Art Ehre kannst du dir klein zusammenrollen und dir dann tief in deinen arroganten Hintern schieben.«

Sie sah zu Bohdan, Mordlust spiegelte sich in ihren Augen. Tank hielt noch immer das Gewehr im Anschlag. Bohdan schüttelte den Kopf. Er seufzte. »Setzen wir uns zusammen und überlegen wir, wie es weitergeht.«

»Meinetwegen«, stimmte Minx zu. »Aber nicht hier. Kommt mit.«

Bohdan folgte Minx in Richtung Tank, und Sidhtrunga trottete gleichgültig hinterher.

✳✳✳

Der Schneewind hatte die meisten Brände gelöscht. Nur an wenigen Stellen stiegen noch dünne Rauchfäden auf. Von dem Dorf, das hier einmal gestanden hatte, war kaum etwas übrig geblieben. Die meisten Gebäude waren auf die Grundmauern niedergebrannt; das Feuer hatte nur Skelette übrig gelassen. Skelette von Hütten und Häusern und verkohlte Leichen, von denen ein beißender Geruch ausging.

Die kleine Gruppe hockten im Kreis auf dem geschwärztem Boden eines Hauses, dessen Dach noch weitgehend intakt war, da es von vier steinernen Eckpfosten getragen wurde und ziegelgedeckt war. Die Wände allerdings hatte das Feuer verschlungen, und wenn der Wind blies, zogen die Männer ihre Köpfe ein. Minx fluchte mehrmals über die Kälte, schien ihrer Körperhaltung nach jedoch unbeeindruckt von ihr – genau wie Sidhtrunga, der grimmig vor sich hinbrütend ein Stück abseits saß. Neben dem Geruch nach verbranntem Holz und Fleisch lag eine Note von Salz in der Luft. Sundance hatte die Vermutung aufgestellt, dass sie durch den Sprung eine Meerenge überquert hätten, was Sidhtrunga mit einem Nicken bestätigt hatte. Sie befanden sich in Munta-sis, dem sagenumwobenen Weißen Land, in dem die Shedai-nai herrschten. An der Küste habe es geduldete Siedlungen der Menschen gegeben, berichtete Sidhtrunga zerknirscht. Aber es sei davon auszugehen, dass sie dasselbe Schicksal ereilt habe wie diese hier.

Basel hielt eine leidenschaftliche Rede dafür, sie sollten diesen Ort schleunigst verlassen und versuchen, die Meerenge zu überqueren, um sich zurück nach Osten durchzuschlagen. Der einzige Mushanti, der überlebt hatte, ein kleiner Mann mit sandfarbenen, schulterlangen Locken, der auf den Namen Mimo hörte, stimmte zu. Sundance und Tank warteten ab, was Bohdan sagen würde.

Bohdan wandte sich an Minx und den Krieger: »Shedai-nai stehen miteinander in Verbindung. Das bedeutet, unsere Feinde wissen, dass wir ihre Nachhut ausgeschaltet haben, na?«

Minx nickte knapp, sah dann jedoch zu Sidhtrunga.

»Sie wissen es«, knurrte der Krieger. »Aber sie werden nicht umkehren.«

»Wohin bringen sie Dura?«, fragte Bohdan weiter.

»Sie schaffen sie zur Sonnenpforte, wo der Strahlende über sie Gericht halten wird«, antwortete Sidhtrunga düster. »Und das wird das Ende des Wash-nadai sein«, schob er noch finsterer nach.

»Ist sie so wichtig für die Rebellion?«

Sidhtrunga blickte Bohdan an, als hätte der gerade eine äußerst dumme Frage gestellt. Sundance half ihm aus dem peinlichen Moment, indem er nachdenklich meinte: »Boh, du hast uns die Namen dieser beiden Anführer genannt, aber Sidh, sag uns, was sind das für Wichser?«

Sidhtrunga schnaubte, ehe er erwiderte: »Kartorn ist einer der angesehensten Heerführer auf ganz Muntasis. Ein gnadenloser, grausamer Mann, der zum Vergnügen tötet. Drugelmar ist seine rechte Hand, einer der mächtigsten Sulf-nai meines Volkes.«

»Und was hast du jetzt vor?«, meldete sich zum ersten mal Tank mit seiner tiefen Stimme zu Wort. »Ich meine, nachdem *dein Volk* dir in den Arsch getreten und dir deine Herrin weggenommen hat, um sie dem strahlenden Oberguru auszuliefern.«

»Sie hat mir befohlen, sie nicht weiter zu schützen«, knurrte Sidhtrunga, und in seinen Augen brannte ein gefährliches Feuer. Er riss sich zusammen und blickte auf den Boden. »Wenn ein Takushin geschlagen wurde, verlässt er entweder diese Welt oder er zieht hoch in den Norden, wo die Ausgestoßenen leben.«

»Aber du wurdest nicht im Zweikampf besiegt«, schaltete sich Bohdan wieder ein. »Und, wenn ich es richtig verstanden habe, hat Durafin dir den Eid abgenommen, uns zu beschützen.«

»Sie meinte damit, ich solle euch vor unseresgleichen beschützen«, stieß der Krieger widerwillig hervor. »Ihr werdet schon fertig mit den Gefahren, die euch bei eurer langen Heimreise erwarten.«

»Nja«, sagte Bohdan, wobei er den Kopf schief legte, »nur, dass es keine Heimreise geben wird. Wir befreien Durafin.«

Alle sahen ihn verblüfft an. Nur Sundance schmunzelte.

»Waffen dürften wir genug haben«, brummte Tank. »Vorhin war die Zeit knapp, aber ich bin mir sicher, hier gibt es noch mehr Verstecke.«

Sidhtrunga war aufgestanden. Er dachte angestrengt nach. »Waffen finden sich hier fürwahr genug, auch eure heimtückischen«, sagte er beiläufig. »Aber gleich, wie gut wir ausgerüstet sind, wir haben nicht den Hauch einer Chance gegen die Krieger – es sind noch mindestens drei Takushin-rih. Ganz zu schweigen von Kartorn, der selbst ein ausgezeichneter Kämpfer ist, und von Drugelmar. Ihr seid Narren, wenn ihr glaubt, eure kleinen Zaubertricks würden ihn beeindrucken. Wäre Tongelfin bei uns, dann vielleicht. Aber so?« Er schüttelte den Kopf, blieb aber stehen, die Hand auf dem Knauf seines Schwerts.

»Mir schwebt nicht vor, sie offen anzugreifen«, gab Bohdan zu bedenken.

»Wir wissen, wo sie hinwollen«, sagte Minx. »Das bedeutet, wir können ihnen eine Falle stellen.«

»Klingt jedenfalls nach einer Herausforderung«, bemerkte Sundance locker. »Aber eins ist klar, wir brauchen nicht nur einen verdammt guten Plan, wir schaffen das nur mit dir, Sidh. Also, bist du dabei?«

Sidhtrunga senkte den Kopf und blickte finster in die Runde, dann grinste er ein wölfisches Grinsen. »Wir befreien Durafin, oder sterben bei dem Versuch.«

»Ganz großartig«, sagte Basel sarkastisch und rollte mit den Augen. »Ich bin ja so froh, dass ich nicht in Norimberk bei den Huren geblieben bin.«

Tank gluckste amüsiert.

***

Sidhtrunga hatte sie zu einem geheimen Bunker unter dem zerstörten Dorf geführt. Allerdings versperrte ihnen eine massive Stahltür den Weg. Mit Körperkraft war nichts auszurichten. Nachdem Tank es versucht hatte, trat Mimo vor. Er nuschelte, Schlösser zu knacken sei eine seiner Spezialitäten, und kurz darauf öffnete sich die Tür. So fand Bohdan heraus, welche Art von Mushanti Mimo war; er war zweifellos ein Skaldae.

Bohdan wirkte einen Lichtzauber, und was er erblick-te, raubte ihm für einen Moment den Atem. Sidhtrunga hatte nicht zu viel versprochen. In zahllosen Reihen von Regalen standen und lagen ausreichend Waffen und Rüstungen für eine kleine Armee. Es gab auch andere Ausrüstungen – Zelte, Schlafsäcke, Stiefel, zu-sammenklappbare Spaten und etliche nützliche Dinge.

»Allmählich gefällt's mir hier«, brummte Tank, der geradewegs auf ein Monstrum von einem Schnell-feuergewehr zugegangen war. Er nahm es mit seinen Pranken aus der Halterung und betrachtete es liebevoll.

Sundance schnalzte mit der Zunge und sagte: »Dann werfen wir uns mal in Schale.«

Zwei Stunden später kam Basel als letzter aus dem Bunker und stellte sich zu den anderen. Mittlerweile hätte es längst Nacht sein müssen, aber in Munta-sis schien die Zeit einem anderen Rhythmus zu folgen. Ob selbst die Sonne ein Echo hatte? Es hatte schon ge-dämmert, als sie unter die Erde gegangen waren, und noch immer herrschte Zwielicht.

Bohdan musterte die kleine, aber schlagkräftige Gruppe. Basel hatte eine für seine Statur etwas lächer-lich anmutende Rüstung, die aus in Form geschnittenen Lamellen bestand, angelegt. Auf seinem Kopf saß ein Helm mit einer Lampe. Über die Schulter trug er ein Gewehr, und in zwei Brustholstern steckten Pistolen.

Sundance und Tank waren die reinsten wandelnden Waffenarsenale. Neben ihren Hauptwaffen – zwei Revolver bei Sundance und die Minigun bei Tank –

trugen sie eine Menge Scheiden und Holster, in denen Messer und Pistolen steckten.

Mimo hatte sich einen Werkzeuggürtel umgeschnallt. Wie jeder trug er einen Rucksack auf dem Rücken. Eine Waffe hatte er nicht bei sich, soweit Bohdan erkennen konnte.

Minx sah beinahe wie früher aus. Zwei Maschinenpistolen an den Hüften, ein enganliegender Schutzanzug, nur die Macheten fehlten. Dafür ragte der Griff des Schwertes, das sie einem der erschlagenen Krieger abgenommen hatte, über ihre Schulter. Außerdem trug sie einen gefütterten grauen Mantel.

Sidhtrunga hatte einen Rucksack mit nützlichen Dingen und Proviant vollgestopft, außerdem hielt er einen Bogen, den zugehörigen Pfeilköcher hatte er sich um die linke Schulter geschlungen.

Bohdan selbst hatte neben einem Zelt, einem Schlafsack und abgepackten Proviantportionen lediglich passende Munition für seinen Revolver gesucht und gefunden. Er stemmte die Hände in die Hüften und sagte: »Sige, die Jagd beginnt.«

Sie stapften durch den Schnee, bis endlich die Nacht über sie hereinbrach. Richtig dunkel war es dennoch nicht. Bohdan hatte den Eindruck, die Sterne leuchteten in diesem Land heller, und der milchweiße Halbmond erschien ihm größer als gewöhnlich. Mimo schnaufte schwer, offenbar war er körperliche Anstrengungen nicht gewöhnt. Sie waren Sidhtrunga gefolgt, der sie in einen dichten Tannenwald geführt hatte. Die ausladenden, von Schnee bedeckten Äste würden einen gewissen Schutz gewähren, und die darunter gestaute Körperwärme sollte ausreichen, dass sie nicht erfroren.

Bohdan beschleunigte seinen Schritt, bis er den Krieger eingeholt hatte. »Wir sollten eine Rast einlegen. Die Männer sind erschöpft und brauchen Schlaf.«

Sidhtrunga schnaubte verächtlich, schnallte jedoch seinen Rucksack ab und stapfte wortlos auf eine besonders große Tanne zu.

Als sie dichtgedrängt beisammenhockten und mit zitternden Fingern etwas aßen, blaffte Minx Sidhtrunga an: »Was glotzt du so?«

»Das Schwert, das du trägst«, sagte Sidhtrunga ruhig. »Du bist seiner nicht würdig.«

»Ich werde dich töten«, erwiderte Minx mit kalter Wut. »Nicht heute, nicht morgen, aber ich werde dich töten.«

Sidh lächelte nur.

»Das war ein langer, anstrengender Tag«, sagte Bohdan. »Wir sollten alle ein wenig die Auge zumachen.«

Mimo war bereits mit vollem Mund eingenickt und schnarchte. Sundance, Tank und Basel machten es sich so bequem, wie die Umstände es erlaubten. Bohdan ließ seinen einäugigen Blick von einem zum anderen wandern. Es war eine bunte Truppe. Jedes Mitglied verfolgte eigene Interessen, aber vorerst würden sie zusammenhalten und tun, was er von ihnen verlangte. Vorerst.

Bohdan kuschelte sich in die Kapuze seines Mantels und schloss das Auge. Auch er konnte eine gute Portion Schlaf vertragen.

***

Nach dem Frühstück sprach Bohdan einen Wärmezauber auf die Gruppe. Er ließ ihn anhalten, bis alle abmarschbereit waren. Solange sie kein Feuer entzündeten – was Sidthrunga strikt untersagte –, musste Bohdan dafür sorgen, dass niemand krank wurde. Der Krieger ging voraus, Bohdan bewältigte den Tribut, ließ sich von Minx und Sundance überholten und folgte dann nach.

Sie legten lediglich eine kurze Rast zur Mittagszeit ein, ansonsten marschierten sie. Mimo hielt sich tapfer, obwohl er der Schwächste der Gruppe war und die Kälte, die der Schneeregen am Nachmittag mit sich brachte, ihm hart zusetzte. In der lang anhaltenden Dämmerung erreichten sie einen Hügel, von dem sie freie Sicht in ein gespenstisches Tal hatten. Ein breiter Fluss schlängelte sich von West nach Ost. Erst auf den zweiten Blick erkannte Bohdan, dass es sich bei den weißen Wölbungen um verschneite Gebäude handelte – unzählbar viele Gebäude, manche davon waren riesig. Der Fluss war gefroren und zog sich mitten durch die verschneite Stadt, die wirkte, als wäre sie in einen Märchenschlaf versunken. Über den Fluss führte eine lange Brücke, auf der hohe Türme in den grauen Himmel ragten.

»Runter«, raunzte Sidhtrunga, wobei er Bohdan eine kräftige Hand auf die Schulter presste.

»Was ist?«, fragte Bohdan in die Hocke gezwungen.

»Kartorn und Drugelmar, sie sind dort unten«, flüsterte der Krieger.

Bohdan wirkte rasch einen Zauber, der sie verbergen sollte, auch wenn er keine Ahnung hatte, ob er stark genug wäre, um den Shedai-nai-Magier zu täuschen.

Minx robbte an ihre Seite, spähte hinunter ins Tal und fragte: »Was ist das für ein Ort?«

Sidhtrunga sah sie nicht an. »Es war einmal eine riesige Menschenstadt, mit dem Namen *London*. Sie war eines der ersten großen Ziele bei der Eroberung.«

Bohdan spürte, dass hier einmal mächtige Magie gewütet hatte. Er schluckte. Mit einem Teil seines Bewusstseins hielt er den Tarnzauber aufrecht, während er mit seinem Auge die gigantische, verschneite Geisterstadt absuchte. Auf die weite Distanz und ohne magische Verstärkung konnte er sich nicht sicher sein, aber er glaubte winzige, sich bewegende Punkte auf der langen Brücke auszumachen.

»Wir warten«, sagte Sidhtrunga und glitt behutsam zurück.

Sie spannten Zelte auf, und Bohdan wirkte erneut einen Wärmezauber. Beide Zauber aufrechtzuerhalten kostete ihn beinahe seine gesamte Konzentration, sodass er den Gesprächen unter den Reisegefährten kaum folgen konnte. Aber die Wortwechsel waren ohnehin knapp und beschränkten sich auf das Notwendigste.

Das lange Wandern und die Kälte hatte alle müde und einsilbig gemacht – bis auf Sidhtrunga, der nicht im mindesten müde oder erschöpft wirkte und immer einsilbig war. Stolz wie er war, hatte er sich gegen den Wärmezauber abgeschirmt und saß, als wäre es ein lauer Abend in der Wüste, in der Mitte der Zelte im Schneidersitz auf dem frostigen Boden, von dem sie den Schnee geschaufelt hatten.

»Ey, Sidh«, sagte Sundance aus dem Zelt, das er sich mit Tank teilte, »wenn ich das vorhin richtig verstanden habe, sind die Dreckskerle schon in der Stadt.«

Sidhtrunga sagte nichts, sondern nickte nur kaum merklich.

»Wir sind heute so lange und schnell gelaufen, wie wir konnten«, spann Sundance seinen Gedanken fort, »aber diese Hundesöhne sind immer noch vor uns. Hast du 'ne Idee, wie wir sie überholen?«

Bohdan schlüpfte neben Minx in seinen Schlafsack. Langsam löste er den Wärmezauber.

»Der nächste Sprungpunkt, der sie direkt zur Sonnenpforte bringen wird, liegt sechs Tagesreisen entfernt«, sagte Sidhtrunga. »Neun«, korrigierte er sich, »so langsam wie wir bisher vorankommen.« Er strich sich einen Zopf hinters Ohr. »Es gibt nur eine Möglichkeit, wie wir unser Ziel vor ihnen erreichen. Wir müssen den kürzesten Weg nehmen, so dürften wir vier bis fünf Tage benötigen.«

»Wo ist der Haken?«, fragte Minx bissig.

Sidhtrunga seufzte. »Dafür müssen wir durch ein Munta-nag.«

Sundance holte Luft, doch Sidhtrunga kam einer weiteren Frage widerwillig zuvor: »Ein Munta-nag ist ein … ein Gebiet, das man meidet. Manche Naga-nai haben sich mit einheimischen Tieren gepaart. Das Ergebnis waren unzähmbare Geschöpfe. Bestien, die Rudel bildeten. Der Strahlende hat die Jagd auf sie verboten.«

»Ein Seuchengebiet«, sagte Minx leise.

»Etwas in der Art«, stimmte Bohdan zu und rieb die leere Augenhöhle, die manchmal juckte. Mit einer Mischung aus Furcht und Neugier schlief er ein.

**

Am nächsten Tag marschierten sie durch die Stadt, deren Stille erdrückend war. Sie überquerten die zugefrorene Brücke, deren Stahlseile im Wind gefährlich ächzten. Es schneite heftig, und Bohdan war erleichtert, als sie die Stadt hinter sich zurückließen und wieder durch dichten Wald wanderten. Der Schnee war so hoch, dass das Vorwärtskommen beschwerlich war. Die anderen schauten sich Sidhtrungas Gangart ab und übernahmen sie. Bei Tank wirkte es komisch, wie er die Knie hochzog und sich wie ein Vogel mit langen, dünnen Beinen durch den Schnee bewegte. Basel machte einen Scherz und Sundance lachte. Tank grummelte und versetzte Basel einen Klaps, der ihn mit dem Gesicht voran im Schnee landen ließ. Daraufhin ließ Tank sein grollendes Lachen hören, und Sundance lachte wieder mit.

Nachmittags fiel Bohdan die Blässe in Mimos Gesicht auf. Schweiß stand ihm auf der Stirn. Bohdan fragte ihn, ob er ihm helfen dürfe. Mimo nickte matte, und Bohdan sprach einen Heilzauber auf ihn, der die sich anschleichende Krankheit aus seinem Körper vertrieb.

Als sie am Abend ihr Lager im Schatten eines riesigen umgestürzten Baumes errichteten, erlaubte Sidhtrunga zum ersten Mal, ein Feuer zu entzünden. Bohdan atmete erleichtert auf. Zumindest an diesem Tag musste er nur den Tarnzauber aufrechterhalten. Ohne ein Wort verschwand Sidhtrunga mit seinem Bogen im dunklen Unterholz, das sie umgab. Keine Stunde später kehrte er mit einem erlegten Wild, das er an den Vorderläufen hielt, ans prasselnde Feuer zurück. Er ließ das rehartige Tier zu Boden sacken, und Tank machte sich sofort mit einem scharfen Messer daran, es zu zerlegen. Während sie gierig aßen, starrte Minx Sidhtrunga über die Flammen hinweg an. Der Krieger aß selbst kein Fleisch. Bohdan fragte sich, was wohl in Minx vorging. War sie Sidhtrunga dankbar für die Mahlzeit, oder malte sie sich aus, wie sie ihn tötete?

Als Bohdan sich mit dem Ärmel seines Mantels das Fett aus dem Gesicht gewischt hatte, fielen ihm die Runenstäbe ein. Seine Hand glitt in eine der zahlreichen Taschen seines Mantels und mit den Fingern ertastete er die Stäbe in ihrem Säckchen. Kurz spielte er mit dem Gedanken, die Stäbe Sidhtrunga zu zeigen, aber er ließ ihn fallen. Der stets gereizte Krieger war schwer einzuschätzen. Was sollte er ihm sagen, wenn er ihn fragte, woher die Stäbe stammten? Er wäre wohl kaum erfreut gewesen zu erfahren, dass sie eine Ruine seines Volkes geplündert hatten.

Als alle satt waren, legten sie sich in die Zelte. Sundance fragte, ob es nicht sinnvoll wäre, Wachen einzuteilen, doch Sidhtrunga schüttelte den Kopf. »Das ist nicht nötig«, sagte er schlicht, während er es sich neben dem heruntergebrannten Feuer gemütlich machte.

Am folgenden Tag passierten sie die Grenze zu dem Munta-nag. Sidhtrunga wies sie an, wachsam zu sein. Abgesehen von der Warnung des Kriegers gab es keine Anzeichen einer Veränderung. Sie marschierten noch immer durch dichten Wald, gelegentlich unterbrochen von Felsformationen. Die Stimmung der Gruppe änderte sich erst, als Minx eine Spur entdeckte. Die Klauenabdrücke im Schnee waren unterarmlang, und auch ihr Abstand ließ auf ein ziemlich großes Raubtier schließen.

»Weiter jetzt«, knurrte Sidhtrunga, »wir sollten nicht verweilen.«

Dagegen hatte niemand etwas einzuwenden. So schnell sie konnten, folgten sie ihrem Führer, der ohne stehenzubleiben immer wieder angespannt in alle Richtungen Ausschau hielt.

Bohdan hielt den Tarnzauber aufrecht, veränderte ihn jedoch ein wenig. Er passte ihn den Umständen an. Zumindest glaubte er, dass der Zauber nun eher vermeiden würde, dass ein Tier ihre Witterung aufnahm. Als er zu einem guten Atemrhythmus zurückgefunden hatte, fragte er sich, weshalb die Shedai-nai-Gruppe nicht denselben Weg genommen hatte. Ihr Magier hätte sie bestimmt besser verbergen können als er es vermochte. Vielleicht wollten sie vor allem dem Risiko aus dem Weg gehen, dass ein Krieger eine Bestie erlegte. Schließlich hatte Sidh gesagt, der Strahlende habe die Jagd auf die hier hausenden Geschöpfe verboten. Möglicherweise sahen sie aber auch schlicht keinen Grund zur Eile. Bohdan hoffte auf diese zweite Erklärung, denn das würde bedeuten, dass sie sie unvorbereitet treffen würden – soweit ein Shedai-nai jemals unvorbereitet war.

In den eiskalten Nächten hörten sie vielstimmiges, tiefes Heulen, und eines späten Nachmittags duckten sie sich auf Sidhtrungas Geheiß, um einen großen schwarzen Schatten über sich hinwegfliegen zu sehen. Von dieser Begegnung abgesehen, durchquerten sie das Munta-nag ohne Zwischenfälle. An einem klaren Morgen, als die Sonne strahlend am blauen Himmel stand und den Schnee zum Schmelzen brachte, erklärte Sidhtrunga nüchtern, dass sie es geschafft hätten.

Sie gingen weiter, der Wald wurde lichter, und bald trafen sie auf einen Pfad. Sie folgten ihm an Tümpeln und alten, knorrigen Bäumen vorbei. Bohdan spürte die mystische Kraft, die in der Luft lag. Das Gefühl wurde zunehmend stärker, bis sie einen zugefrorenen See erreichten. Ein einzelner grauer Monolith stand am Ufer des Sees.

»Hier ist es«, sagte Sidhtrunga. »Hierher werden sie kommen.«

Bohdan blickte sich um, genau wie Minx und Sundance. Westlich grenzte ein weites Feld aus Schnee an den See, vermutlich lag darunter eine Wiese. Ansonsten waren nur Wald und Hügel zu sehen. Mimo begab sich in die Hocke und öffnete seinen Rucksack. Er klemmte sich einen Handschuh in den Mund und beförderte ein in Tuch eingewickeltes Bündel aus dem Rucksack.

»Sprengstoff«, grinste Tank breit, als handliche Stangen in abgewetztem Rot zum Vorschein kamen.

»Samt Zünder und Kabel«, erklärte Mimo. »Dummerweise«, ergänzte er, »beträgt die Kabellänge nicht mehr als 30 Meter.«

»Wir könnten die Ladung direkt am Stein anbringen«, dachte Sundance laut nach, was ihm einen mörderischen Blick von Sidhtrunga einbrachte.

»Ich lasse mich auf eure heimtückischen, ehrlosen Kriegslisten ein«, schnaubte der Krieger, »aber wenn dieser heilige Ort zerstört wird, schicke ich euch alle in die Leere.«

Minx bleckte die Zähne und ihre Hand zuckte zur Hüfte.

»Wir finden einen anderen Weg«, sagte Bohdan rasch. »Sundance?«

Sundance sah sich noch einmal nach allen Seiten um, schließlich nickte er. »So könnte es funktionieren. Hört zu …«

***

Sundance hatte das Grundgerüst des Plans geliefert, zu dem jeder der anderen etwas ergänzt hatte. Dabei war es vor allem um Positionierungen gegangen. Sidhtrunga hatte nur auf Nachfragen, und dann nur einsilbig geantwortet. Bohdan, der mit dem Rücken gegen einen Baum lehnte, verfluchte ihn stumm. Hätte er mehr beigesteuert oder hätten sie mehr Zeit zur Vorbereitung gehabt, wäre sehr wahrscheinlich ein wesentlich besserer Hinterhalt dabei herausgekommen.

Bohdan befreite sich von den Gedanken, die mit *wenn, aber* und *vielleicht* begannen. Es war der beste Plan, den sie auf die Schnelle hatten entwickeln können, und es gab kein Zurück mehr. Er schielte zu Tank hinüber, der hinter der Deckung eines schneebedeckten Steinbrockens seine Minigun bereit machte, und konzentrierte sich auf das Vorbereiten der Zauber. Einen hatte er bereits gewirkt, um ihre Spuren zu verwischen. Er hoffte, dass das magische Feld, das den Monolithen umgab, stark genug war, den feindlichen Magier für andere Vorgänge und Präsenzen blind zu machen. Falls nicht … Bohdan schnitt den Gedanken ab und rief sich den Unternamen für *Eis* in Erinnerung. Alles hing vom Überraschungsmoment ab.

Als Bohdan sich alle Formeln und Unternamen vergegenwärtigt hatte, geschah – erst einmal nichts. Die Dämmerung brach herein, und durch die lange Bewegungslosigkeit erschien ihm die Kälte klirrend und beinahe unerträglich. Wie musste es erst für Mimo sein? Der Mushanti lag, von einem Schneemantel verborgen, in der Nähe des Monolithen. Er hatte glaubhaft behauptet, er würde durchhalten. Aber was, wenn er einfach erfror?

Bohdan spähte verstohlen aus seiner Deckung. Nichts regte sich. Die Landschaft wirkte still und friedlich, geradezu malerisch. Der einsame Stein, der zugefrorene See dahinter, die Bäume und die weite weiße Flur. Wenn Bohdan nicht gewusst hätte, dass Tank und Minx sich seitlich von ihm im Wald versteckten und Sundance, Basel und Sidhtrunga ihm gegenüber hinter den Dünen auf der Lauer lagen, hätte ihn der märchenhafte Anblick vielleicht zu philosophischen Überlegungen inspiriert. So jedoch und mit dem Wissen um Mimos Position und die der Sprengladung war es ein reines, äußerst unangenehmes Ausharren.

Endlich nahm er eine Bewegung wahr. Tatsächlich, da kamen sie!

Zwei Krieger bildeten die Vorhut. Hinter ihnen folgte Kartorn in geschwärzter Rüstung und mit dem gehörnten Helm. Neben ihm schritt Drugelmar, der Magier, in seinem weit geschnittenen azurblauen Mantel.

Jetzt erkannte Bohdan Durafin. Ihre Hände waren gefesselt, und sie wurde von zwei Kriegern flankiert. Dahinter folgten zwei weitere Kriegerpaare. Insgesamt waren es also acht Krieger. Bohdan schluckte hart. Er sah zu Tank hinüber, der in geduckter Haltung auf das Zeichen, genauer den Knall wartete. Sein Grinsen beruhigte Bohdan ein wenig.

Seine Anspannung wuchs erneut, als das hinterste Takushin-rih ausscherte und sich der Position von Basel, Sundance und Sidhtrunga näherte. Hatten sie etwas bemerkt? Hatte Drugelmar Verdacht geschöpft und den Kriegern auf mentalem Weg einen Befehl gegeben? Falls es so war, hatte Drugelmar beschlossen, sich nicht aufhalten zu lassen. Schnell, aber ohne Hast ging der Haupttrupp weiter auf den Stein zu. Plötzlich wurde Bohdan übel. Wie genau konnte Mimo den Radius seiner Sprengfalle einschätzen? Wenn er zum falschen Zeitpunkt zündete, könnte Durafin durch die Explosion verletzt oder gar getötet werden.

Kartorn trat an ihre Seite und sprach mit ihr. Bohdan hoffte nur, dass Mimo die Nerven behielt und sich an die Anweisung hielt, abzuwarten, bis der Magier das Portal öffnete. Wenn er nicht erfroren war. Die Versuchung war groß, den Körper zu verlassen und zu überprüfen, ob Mimo wach und am Leben war, aber Bohdan gab ihr nicht nach. Vollkommen reglos beobachtete er weiter die Feinde. Die beiden ausgescherten Krieger waren stehengeblieben, die Hände lagen an den Griffen ihrer Schwerter. Das Gespräch zwischen

Kartorn und Durafin war offenbar nicht erfreulich verlaufen. Der schwer gerüstete Heerführer rammte Durafin eine gepanzerte Faust in den Magen. Sie krümmte sich vor Schmerzen, hielt sich aber auf den Beinen. *Bleib ruhig, Sidh*, betete Bohdan im Stillen mit angehaltenem Atem.

Drugelmar stellte sich breitbeinig vor den Monolithen. Er hob die Hände, und die Luft begann zu knistern. Bohdan spürte, wie die Macht sich konzentrierte. Ihm wurde leicht schummrig. Erst schwach, dann immer deutlicher war ein Kreis aus dunkelblauem Licht zu erkennen, der sich vertikal vor dem Monolithen schwebend verdichtete. Das Portal war offen.

Der Magier forderte mit einer Geste ein Kriegerpaar auf vorzutreten. Er hob seine geöffnete rechte Hand erst über die Stirn des einen, dann über die des anderen. Gemeinsam gingen sie ohne Zögern in den Lichtkreis und verschwanden. Ein violetter Lichtstrahl stieg in den Abendhimmel auf. Jetzt war taktisch der richtige Zeitpunkt für die Zündung der Sprengfalle, aber nichts geschah. Bohdans einzige Hoffnung bestand darin, dass Mimo Durafin nicht gefährden wollte. Aber wenn sie nicht sofort etwas unternahmen, wäre sie bald verschwunden. Kartorn zog sie mit unnötiger Grobheit an den Haaren auf das Portal zu. Bohdan schluckte nervös, er musste etwas unternehmen.

Einen Körper telekinetisch zu bewegen war ungleich schwieriger als einen leblosen Gegenstand, zumal wenn es sich um den Körper einer Shedai-nai handelte, deshalb entschied Bohdan sich für ein anderes Vorgehen. Er bot all seine Konzentration auf, um den Spruch an der richtigen Stelle zu platzieren, dann sprach er den Unternamen für Wind aus. Er sah, wie sich die Luft direkt vor Durafin einen Moment lang verdichtete. Im nächsten Augenblick wurde sie von einem Luftstoß von den Beinen gefegt, dummerweise wurde auch Kartorn, der neben ihr gestanden hatte, von der magischen Windböe erfasst. Bohdan hatte seine Deckung aufgegeben, die Krieger drehten ihre Köpfe in seine Richtung. Und just, als sie aus dem Stand lossprinteten, zündete die Sprengladung. Mimo hatte also verstanden, dachte Bohdan noch, ehe er sein Auge vor dem grellen Licht abschirmte. Ein dumpfer Knall folgte. Bohdan sah wieder hin, und das Blut gefror ihm in den Adern. Die Explosion hatte einen Krieger in Stücke gerissen. Die Überreste seines Körpers lagen weit verstreut auf dem nun geschwärzten Schnee. Zwei Krieger waren von der Druckwelle zu Boden geschleudert worden, doch sie rappelten sich bereits wieder auf. Ein Mantel stand in Flammen, doch Drugelmar deutete auf ihn und sogleich erlosch er. Das Portal war noch immer offen, und nun setzten sich fünf Krieger in Bohdans Richtung in Bewegung.

Mimo kroch unter seinem Versteck aus Schnee hervor, um zu fliehen. Er kam keine zwei Schritte weit. Im Lauf riss ein Krieger sein Schwert aus der Scheide und schlug dem Skaldae beiläufig den Kopf von den Schultern. Die Shedai-nai waren so unglaublich schnell.

Endlich hatte Tank sein schweres Geschütz in Anschlag gebracht. Er drückte den Abzug durch, wobei er wütend etwas brüllte, das jedoch im Schnellfeuer der Minigun unterging. Die Kugeln stoben Schnee auf und durchsiebten einen der Anstürmenden. Ja, die Shedai-nai waren ungeheuer schnell, aber selbst sie konnten einem so gewaltigen Beschuss nicht ausweichen. Bohdan sprach einen Schutzzauber auf Tank. Ein weiterer Krieger ging zu Boden. Tank hielt auf ihn, und sein Körper wurde von dem Kugelregen förmlich zerfetzt. Dann spürte Bohdan es. Ein Zauber, den er nicht kannte, der ihm die Kehle zuschnürte und ihm kalten Schweiß auf die Stirn trieb. Trotz seines Schutzes betraf er auch Tank. Zum ersten Mal seit Bohdan den Hühnen kannte, sah er nackte Angst auf dessen Miene. Nein, keine Angst, Panik. Das Dauerfeuer endete abrupt. Tank ließ seine Waffe fallen, drehte sich um und rannte in kopfloser Flucht in den Wald.

Der erste der drei Shedai-nai, die noch auf Bohdan zustürmten, hatte ihn fast erreicht. Die beiden hinter ihm waren allerdings auch nicht mehr weit entfernt. Bohdan sprach einen weiteren Zauber, der den Stamm eines Baums bersten ließ. Der Baum kippte, und mit einer kleinen magischen Korrektur sollte er direkt auf dem vordersten Krieger landen, um ihn unter sich zu begraben. Aber was war das? Der Baum verharrte mitten in seinem Fall. Er schwebte, wie von unsichtbaren Seilen gehalten, in der Luft, und stürzte erst nieder, als der Krieger unter ihm hindurch war. Drugelmar! Offensichtlich konnte er das Portal offenhalten und sich dennoch aktiv am Kampf beteiligen.

Aber Bohdan hatte keine Zeit, seine Zauberkünste zu bewundern, gleich würde es ihm wie Mimo ergehen. Der Krieger sprang, das Schwert zu einem tödlichen Streich erhoben, auf ihn zu – da traf ihn eine Salve Kugeln. Unsanft ging er direkt neben Bohdan zu Boden. Minx rannte auf sie zu. Im Lauf feuerte sie eine zweite Salve ab. Sie ließ die Maschinenpistole fallen, zückte das Schwert und spaltete dem überraschten Krieger den Schädel. Im selben Augenblick, als der Kopf des Kriegers auseinanderklappte, erklang ein Kriegsschrei. Es war Sidhtrunga, und die Schüsse, die zu hören waren, mussten von Sundance und Basel stammen.

Das Überraschungsmoment war vorüber, jetzt mussten sie sich mit vier Shedai-nai-Kriegern, einem mächtigen Zauberer und Kartorn messen. Bohdan hörte vereinzelte Schüsse und das Klirren von Stahl, der auf Stahl traf. Er hatte keine Zeit, sich einen Überblick zu verschaffen. Die beiden Krieger setzten über den umgestürzten Baum hinweg und attackierten Minx, die die ersten Hiebe mit Mühe und Not parierte. Bohdan versuchte, ihr mit einem Zauber beizustehen, doch er musste sich gegen die Panik wehren, die noch immer von ihm Besitz ergreifen wollte, dazu staute sich der Tribut an. Der gesprochene Zauber schlug fehl und heftiger Schwindel überkam ihn. Keuchend und taumelnd sah er, wie sich Minx grimmig zur Wehr setzte. Sie parierte einen Stich und stieß ihre Klinge nach vorn, die Spitze zielte auf die Kehle ihres Gegners. Der andere Krieger lenkte den Stoß ab und der erste verpasste Minx einen Haken mit dem Knauf. Ihr Kopf wurde in den Nacken geschleudert und Blut sprudelte aus ihrem Mund. Sie stolperte und stürzte. Mit dem Rücken auf dem Boden versuchte sie gegen das Standbein des Kriegers zu treten, aber dieser hatte die Attacke kommen sehen. Er ließ Minx ins Leere treten und dann verdeckte sein Rücken Bohdans Sicht. Wo war der zweite Krieger? Etwas Hartes explodierte an seiner Schläfe. Er sah Sternchen, dann gar nichts mehr.

***

Bohdan erwachte mit höllischen Kopfschmerzen. Er lag auf dem Bauch, seine Hände waren auf dem Rücken gefesselt. Es gelang ihm, den Kopf zu heben. Er blinzelte Blut aus dem Auge und sah sich um. Offenbar war er nur kurz bewusstlos gewesen. An der Szenerie hatte sich nicht viel geändert, abgesehen davon, dass Minx bewusstlos und gefesselt neben ihm lag. Sidhtrunga kniete ein Stück versetzt, den Blick starr auf den Boden geheftet. Bohdan drehte den Kopf und sah Sundance und Basel, sie waren ebenfalls zu kompakten Bündeln verschnürt. Sundance schien halb bei Bewusstsein, aber Basel röchelte wie im Fieber, eine Blutlache breitete sich um seine Brust herum aus und färbte den Schnee rot. Bohdan spürte den Energiestrom des Portals ganz in der Nähe. Er ließ den Kopf wieder sinken und sprach leise einen Heilzauber auf Basel, der ihn zumindest stabilisieren sollte.

Knirschende Schritte waren zu vernehmen. Bohdan sah durch die Beine zweier Krieger hindurch Tank auf sie zustapfen. Er trug keine Waffe, seine Arme hingen schlaf herab. Obwohl er wie fremdgesteuert wirkte, war deutlich Angst auf seiner Miene zu erkennen. Er ließ sich auf die Knie fallen. Seine Augen waren weit aufgerissen, aber offensichtlich konnte er sich nicht regen. Drugelmar kontrollierte seinen Körper wie ein Marionettenspieler. Ein Krieger zog ein Stück Seil aus einer Umhängetasche, doch Kartorn trat neben ihn und knurrte etwas auf Shedani. Der Krieger lächelte fies und packte das Seil wieder ein. Bohdan hatte kein Wort verstanden, aber er ahnte, um was es ging. Anscheinend hatte Kartorn beschlossen, die Gefangenen mitzunehmen. Vermutlich, um sie vor den Augen des Strahlenden alle öffentlich hinrichten zu lassen, aber da Tank auf unehrenhafte Weise Kriegerbrüder getötet hatte, sollte seine Strafe direkt erfolgen. Der Heerführer mit dem gehörnten Helm baute sich vor dem hilflosen Tank auf und zückte einen gezackten Dolch.

Minx erwachte aus ihrer Ohnmacht. Sie hustete und spuckte Blut.

Kartorn setzte den Dolch an Tanks Stirn an. Bohdan schauderte. Er befürchtete, dass Kartorn vorhatte, sein Opfer bei lebendigem Leib, bewegungsunfähig, aber bei vollem Bewusstsein, zu häuten.

»Nasch tsun gata!«, sagte Sidhtrunga laut und sprang auf die Beine.

Kartorn hielt inne, grinste böse und gab einen kurzen Befehl. Zwei der drei verbliebenen Krieger packten Sidhtrunga von hinten.

Durafin stellte sich Kartorn flehend in den Weg. Achtlos verpasste er ihr einen Schlag ins Gesicht, der sie zu Boden warf.

Sidhtrunga wehrte sich nicht, aber er sagte etwas. Kartorn zischte eine knappe Erwiderung.

Jetzt meldete sich Drugelmar zu Wort. Bohdan erriet, dass er zur Eile ermahnte. Immerhin hielt er noch immer das Portal offen.

Bohdans Blick traf den von Durafin. Eine Träne rann ihre Wange hinab.

Es gab keine Hoffnung mehr. Aber weshalb kampflos sterben? Bohdan aktivierte den Talisetha, jenes Amulett, das Rabenschrei gehört hatte und das nun er um den Hals trug. Eine fremde, kalte Macht durchströmte ihn, und eine dröhnende Stimme hallte in seinem Kopf wider. Worte manifestierten sich in seinen Gedanken: *DU HAST MICH GEWECKT, STERBLICHER. WELCHEN RAT ERBITTEST DU?*

Keinen Rat, ich brauche Kraft, erwiderte Bohdan. *Jetzt gleich!*

Die Antwort bestand zunächst in einer Welle von Schmerz, die ihn krampfhaft zusammenzucken ließ, doch dann fühlte er ein seltsames Kribbeln unter der Haut. Plötzlich raste ein unbändiger Energiestrom durch seine Adern, sein Geist klärte sich auf. Nun verstand Bohdan das Duell mit Rabenschrei besser, vor allem seinen Ausgang. Das Amulett war gefährlich, es verlieh einem das Gefühl, unbesiegbar zu sein, und ließ einen jeden Gedanken an Tribut, den Preis für das Wirken der Sprüche, vergessen. Es war schwer, sich gegen diesen Rausch zu wehren, und in seiner momentanen Lage sah Bohdan auch keinen Grund für Zurückhaltung. Seine Feinde hätten ihn töten sollen, als sich ihnen die Gelegenheit bot, jetzt würde er sie mit in die Vernichtung reißen. Aber Halt! Da war etwas, sehr leise und sehr fern, eine Resonanz, die aus dem Portal drang. Er fühlte sich so unglaublich mächtig, und doch gelang es ihm, noch ein klein wenig abzuwarten, sich zu beherrschen. Auch Drugemar schien etwas bemerkt zu haben. Mit argwöhnischem Blick drehte er sich zu dem Portal um.

Eine Gestalt stürzte durch das wabernde blaue Licht. Bohdan konnte gerade noch erkennen, dass es sich um Tongelfin handelte, im nächsten Augenblick blendete ihn ein gleißender Blitz. Ehe Bohdan wieder klar sehen konnte, ließ er seine Zauber frei. Die Seile, die ihn, seine Freunde und Verbündeten gefesselt hatten, zerbröselten alle gleichzeitig. Rasch sprach er den Unternamen für Eis, woraufhin zwei der feindlichen

Krieger erstarrten, weil ihre Beine einfroren. Sein dritter Zauber riss Kartorn den Dolch aus der Hand. Dieser stieß einen wütenden Fluch aus, der jedoch jäh abbrach, da Sidhtrunga ihm die Faust in den Magen rammte. Der letzte bewegungsfähige Krieger schwang sein Schwert gegen Durafin. Als wäre die Klinge auf etwas Hartes geprallt, blieb sie zitternd in der Luft stecken. Einen kurzen Augenblick traf Bohdans wilder Blick auf den ruhigen, berechnenden von Tongelfin. Bohdan verstand, er sollte den anderen beistehen, während der Magier sich um Drugelmar kümmern würde.

Kartorn riss sein Schwert aus der Rückenscheide. Seine Miene unter dem gehörnten Helm war von Hass verzerrt. Er stieß die Spitze seiner Klinge gegen Sidhtrunga, der sich jedoch mit einem Hechtsprung in Sicherheit brachte. Er rollte sich ab, nahm dabei den gezackten Dolch an sich und kam elegant auf die Beine. Bohdan schleuderte Kartorn einen Zauber entgegen. Kartorn widerstand dem mentalen Angriff und ging mit dem Schwert erneut auf Sidhtrunga los. Er kam allerdings nicht weit. Sundance trat ihm seitlich gegen das Schienbein. Kartorn stolperte, und Sidhtrunga trieb ihm den Dolch zwischen die Schulterplatten seiner Rüstung. Kartorn schrie auf, mehr aus Wut denn vor Schmerz. Er sah sich um. Sah, wie die beiden eingefrorenen Krieger an seine Seite eilen wollten, wobei ihnen die Beine abbrachen. Er musste mitansehen, wie Minx seinen letzten Krieger zu

Fall brachte, und wie Tank, von dem der Bann abgefallen war, sich gemeinsam mit ihr auf ihn stürzte. Die beiden Magier schwebten voreinander. Die Luft zwischen ihnen knisterte. Funken sprühten von gewirkten und geblockten magischen Attacken. Kartorn musste einsehen, dass dieser Kampf verloren war. Es fiel ihm schwer, einen Moment fletschte er die Zähne, doch dann traf er die einzige vernünftige Entscheidung. Er verpasste Sidhtrunga einen Schlag mit der gepanzerten Faust, wandte sich um, rannte die kurze Strecke zu Drugelmar, packte ihn am Kragen und riss ihn mit sich in das Portal. Die mittlerweile vertraute Lichtsäule stieg auf, und Kartorn und Drugelmar waren verschwunden.

Sidhtrunga gewährte den beiden verkrüppelten Kriegern den Gnadenstoß, und Tongelfin schloss das Portal. Durafin erhob sich schwankend und überblickte den Kampfplatz, auf den sich nun eine schwere Stille legte. Nur Bohdan suchte noch fieberhaft nach einem neuen Ziel. Als er keines fand und widerwillig die Verbindung zu dem Talisetha unterbrach, schwappte der Tribut einer schwarzen Riesenwelle gleich über ihm zusammen. Er spürte noch, wie er fiel, dann war er umhüllt von tiefer, ohnmächtiger Dunkelheit.

KAPITEL VII

Von diesem Zeitpunkt an waren Durafin, Sidhtrunga, Tongelfin Sundance, Basel, Tank, Minx
und Bohdan ein eingeschworenes Team. Minx hatte
miterlebt, wie Sidhtrunga bereit gewesen war, sein
eigenes Leben für das von Tank zu opfern. Daher
konnte sie nicht mehr umhin sich einzugestehen, dass
sie sich getäuscht hatte und es falsch gewesen war,
alle Shedai-nai über einen Kamm zu scheren.

Unter Durafins Führung wurde die Rebellion wieder aufgebaut. Kriegerpaare von der großen Insel im
Westen schlossen sich ihnen an, manche kamen aber
auch von weiter weg, einige sogar von der Mondpforte, die weit hinter dem Ozean lag. Dort tobte
ebenfalls ein Krieg, von dem Durafin manchmal an
den abendlichen Feuern berichtete. Auch wurden
wieder Menschen, vornehmlich Magiebegabte, rekru-
tiert. Tongelfin unterwies einen Teil von ihnen, doch
sein neugierigster und mit Abstand fähigster Schüler
blieb Bohdan. Er lernte das Shedani, was zugleich
die Sprache und die Magieform der Shedai-nai be-
zeichnete, als hätte er alles schon einmal gewusst und

müsste sich nur erinnern. Da unter den menschlichen Neuzugängen alle magischen Typen vertreten waren, eignete er sich auch die Kunst der Schamanen und Druiden an, Rituale aufzubauen und zu wirken. Lediglich für die skaldaeische Tradition zeigte er kein besonderes Talent, dennoch lernte er von den Skaldae die Grundansätze zum Manipulieren von Maschinen. Vor allem der eitle Julio war stets erfreut, wenn er sein Wissen mit großer Geste teilen konnte.

Was Bohdan allerdings zum Meister aufsteigen ließ, war seine Fähigkeit, die unterschiedlichen Formen und Traditionen miteinander zu verbinden. Er entwickelte eigene, kombinierte Zaubersprüche, und vor einem Kampf stärkte er die Truppen mit Kurzritualen.

Nach Jahren des Guerillakriegs, in dem sie sich mit ihrem wachsenden Heer durch ganz Munta-sis zogen, kehrte sich das Verhältnis zwischen Bohdan und Tongelfin nicht selten um, und der Magier suchte Bohdans Rat. Trotz seines wachsenden Ansehens, seines Rufs als auserwählter Holomancer, der die Sonnenpforte, den Palast des Strahlenden eines Tages niederreißen würde, blieb er bescheiden. Es lag in seiner Natur, neugierig zu sein, sich als ewigen Schüler zu betrachten und sich nicht an der eigenen Macht zu berauschen, aber es gab auch gute Gründe für diese Haltung. Zum einen gab es mächtige Artefakte wie den Talisetha, der ihm immer noch Ehrfurcht einflößte, obwohl er mit der Zeit lernte, ihn besonnen einzusetzen. Zum anderen gebot die höchste Stufe des Shedani der Verlockung von Selbstüberschätzung Einhalt. Diese höchste Stufe bestand im Kontrollieren der Zeit. Tongelfin beherrschte auf dieser Ebene Zaubersprüche, welche Bohdan noch immer in Erstaunen versetzten, und er behauptete, der strahlende Nagaschu, ihr wahrer Feind, sei ein Großmeister dieser Kunst. Wenn er wolle, könne er dadurch sogar Tote zum Leben erwecken. Während Bohdan und Tongelfin, mal mit, mal ohne andere Mushanti, sich jeden freien Morgen in der Magie übten, zogen sich Sidtrunga und Minx zurück, um ihre Fähigkeiten mit den Schwertern zu trainieren. Aber es war ein offenes Geheimnis, dass sie mehr als das taten. Sie waren ein Liebespaar, das erste gemischte Liebespaar der beiden Völker. Dadurch wurde ihre verbindende Liebe zum Symbol der gemeinsamen Sache. Auch wenn er sich abends oft ihre Gesellschaft zurückwünschte, gönnte Bohdan Minx ihr Glück. Und sie wirkte wirklich glücklich. Sie lächelte oft und die alte Verbissenheit fiel von ihr ab. Der grimmige Ausdruck auf ihrem Gesicht kehrte nur zurück, wenn sie wieder einmal sehen mussten, mit welcher Grausamkeit Kartorn gegen sie vorging. Kartorn führte einen Kreuzzug gegen die Rebellion. Wann immer seine Kundschafter ein Versteck aufstöberten, schlug er mit aller Härte zu, und nach dem Sieg ließ er sich Zeit mit den Gefangenen. Mehrfach hatten sie versucht, rasch zurückzuschlagen, oder ihm und seiner Hauptstreitmacht eine Falle zu stellen, doch Kartorn war verschlagen und passte seine Taktik der seiner

Gegner an. Scharmützel folgte auf Scharmützel, Schlag auf Gegenschlag, bis es Sundance und Bohdan auf einem Thiring – einer großen Ratsversammlung – gelang, die Mehrzahl der Anwesenden von einem neuen Vorgehen zu überzeugen, sodass Durafin keine andere Wahl blieb, als dem Vorschlag zuzustimmen.

Dieser Beschluss änderte alles. Durafin versammelte die vielen kleinen Einsatztrupps zu einem Heer und rückte geschlossen vor, während Bohdan, begleitet von Sidhtrunga, Minx und einem Dutzend Krieger von Portal zu Portal reiste, um diese für immer zu schließen. Das Ritual, das Bohdan sich dafür mit der Unterstützung von Tongelfin ausgedacht hatte, war kompliziert und zeitaufwendig, aber es gelang ihm, drei Portale zu versiegeln, ehe ein Bote sie erreichte.

Der Krieger sprang katzengleich vom Rücken seiner Reitechse und kam direkt auf Bohdan und Sidhtrunga zu. Der gesamte kleine Trupp war in höchster Alarmbereitschaft. Es war vereinbart worden, dass nur in äußerst heiklen Situationen Kontakt aufgenommen werden sollte, und die Route, welcher Bohdan folgte, war allein Durafin und Tongelfin bekannt. Tongelfin hätte Bohdan auch auf mentalem Weg eine Nachricht zukommen lassen können. Dass er einen Boten geschickt hatte, um die verschwindend geringe Gefahr zu vermeiden, ein feindlicher Magier könne die Nachricht abfangen, sprach ebenfalls für deren Dringlichkeit.

»Sie nehmen die Herausforderung an«, platzte der Krieger auf Shedani heraus. »Kartorns gesamte Armee zieht unserer entgegen. Endlich kommt es zur Schlacht.« Die Augen des Kriegers unter den langen Zöpfen leuchteten in Vorfreude.

Den Feind zu einer offenen Feldschlacht zu zwingen, war genau, was sie beabsichtigt hatten, dennoch graute es Bohdan vor dem Blutvergießen. Er strich sich durch den Bart und sah zu Sidhtrunga, der knapp nickte.

Bohdan drehte sich zurück zu dem Boten. Entschlossenheit stand in seine Augen geschrieben, und er beschied auf Shedani: »Führe uns zurück zum Heer!«.

Sie bestiegen ihre Reittiere und machten sich auf den Weg.

***

Bohdan hockte auf einem Felsvorsprung neben einem gefrorenen Wasserfall und blickte hinab auf Tongelfin, der den neuesten Rekruten grundlegende Lektionen erteilte. Wie es wohl wäre, wenn endlich Frieden herrschte? Wenn die magischen Künste zu anderen Zwecken als dem des Kampfes gelehrt und erlernt würden? Bohdan seufzte. Er fühlte sich wie ein Blatt, das die Winde des Schicksals an diesen Ort und zu eben diesem Augenblick getrieben hatten. Er versuchte, sich daran zu erinnern, wer er gewesen war, als er vor so vielen Regenzeiten von Zuhause weggelaufen war und sich dem Wanderer angeschlossen hatte. Ihm fielen zwar die Etappen und Ereignisse seiner langen Reise ein, aber es gelang ihm nicht, sich in das damalige Selbst einzufühlen.

Ein junger Rekrut tat sich hervor, indem er das Eis in einem Becken zum Schmelzen brachte und es sogar einen Moment lang schaffte, eine schwebende Kugel aus dem Nass zu formen, ehe sie in der Luft zerplatzte. Tongelfin lobte seinen Schüler und wies ihn an, allein weiter zu üben, während er den Übrigen noch einmal die Grundlagen erläuterte. Bohdan sah dem jungen Mann zu, wie er sich geduldig abmühte, den Erfolg zu wiederholen. Etwas an ihm kam Bohdan vertraut vor. Er kniff das Auge zusammen und runzelte die Stirn. Dieser Junge …

»Boh!«

Bohdan wandte den Blick von dem Jungen ab und hob grüßend die Hand in Richtung der Büsche, wo Basel erschienen war.

»Boh, der Rat hat sich zusammengefunden«, sagte Basel. Er beugte den Kopf leicht und fügte in ziemlich holprigem Shedani für Tongelfin hinzu: »Nosch Tongelfin, der Thiring wartet auf euch.«

»Richte Durafin aus, ich komme nach«, erwiderte der Magier über die Schulter hinweg. Wenn es sich irgendwie vermeiden ließ, unterbrach er niemals seinen Unterricht.

Bohdan ging ein kleines Stück durch verschneiten Wald, dann am Rand des Zeltlagers vorbei, bis er eine von fünf hohen Bäumen eingerahmte Lichtung erreichte. Die Thirings waren theoretisch öffentlich, sodass jeder an ihnen teilnehmen konnte. In der Praxis allerdings waren im Rat stets dieselben Gesichter zu sehen, was vor allem an dem Selbstverständnis der Shedai-nai-Krieger lag. Die meisten von ihnen hatten kein Interesse am Pläneschmieden, sie waren es gewohnt, die Aufträge ihrer Herren auszuführen, ohne Fragen zu stellen. Sidhtrunga war darin eine Ausnahme, wenn auch nicht die einzige; vier weitere Krieger saßen im Rat. Die Zahl der Menschen überwog. Von jeder Magietradition waren zwei Vertreter anwesend, dazu Basel und Sundance, die sich beide schon oft durch kluge Ratschläge hervorgetan hatten. Auch Tank hockte im Kreis, obwohl er sich hauptsächlich um den Schmutz unter seinen Fingernägeln zu kümmern schien.

Bohdan ließ sich auf dem freien Platz neben Durafin nieder.

»Morgen ist es so weit«, eröffnete Durafin den Rat ohne Umschweife, »wir ziehen in die Schlacht. Lange haben wir auf diesen Tag der Entscheidung hingearbeitet, nun ist er gekommen. Mit Tapferkeit, Mut und unserem unerschütterlichen Glauben an die gemeinsame Sache wird die Wash-nadai siegreich sein. Und wenn wir die Armee des Feindes aufgerieben haben, werden wir geschlossen gegen die Sonnenpforte vorrücken. Wir werden den Thron des Strahlenden stürzen und eine neue Ära, eine Ära des Friedens einleiten.«

Mit einer kleinen Geste gab sie Sidhtrunga zu verstehen, dass er an der Reihe war.

Der Krieger erhob sich und trat in die Mitte des Kreises. Er beugte den Kopf Richtung Durafin und zückte sein Schwert. Mit der Spitze ritzte er ein rechteckiges Feld in den vom Schnee geräumten Erdboden. »Unsere Kundschafter haben berichtet, dass der Feind unsere Wahl des Schlachtfeldes angenommen hat. Das Heer von Kartorn rückt von Westen an und wird hier Aufstellung beziehen.« Die Spitze seiner Klinge zog eine Linie in die Erde. »Wir werden im Morgengrauen aufbrechen, den Fluss überqueren und das Schlachtfeld von hier aus betreten.« Mit diesen Worten ritzte er einen Pfeil auf die andere Seite des Rechtecks.

Er holte Luft, um weiterzusprechen, doch in diesem Moment erschien Tongelfin. Zwei Mushanti machten ihm rasch Platz, und der Magier ließ sich nieder. Sidhtrunga nickte ihm respektvoll zu, ehe er fortfuhr: »Unseren Spionen zufolge hat der Strahlende Kartorn drei weitere Sulf-nai zur Seite gestellt. Er wird darauf setzen, dass sie unsere Mushanti in Schach halten, damit seine zahlenmäßig überlegene Streitmacht unsere Krieger niedermachen kann.« Sidhtrunga lächelte wölfisch. »Ich sage, lassen wir es darauf ankommen. Unsere Krieger sind kampferfahren. Die Zeit der Strageme, der Listen und Finten ist vorüber. Schlagen wir mit voller Kraft zu, und vernichten wir sie ein für allemal!«

Von den beiden älteren Kriegern kam zustimmendes Brummen, die jüngeren stellten ihre Begeisterung offener zur Schau und klopften mit den Fäusten gegen ihre Brustplatten. Durafins Miene war eine undurchschaubare Maske. Wie immer, wenn schwerwiegende Entscheidungen bevorstanden, wollte sie erst alle Meinungen und Berichte hören, ehe sie sich für ein Vorgehen aussprach. »Was denkst du, Tongel?«, wandte sie sich sachlich an den Magier. Jetzt erkannte auch Bohdan, dass seine Miene finster und grüblerisch aussah.

Tongelfin räusperte sich und sagte: »Mir gefällt nicht, dass wir so lange nichts von Drugelmar gehört haben.«

»Vielleicht hat er nach Boh gesucht«, warf Minx ein.

»Vielleicht«, gestand der Magier ihr zu. »Wenn jemand das Versiegeln der Portale aufhalten wollte, dann er. Dennoch …« Er brach ab, um neu anzusetzen: »Weshalb lässt sich Kartorn gerade jetzt auf eine Schlacht ein? In der Vergangenheit hätte es genug Gelegenheiten gegeben, uns herauszufordern.«

»Er ist das ewige Katz- und Maus-Spiel leid«, versuchte sich Sundance an einer Erklärung, »seine Krieger sind es gewiss. Er will eine endgültige Entscheidung, genau wir wir.«

Einen kurzen Augenblick herrschte Stille, dann meldete sich Julio, der immerzu ölverschmierte Skaldae, zu Wort: »Bei aller Achtung vor unseren kampffreudigen Kriegern, denen ich voll und ganz zutraue, auch eine Übermacht zu besiegen, ist es ja nicht so, als stünden wir ohne sie nackt da. Selbst wenn Drugelmar sich mit irgendeiner überraschenden Teufelei in die Schlacht einmischen sollte, haben wir ihr etwas entgegenzusetzen.«

Bohdan unterdrückte ein Seufzen. Julio war ein anständiger Kerl und ein äußerst fähiger Skaldae, nur war er allzu sehr von sich eingenommen. Er machte eine theatralische Pause, grinste breit und erklärte: »Mein Team hat den Arknot fertiggestellt.«

Durafin legte den Kopf leicht schief. Es war ihr kaum anzumerken, aber Bohdan kannte sie mittlerweile gut genug, um zu wissen, dass sie wütend war, weil der Skaldae sie nicht früher informiert hatte. Das Geheimprojekt hatte etliche Ressourcen verschlungen, und bisher hatte Julio den Rat stets vertröstet und auf die Komplexität seiner Erfindung hingewiesen.

»Das ist eine gute Nachricht, eine sehr gute«, sagte Bohdan diplomatisch.

»Das will ich wohl meinen«, erwiderte Julio eitel. »Der Arknot wird den Feind niederstampfen und seine Reihen in ein Flammenmeer tauchen.«

»Sprechen wir über die Aufstellung«, sagte Durafin mit unterschwelliger Schärfe. »Sidh?«

Sidhtrunga machte einen Vorschlag für die Schlachtformation, woraufhin sich andere Ratsmitglieder zu Wort meldeten, um das Grundkonzept zu optimieren. Danach wurde über den taktischen Ablauf debattiert. Bohdan steuerte seine Ideen bei, auch wenn er befürchtete, dass in der Hitze des Gefechts die meisten klugen Vorgedanken vergessen würden. Weder die Shedai-nai noch die Menschen hatten jüngere Erfahrung im Austragen einer Schlacht dieser Größenordnung. Zuletzt hielt Durafin eine leidenschaftliche Abschlussrede und wünschte allen für den morgigen Tag guten Nachhall.

***

Bohdan aß gemeinsam mit Tank, Sundance und Basel zu Abend. Sidhtrunga und Minx hatten sich früh in ein Zelt zurückgezogen. Sundance und Basel machten Scherze, und Tank lachte grölend. Sie waren nervös. Bohdan konnte es ihnen nicht verdenken. Lange Zeit hatten sie auf diese Entscheidung hingearbeitet, nun stand sie unmittelbar und unausweichlich bevor. Er lachte über einen derben Kommentar von Basel, stellte seine Schüssel ab und entschuldigte sich. Er wollte sich zurückziehen, um die Stunden vor dem Schlaf in Meditation zu verbringen.

Der Mond, an dessen Größe und Nähe sich Bohdan mittlerweile gewöhnt hatte, war beinahe voll und tauchte das Lager unter ihm in ein weißes traumhaftes Licht. Ein sanfter Wind blies über die Felsen hinweg, doch auch mit der allgegenwärtigen Kälte hatte Bohdan sich abgefunden. Er klärte seinen Geist. Die nichtigen Gedanken und Sorgen lösten sich auf, zurück blieb jedoch eine Frage: Was würde er tun, wenn sie die Schlacht für sich entschieden, und es ihnen auch noch gelang, die Sonnenpforte einzunehmen? Wäre sein Schicksal damit erfüllt? Er lächelte, da die

Antwort einfach und klar vor seinem inneren Auge erschien. *Ja.* Dann hätte er seine Bestimmung erfüllt und würde in den Osten zurückkehren, die Kälte und die Shedai-nai, obgleich einige von ihnen seine Freunde geworden waren, hinter sich lassen. Er spürte, dass sich jemand näherte. Jemand kam, wie er zuvor, den schmalen Pfad durch die Felsen herauf. Kurz hoffte er, es wäre Minx, aber deren Schritte hätte er nicht gehört.

»Brrr«, machte Sundance, als er ihn erreicht hatte, und sagte dann: »Wusste ich doch, dass ich dich hier finde.« Einen Moment lang stand er verlegen da. »Störe ich?«

Bohdan schüttelte den Kopf und lud ihn mit einer Geste ein, sich zu setzen. Sundance ließ sich neben ihm nieder.

Da saßen sie in ihren Mänteln und starrten den Mond an. Zwei Männer, die ihre wilden Jahre hinter sich hatten.

»Was hast du vor, wenn das hier vorbei ist?«, fragte Bohdan. »Wirst du bleiben?«

»Nope, sicher nicht«, erwiderte Sundance. Er holte tief Luft. »Ich habe schon lange einen Traum. Ein Schiff, eine zuverlässige Mannschaft, Freiheit.«

Bohdan lächelte und sagte: »Das klingt gut.«

»Du kannst mitkommen«, meinte Sundance, und etwas in seiner Stimme befremdete Bohdan. Er wandte sein Gesicht Sundance zu und wollte ihn fragen, weshalb er sich damals entschieden hatte, sich in diesen

Krieg hineinziehen zu lassen. Aber plötzlich fiel es ihm wie Schuppen von den Augen. Bei all seinem Wissen und seinen Fähigkeiten war er blind gewesen. Bohdan erwiderte Sundance Gefühle nicht, aber er war ihm dankbar, und es war gut möglich, dass sie morgen sterben würden. Er legte ihm die Hand in den Nacken, zog seinen Kopf sanft zu sich heran und küsste ihn auf den Mund. Der Kuss währte lange und war von Sundance Seite aus leidenschaftlich. Als er endete, sah Bohdan eine Träne die Wange seines Freundes hinabrinnen.

»Danke«, sagte Sundance kleinlaut, und sie blickten wieder schweigend den Mond an.

***

Eine Krähe mit weißem Gefieder flog über das Feld. In Vorfreude auf den Festschmaus stieß sie einen krächzenden Schrei aus.

Sidhtrunga bemerkte den Vogel, riss sein Schwert aus der Scheide und stieß es in die Luft. Die Krieger um ihn herum taten es ihm gleich. Ihre Kriegsschreie strotzten vor Kampfeslust und Hass auf die Feinde, die auf der gegenüberliegenden Seite der Ebene Aufstellung bezogen. Drei große Regimenter von Krieger sammelten sich, während sich links von ihnen ein Pulk Kavalleristen zusammenfand. Es war eine beeindruckende Streitkraft, auch wenn bislang alles darauf hindeutete, dass Sidhtrunga recht gehabt hatte. Kartorn, dessen gehörnter Helm im mittleren Kriegerregiment auszumachen war, setzte allem Anschein nach auf einen frontalen Angriff.

Basel wischte sich mit dem Ärmel den Schweiß von der Stirn und blickte von der Ladefläche eines Jeeps auf das eigene Heer. Er selbst befand sich an der linken Flanke, die von dem Arknot dominiert wurde. Der monströse, sechsbeinige Kampfroboter wirkte trotz der stählernen Panzerung und den aufmontierten Geschützen mehr wie ein Tier denn wie eine Maschine. Basel war heilfroh, dass dieses Ungetüm, das von Elektronik und skaldaeischer Magie zusammengehalten wurde, auf ihrer Seite stand. Hinter ihm standen die aufgemotzten Jeeps und kleinen Trucks. Die Fahrer ließen die Motoren aufheulen. Rechts von ihnen bildeten zwei breit aufgestellte, lose Regimenter von Kriegern das Herzstück ihrer Armee, das von Sidhtrunga angeführt wurde. Links neben ihnen zügelten Reiter ihre Kriegsechsen, die nach einander schnappten und nur schwer im Zaun zu halten waren.

Im Vergleich zu der gegnerischen war ihre Kavallerie klein, was bedeutete, dass die rechte Flanke mit dem Arknot und den Jeeps die Schwäche der linken ausgleichen musste. Die Mushanti waren auf die Kriegerregimenter verteilt, nur die schwachen, neuen Rekruten bildeten eine Linie hinter den eigentlichen Schlachtformationen. Eine Einheit war nicht zu sehen. Sie bestand aus ausgewählten Mushanti, die ein Ritual zum Schutz vor feindlichen Magieattacken wirkten, und befand sich in einem kleinen Wäldchen in der Nähe.

Basel rieb sich das Kinn. Es sah nicht schlecht aus. Beide Seiten schickten keine Bogenschützen ins Feld. Aber sie hatten Feuerwaffen, und wenn das Schutzritual seinen Zweck erfüllte, sollten die MG-Salven die feindlichen Reihen lichten, noch ehe die Krieger aufeinanderprallten.

Ein tiefer, langer Hornstoß ertönte, und der Feind rückte vor.

Sidhtrunga brüllte einen Befehl, woraufhin sich auch ihr Heer in Bewegung setzte.

»Na, haste die Hosen voll?«, rief Tank vom benachbarten Jeep Basel zu, während er seine Minigun durchlud.

»Worauf du dich verlassen kannst, du dämlicher Baichi!«, gab Basel zurück.

Tank grinste breit, als der Fahrer seines Jeeps den von Basel überholte.

Die Entfernung zwischen den beiden Armeen verringerte sich für Basels Geschmack viel zu schnell, auch wenn der Arknot vor ihm einen eher trägen Eindruck machte. Basel leckte sich nervös die Lippen und brachte sein Gewehr in Anschlag. Gleich waren sie auf mittlerer Distanz, und der Feuerbefehl musste jeden Augenblick ertönen. Die feindliche Kavallerie machte abrupt einen Schlenker und donnerte nun auf ihre rechte Flanke zu. Ein kühner Zug, dachte Basel, aber einer, der die Feuerkraft des Arknots unterschätzte.

Seine Geschütze wurden neu ausgerichtet, und gleich würde ein höllischer Kugelhagel die feindliche Kavallerie eindecken. Doch es geschah etwas anderes.

Ein hoher, markerschütternder Schrei zerriss die Luft. Der Ansturm verlangsamte sich, alle blickten nach oben. Was war das? In nördlicher Richtung verdunkelte sich der graue Himmel. Basel brauchte einen Moment, um zu begreifen, dass sich keine schwarze Wolke gegen den Wind auf sie zubewegte. Es war ein Schwarm von geflügelten Untieren. Sie näherten sich rasch und wurden größer. Der Anführer der feindlichen Reiterei riss an den Zügeln seiner Streitechse, woraufhin die gesamte feindliche Kavallerie einen Bogen beschrieb und vor den eigenen Reihen auf das östliche Ende der Ebene zupreschte. Der Arknot eröffnete das Feuer. Seine großkalibrigen Geschosse durchpflügten die hinteren Reiter. Einige wurden zerfetzt, andere wurden von scheuenden Echsen abgeworfen, aber der Schaden hielt sich in Grenzen. Die Kavallerie der Rebellen änderte ebenfalls ihren Kurs, um sich mutig der überlegenen Reiterei entgegenzustellen und ihr den Weg abzuschneiden.

Sidhtrunga trieb seine Krieger an, und die Heere stürmten weiter aufeinander los. Basel erkannte die Gefahr. Die Infanterie überholte den Arknot und die Jeeps, was ihnen einen entscheidenden Vorteil nahm. Aber es war zu spät. Die Kriegerscharen trafen mit einem lauten Krachen aufeinander. Klingen bissen sich durch Rüstungen und schlugen schreckliche Wunden.

Blut spritzte auf. Das zweite Regiment des Feindes griff das von Sidhtrunga geführte von der linken Flanke aus an. Die hinteren Reihen drehten sich um und stellten sich dem Arknot entgegen. Die Kampfmaschine feuerte aus allen Rohren, und jene Krieger, die sich aus der Formation lösten, mussten erkennen, dass der Arknot auch für den Nahkampf gewappnet war. Die wirbelnden Sägesscheiben, die an seinen Beingelenken angebracht waren, mähten sie nieder.

Jetzt war auch Basels Jeep in Schussposition. Er legte an und traf einen Krieger mit erhobenem Schwert in den Kopf. Basel erkannte von seiner erhobenen Position aus Sidhtrunga in der tobenden Menge. Sein Gesicht war rot vom Blut der erschlagenen Feinde, und er warf dem Arknot einen so wilden und verächtlichen Blick zu, dass Basel befürchtete, er würde gleich selbst auf die Maschine losgehen. Bei all seiner Liebenswürdigkeit war er eben doch ein stolzer Narr. Basels Meinung nach war für Stolz, Ehre und Fairness kein Platz in einer Schlacht. Er schoss einem Krieger in den Rücken, der versuchte, sich vor dem Beschuss aus Tanks Minigun in Sicherheit zu bringen.

Plötzlich spürte Basel, dass es kälter wurde, ein großer Schatten lag auf ihm. Ehe er richtig begriff, was geschah, stürzte eine Bestie aus dem Himmel herab und rammte mit seinem keilförmigen Schädel den Arknot. Eine zweite Bestie wiederholte das Manöver, und diesmal gelang es. Die Kriegsmaschine kippte krachend um. Hilflos wie ein Käfer auf dem Rücken zappelte sie mit den sechs Beinen. Krieger wollten heranstürmen, um sich einen Weg zu den Insassen zu schneiden, doch das war nicht nötig. Ein Blitz fuhr herab und legte die Maschine lahm. Julio krabbelte aus einer Luke hervor und sah sich verstört um. Ein weit geöffnetes Maul voll spitzer Zähne packte ihn und riss ihn mit sich in die Höhe. Mehr Blitze zuckten nieder, und die geflügelten Ungetüme rissen mit ihren langen Krallen Schneisen in die Reihen der Krieger.

Basel kannte sich nicht besonders gut in Sachen Magie aus, aber er verstand, dass die blauen Bälle gleißenden Lichts, die vom Boden aufstiegen, und die Beobachtung, dass manchen der fliegenden Bestien die Flügel einfroren, was sie jäh abstürzen ließ, Anzeichen für die Eröffnung des magischen Gegenfeuers waren. Ein Speer flog klirrend durch die Windschutzscheibe des Jeeps und durchbohrte den Fahrer. Im Todeskampf riss er das Lenkrad herum, und Basel wurde durch die Luft geschleudert. Er traf hart auf dem Boden auf und duckte sich gerade im richtigen Moment, sodass der außer Kontrolle geratene Jeep über ihn hinweg trudelte. Ein feindlicher Krieger bemerkte ihn und kam mit zum Hieb bereiten Schwert auf ihn zu. Basel stand auf, fummelte eine Pistole aus einem Brusthalfter und schoss auf den Krieger. Dieser wich geschickt aus. Basel glaubte schon, dass es um ihn geschehen war, da rammte den Krieger ein Truck von der Seite. Tank sprang heraus und jagte dem angeschlagenen Krieger eine Ladung Schrot in den Leib. Tank lud die Waffe durch und wollte erneut abdrückten, als der Truck hinter ihm von einem magischen Geschoss getroffen wurde und mit ohrenbetäubendem Knall explodierte. Die Druckwelle riss Basel von den Beinen und schleuderte ihn auf einen Haufen Gefallener. Die verstümmelten Leichen um ihn herum bereiteten ihm Übelkeit, aber da eine Schar feindlicher Krieger dicht an ihm vorbeispurtete, hielt er es für das Beste, liegen zu bleiben und sich tot zu stellen.

Als Basel sich aufrappeln wollte, wurde ihm klar, dass er seinen Zustand falsch eingeschätzt hatte. Heftiger Schwindel überkam ihn. Es musste ihn doch mehr als nur die Druckwelle erwischt haben. Er sah an sich hinab und blickte entsetzt auf schwarzes, verbranntes Fleisch – sein Fleisch. Seine Hände zitterten unkontrolliert, und ihm wurde klar, dass er sich in einem Schockzustand befand. Langsam ließ er sich auf sein Bett aus Toten zurücksinken. Ein Nebel legte sich vor sein Gesichtsfeld, und durch den Schleier beobachtete er die Schlacht wie aus weiter Ferne und mit gedämpfter Akustik. Er musste tatenlos mitansehen, wie Tank von einem Kriegerpaar in die Mangel genommen wurde. Tank setzte sich tapfer zur Wehr, aber das eingespielte Team ließ seine Angriffe ins Leere laufen, und schließlich fuhr Tank eine Klinge seitlich in den Leib, ehe die andere ihm den Hals aufschlitzte. Gurgelnd ging er in die Knie, dann klappte sein Kopf zurück. Basel wollte schreien, aber wenn ein Laut seinen Mund verließ, hörte er ihn selbst nicht.

Weitere Kampfszenen spielten sich vor ihm ab, Shedai-nai kreuzten die Klingen mit Shedai-nai. Jetzt erkannte er Kartorn an seiner schwarzen, mit Dornen bespickten Rüstung und dem gehörnten Helm. Er brüllte Kriegern Befehle zu. Sein langes Schwert troff von Blut. Einer von den Kriegern, die er eben weggeschickt hatte, taumelte zurück, ehe er zu Boden ging. Sidhtrunga setzte über ihn hinweg, dicht gefolgt von Minx. Sidhtrunga hob sein Schwert, sodass seine Spitze auf Kartorn zeigte. Es war eine Herausforderung. Kartorn nahm sie an und schwang seine Klinge. Sidhtrunga parierte, und ein erbarmungsloser Schlagabtausch begann. Minx und Sidhtrunga waren ein tödliches Gespann. Jeder allein wäre dem feindlichen Heerführer unterlegen gewesen, doch gemeinsam setzten sie ihm hart zu. Ein Streich von Sidhrunga schlug Kartorn den Helm vom Kopf. Minx duckte sich unter einem Hieb hindurch, ließ ihr Schwert fallen und zückte blitzschnell einen Dolch, den sie Kartorn in den verblüfften Mund bohrte. Sie trat zurück und hob ihr Schwert auf. Sidhtrunga stieß einen Triumphschrei aus und enthauptete Kartorn. Basel sah den beiden noch nach, wie sie in den nächsten Kampf stürzten, dann verdunkelte sich der Schleier vor seinen Augen, und er verlor die Besinnung.

Bohdan wischte sich mit dem Handrücken Blut von der Nase. Kein physischer Angriff hatte ihn getroffen, es war der aufgestaute Tribut, der sich körperlich ausdrückte. Dabei hatte er lange gewartet, bis er seine Kräfte eingesetzt hatte. Die geflügelten Bestien, angeführt von Drugelmar, der vom Rücken eines der größten Ungeheuer noch immer Blitze auf sie herabschleuderte, hatten die Schlacht ins Chaos gestürzt. Bohdan hatte erkannt, dass ein Teil von ihnen es auf das Schutzritual abgesehen hatte, und versucht, sie aufzuhalten. Es war ihm nicht gelungen, es waren zu viele gewesen. Gemeinsam mit Tongelfin und den anderen Mushanti hatte er Zauber um Zauber gewirkt, um wenigstens eine allzu große Verheerung durch die Bestien zu verhindern. Ein Ring aus Kriegern verteidigte die Magier. Wie die Schlacht im Ganzen stand, war unmöglich zu erkennen. Überall auf der Ebene wurde gekämpft. Wer gerade insgesamt die Oberhand hatte, war auch deshalb nicht zu entscheiden, weil die Schlacht nicht mehr Regimenter gegen Regimenter ausgetragen wurde; vielmehr fanden unzählige Duelle, Kriegerpaar gegen Kriegerpaar, statt. Ob die geflügelten Bestien noch Freund von Feind unterscheiden konnten? Bohdan wollte es nicht daraufankommen lassen und sprach erneut den Unternamen für Eis aus, was zur Folge hatte, dass eine weitere Bestie mit gefrorenen Flügeln vom Himmel stürzte. Tongelfin wirkte einen Feuerball und schickte ihn dem berittenen Drugelmar entgegen. Der Feuerball prallte von einem unsichtbaren Schild ab, und das Ungeheuer tauchte unverletzt aus den Flammen wieder auf.

Zu Bohdans Linker geriet der Ring aus Kriegern in Bedrängnis. Einige feindliche Kriegerpaare hatten sich zusammengetan und in Keilformation angegriffen. Jetzt verstand Bohdan auch den Grund für ihren heftigen Ansturm. Sie wollten nicht nur die Magier ausschalten, sondern Durafins habhaft werden, die verletzt und von Sundance gestützt in das Innere des Kreises wankte.

Bohdan sammelte seine verbliebenen Kräfte, die durch den Talisetha kanalisiert wurden, und ließ aus dem Nichts eine heftige Windböe entstehen. Sie Spitze des Keils wurde hinweggefegt und brachte die Dahinterfolgenden ins Stolpern. Sundance feuerte seinen Revolver ab, und zwei Kriegerpaare droschen auf die gestürzten Feinde ein. Drei feindlichen Shedai-nai gelang es jedoch durchzubrechen. Sie schlugen beiläufig unbewaffnete Mushanti nieder und rückten weiter gegen Durafin vor. Tongelfin wandte sich ihnen zu und verwandelte zwei von ihnen in lebendige Fackeln, der dritte jedoch begriff, dass er nicht durchdringen würde. Er packte einen Mushanti an den Haaren, riss seinen Kopf zurück und spießte ihn von hinten mit seiner Klinge auf. Bohdan drehte sich der Magen um. Ein starkes Gefühl von Schmerz überkam ihn, das nicht auf den Tribut zurückzuführen war. Der Krieger zog sein Schwert aus dem Leib des Mushanti – in dem Moment hatte Sundance seinen Revolver nachgeladen und jagte ihm eine Kugel zwischen die Augen. Der Krieger fiel leblos zu Boden.

Bohdan schwankte, atmete ein wenig Tribut aus und ging torkelnd zu dem durchbohrten Mushanti. Er kniete sich neben ihn und drehte ihn auf den Rücken. Es war der junge Rekrut, der sich bei den Lektionen am Wasserfall hervorgetan hatte. Seine Züge schienen Bohdan unbestimmt vertraut. Plötzlich fiel es ihm wie Schuppen von den Augen. Diese kecke Stupsnase, die Augenpartie, die hohen Wangenknochen. Dieser junge Mann war Danijas Sohn … sein Sohn! Erschüttert erkannte er, dass das Lebenslicht in dem Gesicht erlosch. Jeder Zauber kam zu spät, auch Tongelfin konnte ihm nicht mehr helfen, selbst wenn er ausgeruht gewesen wäre und keinen Kampf mit seinem Widersacher auszutragen gehabt hätte.

Aber Bohdan konnte diesen Tod nicht akzeptieren. Er musste etwas unternehmen, auch wenn es sein eigenes Leben kosten würde. Er nahm sich einen Moment, um den angestauten Tribut ein klein wenig zu verringern, dann hob er den Jungen auf und trat aus dem Ring. Sundance musste glauben, sein Freund sei verrückt geworden. Er rannte hinter ihm her und gab ihm Deckung. Bohdan suchte sich eine geflügelte Bestie aus, die in der Nähe kreiste und nach Opfern Ausschau hielt. Er öffnete das Ventil zum Talisetha, sodass ihn die Kraft prickelnd durchströmte, dann verband er sein schamanistisches Wissen mit dem katharischen und griff aus sich hinaus. Gewaltsam drang er in den Geist der Bestie ein, übernahm die Kontrolle über sie und befahl ihr zu landen. Das Ungeheuer litt

Qualen, deren Widerhall Bohdan in seinem eigenen Geist spürte, aber es gehorchte. Mit schlagenden Flügeln ging es nieder, und Bohdan legte die Leiche seines Sohns auf den geschuppten Rücken, ehe er selbst aufstieg.

»Was zur Hölle tust du da?«, rief Sundance ihm zu, doch Bohdan hatte keinen Atemzug zu verschenken und gebot dem Untier abzuheben.

Sundance sah der Kreatur, die seinen Freund und den toten Mushanti trug, nach, wie sie sich immer höher in die Lüfte erhob und gen Westen davonflog.

EPILOG

Der alte Mann nahm einen tiefen Schluck aus dem Branntweinschlauch. »Ahhh«, machte er, »das tut gut.«

»Erzähl weiter«, bat ein Junge mit flehendem Unterton.

»Das war's«, sagte der alte Mann, dessen Stimme vom langen Reden heiser war. »Die Schlacht ging mehr oder minder unentschieden aus. Wie es heißt, schloss Durafin einen Friedenspakt mit der Schwarzen Pyramide.«

»Der Schwarzen Pyramide?«, hakte ein Mädchen in der vordersten Reihe interessiert nach.

Der alte Mann schnaubte. »Die Sonnenpforte, sie ist eine schwarze Pyramide auf einer Insel mitten in Munta-sis.«

»Das hast du bisher nicht gesagt«, stellte das Mädchen besserwisserisch fest. »Und was ist aus Minx und Sidhtrunga und aus Sundance geworden? Ist er jetzt Kapitän auf einem Schiff?«

»Schon möglich«, schmunzelte der alte Mann. Er runzelte die ohnehin faltenreiche Stirn und brummte:

»Der Bund hat sich nach der Schlacht aufgelöst. Soweit ich weiß, sind Sidh und Minx in den wilden Norden gezogen. Sie hatten genug vom Kämpfen. Vielleicht springt mittlerweile ein Haufen Mischlingskinder um sie herum, die so naseweis sind wie ihr.«

»Dann hat die Geschichte also doch ein glückliches Ende«, stellte das Mädchen zufrieden fest.

»Kleines«, sagte der Alte bitter, »Geschichten enden nur dann gut, wenn man im richtigen Moment aufhört zu erzählen.«

Das Mädchen schluckte.

»Aber diese Geschichte ist noch nicht zu Ende«, beharrte ein Junge namens Miro. Er hatte aufmerksam zugehört und dem Alten vom ersten Moment an nicht geglaubt, dass er nur ein fahrender Geschichtenerzähler war. Miro glaubte ihn zu durchschauen. Er hielt den Alten für einen echten Zeugen, der die Ereignisse hautnah miterlebt hatte. Hinter seinen Falten und Altersflecken versteckte sich ein gerissenes Gesicht, ein Wieselgesicht. »Du hast uns versprochen, von Boh dem Diplomaten zu erzählen. Wie ging es weiter? Er flog mit seinem verwundeten Sohn nach Norden …«

»Der junge Mushanti war nicht verletzt«, korrigierte der Alte gereizt, »er war tot.« Kurz schwieg er, dann nahm er einen weiteren tiefen Schluck Branntwein und schöpfte Atem. »Sige, aber nur die Kurzfassung von der Legende, welche sich die Shedai-nai erzählen. Boh erreichte die Sonnenpforte. Er wurde in die Weiße Halle geführt, wo Lord Nagaschu und seine

Königin Naomi ihn empfingen. Es heißt, die Tatsache, dass Boh nur ein Auge hatte, gleich einer Gottheit oder eines Avatars der Shedai-nai, stimmten den Strahlenden gewogen, ihn anzuhören. Zudem brachte Boh die Runenstäbe zurück, die angeblich ein mächtiges Artefakt darstellten. Zu guter Letzt hatte Nagaschu bereits zuvor einen vorteilhaften Pakt mit einem Holomancer geschlossen. Boh trug seine Bitte vor, der Lord möge seinen Sohn von den Toten zurückbringen. Sie verhandelten und einigten sich schließlich darauf, dass Nagaschu den Toten mittels seiner Zeit-Magie wiederbelebte. Im Gegenzug musste Bohdan versprechen, die Schwarze Pyramide niemals wieder zu verlassen.«

Der alte Mann legte eine kurze Pause ein, ehe er mit kratziger Stimme fortfuhr: »Der Legende nach war Nagaschu nicht der Feind, den Durafin und all die anderen in ihm gesehen hatten. Es heißt, für den Strahlenden sei diese Daseinsebene nicht mehr als ein Spielbrett. Angeblich soll er Bohdan Folgendes gesagt haben: *Ich bin für jeden das, was er sich ersehnt. Manche wollen einem König dienen, andere wollen einen König stürzen.* Der Legende nach ist Bohdan noch immer bei Nagaschu und Naomi, und sie lehren ihn die geheimsten Geheimnisse, die Nagaschu unter der Nachtsonne der Unterwelt lernte und mit in unsere Welt brachte.«

Der alte Mann seufzte. »Aber mit Sicherheit kann niemand sagen, was aus Bohdan geworden ist, nur, dass er verschwunden ist und niemals wieder auftauchte. Und damit *ist* diese Geschichte zu Ende.«

Ein Mädchen gähnte, doch Miros Augen waren hellwach und leuchteten geradezu vor unersättlicher Neugier. Der Alte schenkte ihm ein Lächeln und sagte: »Es ist jetzt Zeit für euch schlafen zu gehen. Aber diese Geschichte ist ja nicht die einzige spannende, die sich in den Ödlanden ereignet hat. Wenn eure Eltern ein paar Quins für einen alten Reisenden springen lassen, erzähle ich euch morgen eine andere.«

Ein Klatschen schreckte die Kinder auf.

»Ab mit euch!«, sagte ein Mann mit langer, strähniger Mähne, der sich an die versammelte Schar angeschlichen hatte. »Ihr habt doch gehört, was er gesagt hat!«

Die Kinder folgten, standen müde auf, reckten sich und verließen den Versammlungsplatz.

Der alte Mann blieb allein zurück. Nur noch ein dünner roter Schimmer war von der Abenddämmerung auf den Gipfeln der Berge zurückgeblieben. Die Free People waren bessere Gastgeber, als ihr Ruf nahelegte. Noch ein, zwei Tage würde er bleiben, um dann zur Brigada Novy weiterzuziehen.

Basel kniff die Augen zusammen, zog den Mantel fester um seine Brust und nahm einen weiteren Schluck aus dem Trinkschlauch. Er gluckste. *Wenn sie wüssten*, dachte er grinsend, erhob sich schwerfällig und machte sich auf den kurzen Weg zu seiner Gästehütte.

ANHANG:

SPRACHE DER SHEDAI-NAI

Belethiol – ein Adelsgeschlecht

Braga – Frieden

Bragaschuh (Wilder Friedensbringer)

Belethiol (kurz: Braga) – Anführer der Rebellen

Donraf – Bote, Unterhändler

Khunthar – ehrlose Person, Mörder

Krindiri – nicht Erwachte, Magielose

Laku-nai – Politiker, Betörer

Munta – Land, Boden

Munta-sis – Weißes Land

Munta-nag – Gebiete, in denen unzähmbare Kriegsbestien hausen

Naga – Blutgeruch, Wildheit

Naga-nai – Kriegsbestien

Nagaschuh – wilder Befreier

Nai – Pfad/Weg, aber auch Atem

Nosch – ehrenvolle Anrede

Nut – danke

Nuga-Rul – heiliger Hain (Sprungpunkt)

Rir – schneiden

Shedai – verstoßen

Shedani – bezeichnet sowohl die Sprache der Shedai-nai, als auch deren Form der Magie (eine Mischung aus katharischer und kabbalistischer Tradition.)

Shim – Wasser

Sis – Schnee, weiß

Sulf – Spinne, weben

Sulf-nai – Zauberer

Shuh(o) – Knospe, Freiheit

Tagga-nai – Flora und Fauna

Tak(a) – Ruder, Überfahrt

Takushin – Krieger

Takushin-rih – ein Kriegerpaar

Thiring – Ratsversammlung

Ushin – Wurzel, Reich des Todes

Wash-nadai – Aufstand der fallenden Blätter

Gu-na gala? – Wer ist da?

Nahme agnai! – Es ist genug!

DIE ÖDLAND-SAGA

BAND I:
HERRSCHER DER BLUTWÜSTE

BAND II:
ANGST UND SCHRECKEN IN PRAK CITY

BAND III:
FÜR EINE HANDVOLL QUINS

BAND IV:
IM SCHATTEN DER SCHWARZEN PYRAMIDE

Weitere Infos zum Autor:

Phillip Schmidt

www.philipp-schmidt.org

www.facebook.com/PhilouSchmidt

Mehr vom Autor

Schattengewächse - eine nahe Zukunft
Band I: Auftakt
ISBN: 978-3-74481-805-6

Die Ödland-Saga
Band I: Herrscher der Blutwüste
ISBN: 978-3-74317-998-1

Das Reich des Johannes
Buch I: Pela Dir
ISBN: 978-1-51430-219-4